Die Arbeit des Autors an diesem Roman wurde durch den Deutschen Literaturfonds gefördert.

Lektorat: Hans Thill

Schröderstraße 16, 6900 Heidelberg

Umschlagbild: Ingrid Bombsch
nach der Plastik „Walking Man I"
von Alberto Giacometti © vg bild-Kunst, Bonn 1989.
Satz: Cyan, Heidelberg.
Druck: Fuldaer Verlagsanstalt.

ISBN 3 - 88423 - 059 - X

Michael Buselmeier

Schoppe

Ein Landroman

Wunderhorn

„Gegen den Herbst kömmt wieder eine freiere Zeit. Da haben die Vögel gleichsam einen Nachsommer und spielen eine Weile, ehe sie fortgehen.“

Adalbert Stifter

I

An einem stürmischen Oktobertag packte Schoppe, ein kleiner, zarter, etwas aufgeschwemmter Mann um die Vierzig, ein paar Bücher und Kleidungsstücke in einen abgeschabten braunen Koffer, befestigte ihn sowie die in eine Plastikfolie gehüllte Schreibmaschine mit Schnüren auf dem Gepäckträger seines Fahrrads und fuhr langsam gen Westen aus der Stadt hinaus, in der er lange gelebt hatte.

Anfangs achtete er nicht auf Wetter und Weg, alles kam ihm bis zum Überdruß bekannt und künstlich vor, Reklamewände, Wahlplakate, die grauen Fassaden der Mietskasernen, der unablässig vorbeibrausende Verkehr. Gegen Mittag erreichte er eine vierspurige Autostraße, die zunächst an einer Friedhofsmauer und verkrüppelten Obstgärten entlang, dann durch Felder führte, auf denen vermummte Gestalten Zuckerrüben ernteten. Um nicht von einem überholenden Auto erfaßt zu werden, bemühte sich Schoppe, exakt auf der weißen Linie am Rand der Straße zu fahren. Bald aber schlingerte das Rad heftig, zumal Windböen über die Straße fegten. Schoppes Hände zitterten. Die Finger um die Lenkstange gekrampft und starr auf das Vorderrad blickend, gelang es ihm, die Autobahnausfahrt, aus der in einem fort Fahrzeuge hervorschossen, zu überqueren.

In der Nähe einer amerikanischen Militärsiedlung, die mit einem Stacheldrahtzaun abgegrenzt war, stieg er umständlich vom Fahrrad. Er machte ein paar Lockerungsübungen, reinigte die Brille und sah dabei auf seinen Bauch hinunter. Er kam sich alt und ungesund vor, wie er so abgerissen dastand, mit offenem Mantel, hastig atmend, die grauen zottigen Haare flatterten im Wind. Das Herz, sagte er leise und preßte die Hände gegen die Brust.

Beim Weiterfahren sah Schoppe jenseits der gegenläufigen Fahrbahn etwas, das ihm wie ein Blumenbeet vorkam. Er wartete eine Lücke im Verkehr ab, lief über die Straße und stieg die flache Böschung hinunter. Im Gras zwischen Bierflaschen und Papierfetzen war mit Steinen eine Grab- oder Gedenkstätte markiert, in der ein Kreuz aus Basalt und mehrere Vasen mit verwelkten roten Nelken und Farnen steckten; wilde Brombeerranken dienten als Zaun. An dem Kreuz lehnte ein schwarzer Bilderrahmen aus Plastik, worin ein goldumrandeter Zettel befestigt war, auf dem in kindlicher und leicht verblichener Handschrift zu lesen war: „Hier starben durch einen gräßlichen Verkehrsunfall die Krankenschwestern Gaby und Silvia. Der Unfallzeuge Ullrich brachte sich mit Tabletten und Auspuffgasen um. Der Unfallverursacher darf weiterrasen. Das ist keine Gerechtigkeit!"

Schoppe, der gern mehr über das Geschehene und die ungewöhnliche, fast schutzlose Art seiner anklagenden Aufbewahrung erfahren hätte, trat, wie um weitere Spuren der getöteten Mädchen zu suchen — lächelnde Farbfotos, Poesiealben, Plüschtiere —, einige Schritte in den Wald hinein, wo er hinter einem Baum verfaulte Schnittblumen, eine mit Spinnennetz umwebte Schale und ein schwarzes Holzkreuz mit der Inschrift M.S. entdeckte, das er aufhob und lange anschaute. Als plötzlich im Unterholz große Vögel krächzend aufflatterten, sah er sich schuldbewußt um.

Etwas später fielen ihm Kleidungsstücke auf, die entlang der Straße im Gras verstreut lagen, helle Hemden und guterhaltene Wollsachen. Wieder arm werden, sprach er laut vor sich hin; Hunger und strenge Winter! Im Wald Holz sammeln und Bucheckern. Die ganze Familie um den singenden Ofen geschart. Eisblumen am Fenster; gedämpftes Geräusch. Fast wäre Schoppe über einen toten Vogel gefahren, der mit vom Wind aufgeblähtem Gefieder am Straßenrand lag. Er trat vorsichtig näher und trug den Vogel mithilfe zweier Stöcke zum Waldrand, wo er ihm ein Loch scharrte, das er nach kurzem Zögern mit einem Stein bedeckte. Als er aber beim Weiterfahren immer mehr tote, zerschmettert verendende, mit den Flügeln zuckende oder mit dem Schnabel über den Asphalt kratzende Vögel bemerkte, trat er Mal um Mal heftiger, mit vor Ekel geschlossenen Augen in die Pedale.

Das Schwetzinger Schloß lag hinter ihm. Er hatte das Eingangstor mit den goldenen Wappen und Löwen gesehen und Ausläufer des Parks, den er liebte, gestreift; grüne Kanäle und zierliche weiße Brücken, unter denen Schwäne die Hälse reckten; die Lindenallee, die Zwiebeltürme der roten Moschee, tote Fontänen. Er stellte sich vor, auf der kurfürstlichen Maulbeerbaum-Allee zu fahren, die einmal Heidelberg mit Neustadt schnurgerade verbunden hatte, westwärts, hinter der Sonne her, auf den Feldern grüßende Bauern; ab und zu mußte er einer Kutsche Platz machen und die Mütze ziehen. Er hörte den Aufprall von Roßkastanien im feuchten Laub, sah das Lichtbraun der Birkenblätter und wähnte sich am *Ende der Welt* angelangt, vor der weiten gewölbten Wand mit dem Bild vom Paradies, das die Rheinebene und das Haardtgebirge zeigt: warmes tiefes Grün der Wiesen, in wasserblauer Ferne verschwimmend.

Seit Schoppe unterwegs war, hatte der Straßenlärm stetig zugenommen. Wahrscheinlich wollten viele Autofahrer noch zur Mittagszeit ihr Ziel erreichen und drückten deshalb aufs Gas. Kaum einer hielt sich an die angezeigten Geschwindigkeitsbegrenzungen. Ein riesiger Lastwagen, hoch mit Baumstämmen beladen — die obersten drohten abzustürzen —, schwankte an Schoppe vorbei. Die Druckwelle warf Schoppes Oberkörper nach vorn, so daß er sich gegen die Lenkstange stemmen mußte, um nicht kopfüber zu stürzen. Kaum hatte er sich aufgerichtet, als er im Rücken schon wieder das rasch sich nähernde Dröhnen eines schweren Motors vernahm und ein kiesbeladener Lastwagen mit Anhänger scharf vor ihm einbog. Schoppe stand einen Moment mit angehaltenem Atem, wie gelähmt auf der Straße, bevor er das Rad die Böschung hinabzog.

Geplünderte Felder, auf denen sich in der Ferne die Saatkrähen niederließen. Zwischen Kunstdüngerhaufen ein paar Reihen grotesk verwachsener Kohlstrünke. Über dem Horizont eine große gelbe Staubwolke, die einer Mülldeponie entstieg. Ockerfarbener Rauch quoll auf. Schoppe wünschte sich an den äußersten Rand der Zivilisation, in unerfaßte Räume, in denen sich anders leben ließ, und wußte zugleich, daß das, wovor er floh, immer schon dasein würde, wenn er an einem entfernten Ort ankäme. So haßte er das Reisen, er verachtete die Reisenden und ihre Illusion. Er wollte hier sehen lernen, bis zur Erschöpfung arbeiten, um Neues zu erfahren, wollte die Kraft und die Schönheit der Formen, Hitze und Kälte, den Duft der dampfenden Ackererde nach einem Gewitter in sich aufnehmen.

Bisher war ihm kein Radfahrer, kein Fußgänger begegnet. Auto an Auto, bunt, hinterm Steuer Nackenstützen; Gasmaskenträger. Er kam sich wie ein Mensch nach einer Katastrophe vor. Bei jedem Motorengeräusch zuckte Schoppe zusammen und duckte sich über die Lenkstange. Die dicken weißen Pfeile und Striche auf dem Asphalt, die zerquetschten Tierkörper waren Todeszeichen. Er zweifelte daran, je sein Ziel zu erreichen. Er sah verschmierte verbogene Leitplanken, breite Bremsspuren, hörte ein Pfeifen und Schrillen in der Luft, die voller Gestank war. Kühlwagen mit der Aufschrift NANZ und ALDI dröhnten vorbei, Bagger, klappernde Sattelschlepper, Speditionswagen, Laster der Bundeswehr, Anhänger, die mit Steinen oder Fernsehgeräten beladen waren; unter einem Segeltuch eine Ladung Särge.

Schoppe schwindelte. Weiße und graue Mäuse wimmelten mit zuckenden Schwänzen über die Straße. Insekten mit langen Rüsseln und durchsichtigen Flügeln ließen sich auf seiner Stirn und den Handrücken nieder, saugten sich am Augenrand fest. Krötenschwärme; ein braunes Meer bewegte sich gurgelnd auf ihn zu. Selbst wenn es ihm gelänge, das schwer bepackte Fahrrad auf der Schulter durch die schlammigen Felder und das dichte Gestrüpp zu schleppen, stieße er doch nur an eine ebenso von Lastwagen beschallte Schnellstraße, auf der unablässig Waren und Rohstoffe in die verstecktesten Pfalzdörfer rollten. Er drehte sich um und sah überall am Horizont Fernlaster fahren. Eingesperrt. Gestatten: Big Mäc. Ihre Stimme für den Frieden: SPD.

Er wünschte sich eine Schleuder und Stahlkugeln, um jeden Bürger hinter seinem Steuer abzuknallen.

Als er an Speyer vorüber war — er hatte die Türme und das Langhaus des Doms in der Ferne gesehen —, nahm er zum ersten Mal einen holprigen Radweg wahr. Ein Altrheinarm blinkte hinter wildem Weiden- und Haselnußgebüsch, das an einigen Stellen von umgestürzten Pappeln zerfetzt war. Er fühlte sich etwas beruhigt und wollte eben seine Mordphantasien bereuen, als der Radweg plötzlich abriß, so daß er wieder die Autospur benutzen mußte. Linkerhand mehrere Kiesgruben, an deren Rand Kräne in verwaschenem Blau standen. Der Wind pfiff. Schoppe wagte nicht, sich umzudrehen. Er fuhr durch Benzinschwaden, es war ihm jetzt alles egal. Ein Feld mit fetten gelben Kürbissen; nicht hinsehen! Ein Betonmischer. Sturmböen erfaßten sein Haar und warfen seinen Kopf hin und her.

Oh der helle Gesang all des neuen Unglücks! Aus den Augenwinkeln sah Schoppe, wie auf einem Feldweg ein Schäferhund, der Scheuklappen trug, von einer Frau ausgepeitscht wurde. FINA dröhnte vorbei. Ein Personenauto, das die Leitplanke durchbrochen hatte, war tief in einem Tabakfeld steckengeblieben. Der Fahrer saß gestikulierend im Schneidersitz auf dem Dach und rief Schoppe etwas zu, das wie „He, he!“ klang. Schoppe mußte lachen und streckte dem Mann die Zunge heraus. Einmal im Lachen, konnte er nicht mehr damit aufhören, er war ein Anfall, der ihn ergriff und durchschüttelte. Um des Lachens Herr zu werden, fing er wild zu klingeln und zu singen an, Kinderlieder, Opernarien, das Duett Papageno/Papagena. Dabei kam er, indem er sich mit der Musik bewegte, in ein so heftiges Schlingern, daß ihn MENKE BAUSTOFFE beinahe erfaßt hätte. Ernüchtert hielt er an. Die Augen tränten. Der Körper und selbst die Haare waren naß vom Schweiß, die Wangen glühten, während die Füße kalt und taub waren. Bis Neustadt 21 km. Schoppe stand krumm am Straßenrand, bis ihn die Druckwelle eines Lasters in den Graben trieb.

Er hob einen Apfel auf, biß hinein und warf ihn weg; fand frische Walnüsse, deren bitterer Geschmack ihn beruhigte. Dann hockte er sich neben sein Rad ins feuchte Gras und zwang sich, mit geschlossenem Mund tief zu atmen. Das Befremdende aushalten! Er besprach seinen Körper, leise, vergewisserte sich jedes seiner Glieder und Organe; er hörte in sich hinein, ob da nicht vielleicht ein trockenes Rascheln oder Pochen oder Stechen vernehmbar wäre, das auf eine verborgene Krankheit hindeuten könnte. Derart mit sich selber beschäftigt, merkte er lange nicht, daß er in einer Einflugschneise saß. In Abständen schrillten, den Lärm der Straße übertönend, Düsenjäger über ihn hinweg.

Da entdeckte er einen Feldweg, der sich in leichter Linksbiegung in einem Waldstück verlor. Anfangs war der Weg tief und schlammig, ein gelber Lehmboden, von Wagenspuren durchfurcht. Schoppe mußte absteigen und das Rad um eine Wasserlache herumschieben. Er betrat den Wald durch ein aus zwei mächtigen Eichen gebildetes Portal. Die starken Buchenstämme, die sich anschlossen, waren an ihrer Wetterseite vom Regen schwarz. Sturm griff in die Wipfel, peitschte sie, zerrte sie hin und her; beugte dünne Buchenschäfte zur Erde herab; brach hier und da die einander kreuzenden, reibenden, schlagenden Stangen mittendurch. Schoppe betrachtete die weißen Bruchstellen, als wollte er sie für immer in sich aufnehmen, während Buchenblätter auf ihn herabrieselten. Riß, Wunde, Feuerstelle. Ein bedrohliches Tosen erfüllte die Luft, das sich mit jedem Augenblick zu steigern schien. Es klang wie das Sausen von Flügeln, als erhöben sich Schwärme von Staren gleichzeitig aus den Baumkronen. Schoppe ging fröstelnd weiter. Dann wieder war es plötzlich ganz still, schmerzhaft lange, und Schoppe hielt an und hörte dem Rauschen der einen grünen Teich säumenden Pappeln wie einem verklingenden Orchester nach.

Der weiche Waldweg war ab und zu im Halbkreis mit Kastanienschalen bedeckt, deren helle Innenseiten leuchteten. An Baumstämmen Anschläge: Tollwutgefahr; Speichel von Füchsen. Schoppe sog den Duft von feuchter Erde und faulendem Laub ein. Im Unterholz gebückte Gestalten, die Eßkastanien zu sammeln schienen. Eine Türkenfamilie kam ihm entgegen, alle, auch die Kinder, die ihn anstarrten, mit Einkaufstaschen und prallen Plastiktüten beladen. Auf einer leicht abschüssigen Wiese weideten ein paar Schafe, ein Stück weiter drei Shetlandponies und ein glänzender schlanker Rappe in einer mit Elektrodraht gesicherten Pferdekoppel, ohne den Sturm, der einzelne Blätter wie Schmetterlinge vor sich hertrieb, zu beachten. Zerbrochene Äste lagen über dem Weg. Das Weiß eines abgestorbenen Birkenstamms, aus dem tellergroße Baumpilze hervorwuchsen, glimmte.

Schoppe glitt unter dem Sturm dahin, durch einen dunklen verkeilten Fichtenforst, entlang an einem mit doppeltem Nato-Zaun abgeschirmten Militärgelände, auf dem ein zahmes Reh graste. An einer anderen Stelle patroullierte ein schwarz uniformierter Wachmann mit einem Schäferhund. Ein leichter Regen fiel, und Schoppe fuhr durch frühlingshaft warme Luftschichten. Für kurze Zeit mußte er sich aus dem Sattel erheben, um einen Hügelrücken zu erklimmen. Oben angelangt sah er, daß der Waldpfad auf die Schnellstraße zurückführte. Vergebens hielt er nach einem anderen Seitenweg Ausschau. Flankiert von dichtem, mit Schlingpflanzen verknüpftem Gestrüpp, in dem eine schmutzige Zeltplane flatterte, und zitternd vor Anstrengung zog er das Fahrrad die Böschung zur Straße hinauf.

Es regnete jetzt heftig. Wolkenfetzen hingen in den Baumwipfeln. Schoppe kam, obwohl er im ersten Gang fuhr, kaum voran. Vornübergebeugt kämpfte er gegen den Wind. Eine Bremsspur; Blut, über die Straße verschmiert. Er lenkte das Rad um die Reste eines Kaninchens herum. Zu beiden Seiten der Straße erstreckten sich anfangs noch Rübenfelder und Stoppeläcker, auf denen Krähen spazierten; dann endlose Weinberge, von Nußbäumen mit verschrumpelten dunkelbraunen Blättern gesäumt. Eine Vogelscheuche reckte die Armstümpfe, ihr Zylinderhut kreiste. Sonnenblumen mit hängenden Köpfen, verwest, Skelette. Winzer in blauen Kitteln traten mit lehmbeschmierten Stiefeln zwischen den Rebzeilen hervor und schütteten Trauben aus Hotten in große grüne Bottiche, die auf Traktoren und alten Pferdewagen standen. Andere Wagen waren mit Plastikplanen bespannt, worunter in einem unwirklich hellen Licht Männer und Frauen vespernd um Tische saßen. Ein Kind blickte auf, geneigten Kopfs, die Ellbogen auf die Tischplatte gestützt. Ein warmer Duft von Gegorenem wehte Schoppe entgegen.

Die Ortschaften, durch die er kam, Gommersheim, Böbingen, wirkten menschenleer und machten alle denselben schäbigen Eindruck. Zu beiden Seiten der engen Hauptstraße niedrige Häuserzeilen; Fachwerkbauten mit schiefen Giebeln und ockerfarbenen Dachziegeln, verblichenen Fassaden, Sprossenfenstern und Holzläden. Ein paar ausgetretene Stufen führten von der Haustür zur Straße. Aus defekten Regenrinnen klatschte das Wasser herab. Dazwischen standen in grellen Farben herausgeputzte Häuser; Türen aus Stahl und geriffeltem Glas, breite Fenster in die schmalen Fassaden gebrochen, der Sockel mit Kunststoff- oder Keramikplatten bedeckt. In jedem Dorf zwei Kirchen, ein Supermarkt, eine Sparkasse. In manchen Toreinfahrten waren Kartoffeln, Karotten, Äpfel, Weißkohl, Wirsing und Kürbisse auf improvisierten Tischen oder in flachen Körben ausgelegt, doch weder Verkaufende noch Käufer ließen sich blicken. Ein aufgeblasener Plastikschneemann am Straßenrand warb für Eiswein.

In Altdorf verließ Schoppe die Hauptstraße und fuhr auf einem Seitenweg zu einer kleinen Barockkirche, die von einer mächtigen Linde überragt wurde. Er kauerte sich unter den Baum, wo es fast trocken war, knackte einige Nüsse und sah lange auf den leeren Dorffußballplatz hinunter. Er stellte sich den Platz an einem heißen Sommernachmittag vor, mit staubigen Menschen in bunten Trikots belebt, Pfälzer Waldverein gegen Freiwillige Feuerwehr, Zuschauer in Gruppen mit Bierflaschen am Spielfeldrand, der Duft gebratener Würste mischt sich mit der aus riesigen Lautsprechern plärrenden Volksmusik; der Schiedsrichter jagt ein paar Kinder, die — in ihr eigenes Spiel vertieft — gegen das Tor des Waldvereins anstürmen, mit spaßig übertriebenen Gesten vom Platz.

Schoppe stand auf und bewegte sich hüpfend um den Baumstamm, wobei er die Hände gegen die Schultern schlug. Nur jetzt keine Krankheit! Wadenwickel, heißer Tee mit Honig! Sein Gesicht schmerzte, starr vom Wind. Da der Regen nicht nachlassen wollte, entschloß sich Schoppe weiterzufahren, doch der Sturm blies so heftig, daß Schoppe das Rad mit klammen Händen die zum Gebirge hin leicht ansteigende Straße entlangschieben mußte.

Kurz vor der Ortschaft Venningen sah er auf einer Anhöhe ein langgestrecktes Gehöft mit einem schwarzen Scheunenbau und ging, um ein wenig auszuruhen, darauf zu. Als er aber am Wegrand einen Hundezwinger erblickte, dessen Gittertür offenstand, machte er augenblicks kehrt und rannte auf die Hauptstraße zurück. Nach Edenkoben 6 km. Schoppe achtete kaum noch auf den Verkehr. Er stolperte; die Beine waren fast ohne Gefühl. Regentropfen sammelten sich in den Augenhöhlen. Wozu weitergehen? Um in einem dieser Orte allein zu leben, zu sterben? Eine Weinhandlung, die Mauern der Toreinfahrt mit altem Wingertgerät verziert. Ein Schuppen, Baracken, trockenes Stroh. Ein verlassenes Schulhaus, noch angefüllt mit dem Geruch von Angstschweiß, Terpentin und Lysol. Auf verrammelten Hoftoren „Deutschland erwache!"-Plakate; „Weg mit den Judenparteien!" Eine alte Frau in Pantoffeln schlich das Haus entlang und klappte die Fensterläden zu, lange vor Abend.

Wieder draußen, mitten im Wein, trieben Vögel so dicht an Schoppe vorbei, daß der Lufthauch ihn streifte. Zu seinen Füßen, am Rand der Böschung ein totes Rebhuhn, den Schnabel unter Grashalmen verborgen. Schoppe hätte das Tier gern als Antrittsgeschenk für seine Wirtin mitgenommen, aber er traute sich nicht einmal, die Federn zu berühren. Wenig später erschrak er über eine braune Bürste, die er im ersten Moment für einen Igel gehalten hatte. Als kurz darauf wirklich ein Igel am Straßenrand lag, auf der Seite, mit blutigem Maul und hervorquellenden Eingeweiden, nickte er nur, als bestätigte dieser Anblick seine frühere Wahrnehmung. Er berührte den Körper mit der Fußspitze: weich und nachgiebig, noch ganz frisch.

Schoppe hatte den Rheingraben durchquert, war schrittweise seinem Zielort nahegekommen, der am Fuß des Haardtgebirges lag, das unsichtbar blieb, von dunkelgrauen Regenwolken verhangen. Die Straße war schmaler geworden. An Kreuzwegen standen Kruzifixe aus rotem Sandstein, mit Herbstblumen geschmückt. Eine Kapelle auf einem Hügel; ein kleiner antikisierender Tempel, von zwei Silberpappeln flankiert, im Wein. Hier ein Landhaus im italienischen Stil, dort ein verfallener Hof mit leeren Ställen, Gerümpel, die Scheiben blind. Kein Mensch ließ sich sehen. Die Regentropfen wurden schärfer und stachen in Schoppes Gesicht, flossen über die Brillengläser. Der Mantel hing schwer herunter, vollgesogen mit Feuchtigkeit, die Hosenbeine klebten an der Haut. Die sonst hellgelben Wildlederschuhe glänzten schwarz vor Nässe und quietschten beim Gehen. Unter einem Apfelbaum faulten die Früchte. Eine tote Krähe war zur Abschreckung an einen Pfahl genagelt; ihre Federn bewegte der Wind. Schoppe wollte schneller gehen, aber das schwerbeladene Rad hielt ihn zurück. Schon hatten sich zwischen den Rebzeilen Wasserlachen gebildet, in denen Männer und Frauen mit Rebscheren knöcheltief standen. Traktoren ratterten auf Wirtschaftswegen, bereit, die mit Trauben gefüllten und mit Plastikfolie bedeckten Wannen in tiefe überdachte Toreinfahrten zu bergen. Ein Winzer mit rotem Gesicht, in einen Parka gehüllt, machte eine Geste zum Himmel. Rotbraunes Wasser floß über den Asphalt. Die Reifen eines sich nähernden Busses zischten und pfiffen. Als das Fahrzeug auf Schoppes Höhe war, hatte dieser das Gefühl, der Bus würde langsam auf ihn zu schwimmen und ihn im Graben zerquetschen. Dreckbespritzt stand er da.

Obgleich es erst kurz nach 16 Uhr war, dämmerte es bereits, als Schoppe die Bahngleise und die Bundesstraße überquerte, vorbei an Schutt- und Kiesbergen, verrotteten Maschinen, einer ausgedehnten Industrieanlage, in der Vergaser hergestellt wurden, und den Lagerhallen einer Supermarktkette. Edenkoben. Am Straßenrand standen zwei in Schwarz gekleidete Frauen und starrten ihm nach. Als Schoppe den Kirchturm und die ersten Häuser erblickte, lief er schneller die Straße hinauf, an Fenstern entlang, die schon erleuchtet waren, mit Möbeln, Vasen, Katzen ausgestopfte Zimmer, und er ging weiter, ohne dem Wunsch nach einem Ofenplatz in einer Bauernstube einmal Raum zu geben. Den angefangenen Weg beenden! Er hörte sein eigenes Keuchen; der Atem pfiff und rasselte. Arme und Rücken schmerzten. So erreichte er das Ortszentrum. Er bestieg das Fahrrad und ließ sich nach links den Stadtberg hinunterrollen, vorbei an der Sparkasse, dem Mini-Markt, der Volksbank, der Post, einem erleuchtetem Kiosk, in dem ein Mann mit bleichem Gesicht Lottoscheine zählte.

Hinter der Post, zum Gebirge hin öffnete sich, flankiert von einer Straße und einem Bach, der jeden Augenblick überzulaufen drohte, ein weiter schlammiger Platz. An dessen Stirnseite stand das Haus, in welchem Schoppe ein Zimmer gemietet hatte. Ob sich die Frau noch an ihn erinnern würde? Er versuchte, über Tierkot und Wasserlachen hinwegzusteigen. Im trüben Licht des hereinbrechenden Abends — die Straßenlaternen brannten noch nicht — erblickte er, umgeben von Sägemehl, Schutt, ein kleines, blau-rot gestreiftes Zirkuszelt. Die Plane bauschte sich heftig, der Sturm zerrte an ihr, schon war die Zeltspitze eingesunken. Ein paar Männer in gelben Gummimänteln bemühten sich, das Zelt, in dessen Innerem rohe Bänke um ein kleines Podest standen, mit Seilen festzuhalten und neu zu verankern; sie liefen planlos im Kreis und schrien einander Kommandos zu. Der Widerschein einer Stallaterne sprang durch die Pfützen. Die Wohn-, Tier- und Gerätewagen der Zirkusleute waren als Zaun und Schutzwall im Halbkreis aufgestellt. Drei struppige Ponies, ein Kamel und ein Lama rückten eng zusammen zwischen den Wagen, in denen kein Licht brannte. Schoppe sah sich nach Elefanten um, wie nach Bildern, die zu seiner Geschichte gehörten. Ein Baby schrie auf und verstummte sogleich. An einem Baumstamm flatterte ein handgeschriebenes Plakat, das eine Kindervorstellung um 16 Uhr anzeigte. Entweder war niemand erschienen, oder man hatte die wenigen Kinder, die gekommen waren, gleich wieder nach Hause geschickt. Eine Sturmböe fuhr, Staub und Sägemehl vor sich hertreibend, in die Zeltplane, riß sie aus ihren Verankerungen und fetzte sie über den Platz; die gelben Männer schreiend hinterdrein.

Schoppe wandte sich ab, ging steif und vor Müdigkeit schwankend an einem rostroten Ford mit zertrümmerter Frontscheibe vorbei auf das am Bach liegende Haus zu, auf dessen Wellblechvordach der Regen trommelte.

II

Die Nacht lang heulte der Sturm, orkanhaft, mit kleinen Ruhepausen, in denen das Klappern der Rolläden nachhallte. Hunde bellten ganz in der Nähe. Eine Fliege surrte. Schoppe lag da wie ein Opfer, von Bildern überschüttet. Ein kleiner flinker Arzt mit dunklem Oberlippenbärtchen beugte sich über ihn. Er trug einen Spiegel am Kopf, in dessen Mitte sich ein Loch befand, durch das er Schoppes Nase fixierte. Mit einem Ruck, knirschend, mahlend, stieß er ihm die Stahlkanüle durch das Siebbein in die Stirnhöhle und spülte den Eiter heraus. Schwarz gekleidete alte Frauen, deren Namen er vergessen hatte, gingen auf stillen Straßen, er selbst hüpfte in kurzen Lederhosen neben ihnen her. Er trug ihre Einkaufstaschen bis in die düsteren Flure verwinkelter Wohnungen, aus denen ein strenger Geruch kam, und erhielt einen Apfel als Belohnung. Eine Frau mit grauem Kopftuch stand am Straßenrand und rief seinen Namen, doch er hörte nicht auf sie und rannte weiter. Vor der Leichenhalle traf er seine Mutter und ging mit ihr auf dem Friedhof spazieren. Sie verabschiedeten sich, er aber schlich ihr nach und sah, wie sie in der Halle verschwand, in ihren Sarg stieg und dann dalag, mit einem Kinnband, das sie vorher nicht getragen hatte. Sein Stiefvater schob die Bettdecke beiseite, lüpfte das weiße Nachthemd und deutete auf seine Beinstummel: Es juckt. Warum hast du das zugelassen?

Als Schoppe erwachte, glaubte er einen Schrei zu hören; er wußte nicht, ob es sein eigener war. Er versuchte sich im Raum zu orientieren: Wo ist die Wand, wo steht mein Bett, wo das Bett meiner Mutter? Sein Herz schlug heftig, der Kopf war schwer und schmerzte; die Glieder wie aus Eisen. Er bemühte sich, in ganzen Sätzen zu denken: Was ist mit mir geschehen? Wo bin ich angelangt? Er begann die Kopfhaut zu reiben und hin- und herzuschieben, um das Gehirn zu beleben. Wenn er ruhig lag, hörte er ein metallisches Klicken, stampfend, als schritte da jemand über ihm mit einer Prothese auf und ab.

Der finstere Raum war kalt und feucht, er roch moderig. Schoppe kroch tiefer unter die Decken, die er über sich aufgehäuft hatte; die obersten wirkten ebenfalls feucht. Kälte schien unter der Tür durchzuwehen, sie kam von den Fenstern her. Auch die Wände strahlten Kälte ab. Ein Husten brach hervor, schmerzhaft und lustvoll zugleich, als wollte Schoppe sein Inneres nach außen kehren.

Der Husten zwang ihn, sich aufzurichten. Vorsichtig setzte er die nackten Füße auf das Linoleum, schwankte zur Fensterwand und zog die Rolläden hoch. Ein grauer Mittag. Der Spiegel neben der Tür leuchtete auf. Dunsttropfen rannen die Innenseite der Scheiben hinab. Die Gelenke der großen Zehen knackten.

Schoppes Zimmer lag im Souterrain eines in den 50er Jahren billig gebauten, zweistöckigen Hauses mit unproportioniertem, wie gestutztem Dach. Das Haus war rings von einem schmalen Garten umgeben. Seine Nordseite grenzte an den Bach. Die beiden kleinen verzogenen Fenster, von denen die Farbe blätterte, befanden sich knapp über dem Erdboden und führten in östlicher Richtung auf den Platz, das sogenannte Maifeld. Es hatte zu regnen aufgehört, der Wind wehte nicht mehr so heftig. Schoppe sah, an zwei rund beschnittenen Blautannen vorbei, die Wagen der Zirkusleute, er roch den Tiermist, hörte die Zeltplanen knattern und schleifen. Geräte standen herum, Handwagen, Besen und Schaufeln. Hunde streunten am Rand des Platzes, zwischen Schutthaufen, im hohen Gras. Ein Mann trat auf die Einfassung des Baches und pißte in das braune gurgelnde Wasser.

Obwohl vom Flur zwei Stufen hinabführten, wirkte der Raum — Schoppe taufte ihn „Sibirienzimmer" — eher niedrig. Er war vollgestellt mit düsteren Gegenständen: ein Tisch, ein Stuhl, eine

Kommode, ein großer Schrank mit quietschender Tür, ein elektrischer Heizofen, der nicht zu funktionieren schien. Eine feine Staubschicht, in die man mit dem Finger hätte schreiben können, lag auf den Möbeln. Die Tür zum Nebenzimmer war, ohne Klinke, hinter einem rotbraunen Vorhang versteckt. An den Wänden hingen gerahmte Drucke mit Blumenmotiven: Edelweiß, blauer Enzian. Schoppe gefiel allein das breite Eichenbett mit den schön gedrechselten Bettpfosten und den aufragenden Kopf- und Fußteilen, deren oberer Rand mit einer winzigen Säulenreihe abschloß.

Der strenge Modergeruch hatte seinen Grund in den feuchten Wänden, von denen der Putz abfiel und mit Spinnweben vermischt am Boden lag. Ein Zimmerwinkel war mit Schimmelpilzen überwuchert. Wahrscheinlich stand das Haus auf einer Wasserader. Schoppe legte das Ohr an den Fußboden. Dabei entdeckte er in einer Ecke eine dicke Spinne und mehrere große Tagfalter. Sie flatterten auf, als er näherkroch, und schlugen panisch gegen die Fensterscheiben. Schoppe öffnete ein Fenster weit — das andere klemmte — und beobachtete das Bemühen der Tiere, ins Freie zu gelangen. Einige hockten mit bebenden Flügeln an der Zimmerdecke, andere am Fensterrahmen, und ließen sich selbst mit einem Handtuch nicht hinausscheuchen.

Er floh ins ausgekühlte Bett zurück, streckte sich auf dem Rücken aus und zog die Decken bis zum Kinn. Ein Weberknecht tastete sich pendelnd über die Wand. Schoppe schloß die Augen. Seine Hände waren kraftlos, das Herz schmerzte. Der Schmerz strahlte in die linke Schulter, in Brust und Arm aus als eine Art Lähmung. Schoppe wimmerte leise, ein auf- und abschwellendes hohes Winseln, das wie ein Brummkreisel klang. Er hatte das Gefühl, er brauchte nur die juckende Gesichtshaut abzuschälen, um die Physiognomie des Todes freizulegen. Mit der rechten Hand rupfte er mechanisch Fussel aus der Wolldecke und formte den Knäuel zu einer kleinen Puppe, der er — wie früher im Kinderheim — Leben einzuhauchen versuchte. Ich bin ja da, flüsterte er; komm zu mir unter die Decke und erzähl mir von den Gespenstern mit den schwarzen Tüchern über dem Kopf; hier sind wir sicher. Von oben hörte er Radiomusik. Ab und zu rauschten die Wasserrohre, ein Zischen, ein Tröpfeln, und er war seiner Wirtin für diese groben Geräusche dankbar. Er erwog sogar, die alte Frau zu Hilfe zu rufen. Sie sollte an seinem Bett sitzen und ihm die Hand halten; sie sollte den Heizofen in Gang setzen und Kräutertee servieren: Johanniskraut und Rainfarn gegen Gelenkschmerzen, Spitzwegerich und Huflattich gegen den Husten, Weißdorn gegen die Herzangst.

Warum hatte Schoppe die Universitätsstadt verlassen? War er freiwillig gegangen? War er vertrieben worden, vom Stadtoberhaupt „barfuß aus den Grenzen der Gemarkung" gejagt? Gab es überhaupt einen Grund für seinen Auszug? War es ein Abschied für immer oder nur eine vorübergehende Entfernung, um sich zu bedenken? Was versprach er sich von dieser kleinen pfälzischen Ortschaft, einer Gegend, die längst kein „Land" mehr war, sondern verkümmerte, zurückgebliebene Stadt, bemüht, mit einiger Verspätung alle Fehler der Metropolen nachzuahmen? War er am Ende vor der eigenen Vergangenheit geflohen, einer Kette aus Niederlagen? Auf welche Weise war sein Leben durcheinandergeraten, „auf einen Schlag"?

Je länger Schoppe in der großen Stadt gelebt hatte, umso schroffer fühlte er sich von allem abgetrennt und auf sich selbst zurückgeworfen. Nach dem Scheitern des antiautoritären Aufbruchs, an dem er, erstaunt über die eigene Begeisterungsfähigkeit, teilgehabt hatte, mied er Gruppenzusammenkünfte und ließ jede Hoffnung auf öffentliches Glück fahren, ohne zunächst persönlich zu resignieren. Witternd strich er durch die Gassen der Stadt; stand in Toreinfahrten und sah den Frauen nach. In Bibliotheken sitzend, in alten Zeitungen blätternd, wartete er auf den Umsturz. Wenn ein Düsenjäger die Schallmauer durchbrach und die Scheiben klirrten, dachte er jedesmal: jetzt ist es soweit.

Geriet er zufällig in eine politische Versammlung, empfand er bald jeden dort gesprochenen Satz als Zumutung und war, anfallartig von Kopfweh geplagt, nur darauf bedacht, möglichst schnell wieder ins Freie zu kommen. Besonderen Ekel bereiteten ihm Genossen von einst, Mitstreiter, die nach dem Ende der Revolte ihre politische Karriere als Kommissare neustalinistischer Sekten fortgesetzt hatten, um sich dann, nach kurzem Untertauchen, als

Politiker der Grünen von Pöstchen zu Pöstchen und von Phrase zu Phrase zu hangeln. Bußprediger des Proletariats, die eine Esche nicht von einer Erle unterscheiden konnten, hielten plötzlich Schilder mit der Aufschrift „Es lebe der Wald“ hoch. All diese Bürokraten und Besserwisser hatten aus ihren Niederlagen nur gelernt, sich taktisch schlauer, also lügnerischer gegenüber ihren Klienten zu verhalten, jener „breiten Bürgerbewegung“, für deren Entfaltung sie sich angeblich aufopferten, indem sie sie benutzten. Schoppe fühlte Verachtung, wenn er beispielsweise im Fernsehen hörte, wie sie pharisäerhaft zwischen links und rechts, gut und böse unterschieden und sich dabei stets „solidarisch“ im Lager der Guten tummelten, ja sich an deren Spitze mogelten. Fern jeder Scham erteilten sie Ratschläge im Namen aller und wiederholten gebetsmühlenhaft Wörter wie „demokratisch“, „alternativ“, „Elfenbeinturm“, „Widerstand“. Widersprüche störten nur, wirkliche Kritik durfte nicht sein und wurde, wo sie doch auftauchte, entweder totgeschwiegen oder im Kommissarton, unterm Beifall der Guten, sofort niedergemacht. Das waren die natürlichen, unversöhnlichen Widersacher des Geistes, und man mußte verhindern, daß diese Wahrheitsfeinde je an die Macht kamen (zumal sie von den tatsächlichen Veränderungen nichts begriffen, weil sie nichts sahen, hörten, rochen), oder wenigstens ihren gnadenlosen Einflußbereich meiden.

Abgesondert, in sich gekehrt war Schoppe auch unter Kollegen am Kneipentisch gesessen. Er hatte gelegentlich einen Kreis von Literaten aufgesucht, die sich alle vier Wochen im Hinterzimmer eines Gasthofs trafen, um literarische Texte zu besprechen. Anfangs plauderte man über Ferienorte und Grillfeste; ein wechselseitiges Schulterklopfen, Häme über Abwesende, der übliche Klatsch. Doch bald war zwischen einigen Schreibern ein verbissener Kampf im Gang, der sich rasch vom gerade diskutierten Text ablöste und persönlich wurde, wobei die Kontrahenten einander in Zwischentönen, gleichsam unter dem Tisch, laufend Tritte versetzten, während ihre Gesichter Gleichmut zur Schau trugen.

Bei manchen Streitern wußte Schoppe jeweils vorweg, wie sie argumentieren würden. Andere hatten sich darauf spezialisiert, genau das zu sagen, was gerade niemand erwartete, es mußte nur etwas Auffallendes, Extremes, Plötzliches sein, waren also in ihrer aparten Unbestimmtheit ebenso berechenbar. Jeder schien sich, unter Zuhilfenahme oft ganz abstruser Behauptungen, auf Kosten des anderen profilieren zu müssen. Der subtile Sadismus des Besonderen, der Ausnahme, die kein Gefühl des Gemeinsamen kennt, lenkte die Gespräche.

Wo soviel Mißtrauen und Feindseligkeit herrschten, wagte es keiner, ein selbstverfaßtes Gedicht vorzulesen oder die eigenen Schwierigkeiten beim Schreiben einzugestehen. Ein verbindendes Projekt, eine Idee, auf die alle sich ohne Vorbehalt hätten beziehen können, fehlte sowieso. War schließlich zu später Stunde ein bestimmter Alkoholpegel erreicht, mündeten die Sitzungen nicht selten in mehrstimmiges Gebrüll und wechselseitige Schmähung. Tätlichkeiten lagen in der Luft und wären vielleicht eine Erlösung gewesen. Es blieb aber bei stumpfen Wörtern und abgenutzten Gesten. Als Schoppe an einem dieser verlorenen Abende bemerkte, wie sehr er selbst in das unbehagliche Ritual einbezogen war — gelangweilt, höhnisch oder angeekelt zur Decke schauend —, verstummte er mitten im Satz, stand auf und ging grußlos weg.

In dieser Zeit, die er auf sich allein gestellt, fast ohne Freunde und Gespräche zubrachte, war ihm auch seine Arbeit schwergefallen, obwohl er zu ihrer konzentrierten Ausführung der Einsamkeit bedurfte. Er mied die Redaktionsräume der Stadtzeitung, in denen er sich früher manchmal beinahe geborgen gefühlt hatte. Schreiben, auch für Zeitungen, selbst die kleinsten, hatte, ernstgenommen, etwas mit Neugierde zu tun, mit Begeisterung für die laufenden Ereignisse, setzte Lebensbeobachtung voraus, bedeutete Macht- und Sprachkritik und war in jedem Fall *erzählen*. Schoppe erinnerte sich der hektisch oberflächlichen, oft aber auch anregenden Atmosphäre in wechselnden engen Hinterzimmern, die er jetzt in großer Entfernung unverändert vor sich sah, des Gestikulierens und Durcheinanderredens in Kellerräumen, zwischen Rauchschwaden, im Rasseln der Telefone und Schreibmaschinen — dieser Mischung aus Inkompetenz, Wurstigkeit und missionarischem Eifer, wie man sie ähnlich in jeder Redaktion antrifft.

Doch hier beklagten sich beispielsweise Insassen einer nahen Irrenanstalt über unzureichende oder falsche Behandlung und forderten die Redakteure auf, ihre Erklärung „Wort für Wort" abzudrucken. Straßenmusikanten erzählten, wie sie von Polizisten verprügelt, ihrer Instrumente beraubt und irgendwo im Wald nachts ausgesetzt worden waren. Kurz war von einem Mord in der Tiefgarage, ausführlich vom Abriß eines Jugendzentrums und einer nächtlichen Hausdurchsuchung die Rede. Eine Frau gab eine Kleinanzeige auf: „Kindergruppe gesucht!", während ein Jüngling, ohne sich von der Unruhe beirren zu lassen, einen verstiegenen Text über Adornos ästhetische Theorie vortrug. Man sammelte sich um den Fotografen, der Bilder vom Schlachthof mitbrachte, die er mit einer winzigen versteckten Kamera aufgenommen hatte. Da wurden im Morgengrauen, unter einer Bogenlampe, Schweine von Metzgern eine steile Rampe hinabgestoßen, an deren Ende sie übereinanderstürzten und blutend, mit gebrochenen Beinen liegenblieben. Man erwog, in welchem Verhältnis Bilder und Texte im Blatt erscheinen sollten, fragte, warum eine politische Gerichtsreportage noch immer nicht abgedruckt worden sei. Eine Ausstellung im Augenladen: „Was ist Freiheit?" Hinweise, Ratschläge...

Gegen Ende seines Stadtlebens hatte Schoppe das Gefühl, den Redakteuren und freiwilligen Helfern, die immer jünger wurden, nur noch im Weg zu stehen. Er stakste ziellos durch die Räume, oder er hockte in einer Ecke und tat so, als wäre er mit Lesen beschäftigt. Die anderen brauchten ihn nicht mehr, das sah man, sie grüßten ihn kaum, sie hatten ihn abgeschrieben, fanden ihn wohl auch komisch, zumindest fremdartig, ein Fossil, das sich nirgendwo einfügte, nie Verantwortung übernahm, sich vielmehr auf irgendwelchen unsichtbaren Verdiensten auszuruhen schien und die Drecksarbeit den kleineren Geistern überließ. Manche machten sogar Witze über ihn, sobald er den Raum verlassen hatte — jedenfalls bemühte sich keiner mehr um Schoppe, man betrachtete ihn mißtrauisch, ja mit kaum verhüllter Feindseligkeit.

Als er eines Abends die Redaktionsräume aufschließen wollte, paßte der Schlüssel nicht; das Schloß war ausgewechselt worden. Seinetwegen? Um ihm künftig den unbeobachteten Zugang zu Post, Briefmarken, Telefon zu verwehren? Schoppe fühlte sich beschuldigt, angeklagt, ja bereits verurteilt. Und er drückte sich, undeutlich fluchend, beiseite, statt Widerspruch einzulegen oder wenigstens mit einem heftigen Abgang zu scheiden. Auf dem Rückweg warf er den Schlüssel, der ihm bisher ein Unterpfand gewesen war, das ihm stets einen Schutz- und Fluchtort offenzuhalten versprach, in einen Gully. Er ging dicht an den Hauswänden entlang, die er mit der Schulter streifte. All die Namen auf den Klingelbrettern. In den Fenstern zuckendes Blaulicht. Am Straßenrand Särge. Schoppe war ein Kind; er wollte — selbstvergessen redend — geliebt und umworben werden, im Mittelpunkt der Aufmerksamkeit stehen und Ratschläge geben, ohne dazu verpflichtet zu sein, oder eben stumm und traurig sich davonstehlen aus unfreundlichen Zimmern und Verwicklungen. Er träumte dann vom Glück des Alleinsein und für sich Arbeitens an einem stillen Platz, in einer Dachkammer mit schiefen Wänden, in abgewetzten Kleidern, die einen Geruch und eine Geschichte haben, und wünschte allen anderen den Tod.

Er suchte die Einsamkeit und fürchtete sie. Auch Klara war ihm eine Fremde geworden. Sie waren oft uneins. Ihre Bewegungen, Gesten, Sätze paßten immer seltener zusammen, und ihr gemeinsames Leben, falls man von einem solchen überhaupt sprechen konnte, war nicht frei von Unaufrichtigkeit. Lange hegte sie einen Groll auf ihn, weil er anders war als sie ihn sich einmal, bevor sie ihn kannte, ausgemalt hatte: nicht jener Prinz, der er sein sollte, vielmehr ein ewiger Muttersohn, in sich selbst vernarrt und asozial. Schoppe rief: „Weißt du eigentlich, wieviele Lieblosigkeiten ich schon hingenommen habe, um die Mutter in dir nicht zu verletzen? um mir das Gefühl der Dauer und Geborgenheit zu bewahren? Es war doch günstig für dich, in die Mutterrolle zu schlüpfen, aber du hast sie im Lauf der Zeit immer achtloser gespielt. Auf mich nimmt eh keiner Rücksicht." Klara erwiderte: „Du, du! Du bedauerst dich. Du redest immer nur von dir. Du läßt keinen zu Wort kommen. Du hörst nicht einmal zu. Du beobachtest mich und kommentierst jede meiner Handlungen. Du wartest darauf, daß ich stolpere, um zu triumphieren, du Rechthaber, du Voyeur!"

Nach einem Streit versuchte Schoppe manchmal, Klara durch aufmunternde Gesten, kleine Töne und Spiele, die er ihr gleichsam zum Mitspielen und Einschwingen anbot, zu versöhnen. Er führte seine Bewegungen langsam aus — zeigend —, damit sie Ruhe und Zeit fände, sie nachzuahmen. Aber es gelang ihm selten, sie umzustimmen. Er schmiegte sich wie ein Kater, japste wie ein Hund, der darauf wartet, daß ihm der Ball nachgeworfen wird. Klara, die sich durch Schoppes Späße parodiert und nicht ernstgenommen fühlte, reagierte schroff, mit abweisendem Gesicht. Seine phantastischen Monologe schnitt sie mit der Aufforderung zu ihrer Realisierung ab.

Als sie eines Morgens beim Frühstück unvermittelt zu ihm sagte: „Von dir will ich mal nicht gepflegt werden, wenn ich alt bin", rückte er nach einer Pause, ohne etwas zu antworten, den Stuhl zurück und schloß sich in seinem Zimmer ein. Tagelang verließ er es nicht mehr. Fenster und Vorhänge blieben geschlossen. Wenn an die Tür geklopft wurde, verhielt er sich ganz still; er fürchtete nur, sein überlaut schlagendes Herz könnte ihn verraten.

Er war nicht fähig zu lesen und zu schreiben. Zeitungen, Kleider und Essensreste waren über den Fußboden verstreut. Er lag auf dem Bett und verwahrloste. Bekannten, die ihn anriefen, versicherte er, er könne, seit Klara ihn so getroffen habe, nicht mehr unter Menschen gehen, unmöglich. Er wolle auch nicht besucht werden, einmal des Zustands wegen, in dem sich das Zimmer befinde, zum andern bereite er sich — wie er sagte — darauf vor, den Rest seines Lebens im Frieden einer geschlossenen Anstalt zu verbringen und dürfe deshalb an früher nicht mehr erinnert werden. Eines Tages im Oktober war er verschwunden; niemand wußte, wohin.

Schoppe mußte vor Erschöpfung eingeschlafen sein, denn als er die Augen aufschlug und zum Fenster sah, dämmerte es draußen bereits. Die Augen brannten; er rieb sie, Tränen traten hervor. Klein lag er da, im Modergeruch, weit weg von den Fenstern, in denen Rauch und Regenwolken vorbeizogen, sein Leben, Momente, Gefühle, gewiß, und doch würde er, wenn er jetzt stürbe, keine Spur hinterlassen. Er zog den naßgeschwitzten Schlafanzug aus und kleidete sich umständlich an. Er sah in den Spiegel, wobei er das Gesicht nah an die matte Fläche hielt. Die wirren, leicht gelockten Haare schienen täglich grauer zu werden. Die Poren der Haut waren schwärzlich, die Backenzähne schwarz. Die starren Pupillen glänzten. Schwarze und weiße Borsten ragten aus den Nasenlöchern hervor. Bald würde seine Haut ledern sein wie die alter Frauen, die er als Kind aus der Nähe betrachtet hatte, voller Leberflecken, mit bitteren Falten, ein Runzelwerk um die vom Tod beschatteten Augen, und in seinen Mundwinkeln würden Speisereste kleben.

Unnatürlich aufrecht, mit ruckhaften Bewegungen ging er zum Koffer, nahm Joghurt und rohe Eier heraus, die er gierig, den Kopf weit zurückgebeugt, schlürfte. Dann streckte er sich auf dem Bett aus und versuchte, ganz tief zu atmen, während er heftig zitterte. Wie Espenlaub, dachte er und ärgerte sich gleich über die Redensart. Seine Hände waren zart und weiß, wie aus Gips, tote Hände, die sich plötzlich bewegten. Den Bettpfosten umklammernd, „paßte er auf sich auf". Er bewegte die Lippen. Hilfe, ich sterbe! flüsterte er.

Warum schrie er seine Angst nicht heraus? Warum rannte er nicht auf den Platz, die Straße und ließ sich dort einfach neben einer Pfütze fallen, in der Erwartung, daß ihn ein Fremder, der Briefträger beispielsweise, aufhöbe und nach Hause führte? Schon der Gedanke an solche Zuwendung, etwa das aufmunternde Abklopfen der Kleidung durch den Postboten, erwärmte Schoppe. Wieder einmal stellte er sich vor, er hätte als Junge seine Mutter verlassen. Sie hätte immer auf ihn gewartet und sein Zimmer ganz im alten Zustand erhalten, bis er nach vielen Irrfahrten zurückgekehrt wäre, und sie hätte sein Kindergesicht unter den fremden Zügen erkannt. Er sah sich über eine Wiese auf ein Haus zugehen, in dem er gewiß erwartet wurde. Er kroch durch ein Loch im Zaun, an das er sich noch erinnerte, und näherte sich der Hintertür. Doch plötzlich sprang er in krummen Sätzen über ein Stoppelfeld davon und verschwand, Haken schlagend, im Novembernebel: helle Haut, knochige lange Hände, unruhige Pupillen — war *er* das gewesen, Schoppe, oder ein bedauernswerter Mitschüler und Irrenhäusler, den das tägliche Pauken lateinischer Stammzeiten unter der Peitsche des Großvaters um den Verstand gebracht hatte?

Sehr früh schon war es dagewesen, das Gefühl, verlassen, betrogen, ja heillos verloren zu sein; zerstört, zerbrochen, zertreten vom Feind, der in den verschiedensten Erscheinungen auftrat, um Schoppe den Weg zu versperren oder ihn sonstwie zu demütigen und zu vernichten. Im Stadtgarten versuchte das Kind, eine auf dem Weg liegende, verwelkende Gänseblume aufzuheben, doch die Kinderschwester zerrte es achtlos weiter. Es sträubte sich, wandte sich schreiend um, ließ sich verquer zu Boden fallen — vergeblich.

Die Mutter hatte Schoppe in ein Kinderheim nach Königsfeld gebracht. Sie hatte ihm versprochen, ihn am Abend wieder abzuholen. Er war leichtsinnig genug gewesen, ihr zu glauben, und unter die Kinder getreten, die im Garten um einen großen Tisch versammelt waren und Kakao tranken. Es roch nach Mirabellenmarmelade. Die Kinder verstummten einen Augenblick und musterten Schoppe. Das Kaffeegeschirr klapperte. Eine Erzieherin trat auf ihn zu und sagte: „Wir haben alle auf dich gewartet." Er ließ sich vom warmen Klang dieser Stimme täuschen, die ihm Zugehörigkeit versprach. Er redete gestikulierend in einem fort und vergaß dabei sowohl die Mutter als auch das Kuchenessen. Die Gegenwart so vieler fremder Kinder, die ihm zuzuhören schienen, erregte ihn. Er stand im Mittelpunkt. Seine Wangen glühten.

Am Abend allerdings wollte er sich nicht ausziehen und zu Bett bringen lassen. Er saß, eine Holzpuppe an sich gepreßt, steif auf einem Stuhl und beharrte darauf, abgeholt zu werden. Dann wurde er „plötzlich krank", er bekam „sehr hohes Fieber", wie der Leiter des Sanatoriums Kinderweide der Mutter mitteilte. Da ist ein Riß, undurchdringliches Dunkel. Schrie er lange? Tobte er, bis er bewußtlos zu Boden fiel? Rüttelte er an der Tür? Sperrte man ihn in einen finsteren Raum? Schlug man ihn? Gab man ihm eine Beruhigungsspritze? Fesselte man ihn an das Gitter des Betts?

Als er zu sich kam, lag er allein am Rand eines riesigen düsteren Schlafsaals im Obergeschoß, an dessen Fenstern der Sommer vorüberzog, wochenlang wie gelähmt, wort- und wehrlos, mit geschlossenen Augen. Der Schmerz und die Dunkelheit hatten alle Bilder zerquetscht. Keiner kümmerte sich um ihn, man hatte ihn aufgegeben. Er wollte auch mit niemandem reden, nichts hören, nichts sehen: außer der Holzpuppe; mit ihr sprach er. Ein Gong im Speisesaal, Schuhgetrappel, Essensgeruch. Ihn ekelte. Er war allein mit dieser Schmach. Er hatte überlebt.

Um welchen Preis? Zu Hause schlief er, bis er beinahe erwachsen war, bei seiner Mutter im Zimmer; sie hatten nur dies eine. Er versuchte sich vorzustellen, an welchem Platz er seine Spielsachen aufbewahrt hatte, seine Bücher und Comic-Hefte. Er wußte nicht mehr, wo sein Schreibtisch gestanden war. Hatte er überhaupt einen besessen? Er erinnerte sich nur, daß er, wenn ihm nachts Grauenhaftes geschah und er schreiend erwachte, in nordwestlicher Richtung durch die Finsternis getappt und zu seiner Mutter ins Bett gekrochen war. Er hatte sich an ihren warmen Körper geschmiegt, und sie waren, gleichmäßig atmend, beieinandergelegen „wie zwei Löffel“. Ihr zuliebe machte er seine Stimme zierlich, und sie verständigten sich in einer Art Babysprache, in der alle Wörter auf i endeten.

Eines Nachts war er aufgewacht und hatte im Dunkeln die weiche Stimme der Mutter und die schneidende des Stiefvaters gehört, der hier eigentlich nichts zu suchen hatte. Sie stritten heftig, bis der Stiefvater die Mutter mehrmals schlug und — den Sohn, der immer zwischen ihnen stünde, verfluchend — das Zimmer verließ. Schoppe hatte zitternd dem Wortwechsel gelauscht, den unterdrückten Rufen, dem Klatschen der Schläge, er wollte eingreifen, schreien, aber er konnte sich nicht bewegen und brachte keinen Laut hervor.

Auf der Straße und in der Schule trat ihm der Feind offen entgegen, als Gassenjunge, Mitschüler, Hauptlehrer, als Hausmeister und wachsamer Bürger. Der Feind machte Schoppe in der Menge sofort ausfindig, er stieß ihn höhnisch beiseite, nutzte —

wenn er nur einen Augenblick unaufmerksam war — seine Schwäche aus und ließ ihn gebrochen, in leerer Verzweiflung zurück. Besonders die Schule war so ein Ort der Folter und Qual, der Prügel und ausgerissenen Haarbüschel. Stahlfedern zerbrachen, Tintenkleckse (und bald auch Tränen) waren quer über die Heftseite verspritzt. Der Blick des Lehrers war immer gegenwärtig. Schoppe wurde mit dem Lineal geschlagen, sobald seine „böse" Hand sich selbständig machte und die früher erlernten deutschen Buchstaben anstelle der lateinischen malte. Er schwieg fortan im Unterricht und verlernte das Lesen und Schreiben wieder. Wenn man den dreckigen Hals mit einem in Alkohol getauchten Wattebausch abrieb, bekam er hellrosa Flecken, wie Ferkelhaut. Die Kinder sahen herüber und lachten schadenfroh. Schoppe blickte aus dem Fenster in eine Landschaft, die nur er sah.

Wenn er allein vor dem Haus spielte, wenn er im Rinnstein saß und in den Schlamm schrieb, kam regelmäßig ein etwas größerer Junge des Wegs, der Schoppe hänselte, weil er hochdeutsch sprach oder eine Haarspange trug oder einen Witz nicht verstand — er fand stets einen Anlaß. Manchmal begnügte er sich damit, Schoppe den Stock zu zerbrechen, mit dem er gerade spielte, oder die Sandburg zu zertrampeln, bevor er weiterging. Anderntags stopfte er ihm Juckpulver in den Hemdkragen, oder er stellte ihm überraschend ein Bein, warf ihn zu Boden und kreuzigte seine Arme. Schoppe roch den schlechten Atem des Feindes, der auf ihm hockte; ihm wurde übel, während er regungslos auf dem Rücken lag. In den Augen seines Peinigers wechselten Hohn und Haß.

Einmal hatte Schoppe einen Wehrmachtshelm aus Pappdeckel geschenkt bekommen, so glänzend bemalt und lackiert, daß er beinahe echt aussah. Schoppe marschierte damit, ein Holzgewehr auf der Schulter, vor der Haustür salutierend auf und ab, als der Feind vorbeikam. Er nahm ihm den Helm vom Kopf, besah ihn eine Zeitlang, wog ihn in der Hand und spießte ihn dann auf die Eisenspitzen des Zauns, immer wieder, bis nur noch ein grauer durchlöcherter Fetzen Papier übrig war, den er Schoppe mit den Worten: „Da ist dein Helm, du Pappdeckelsoldat" vor die Füße warf. Danach erschien der Junge nie wieder, sei es aus

Furcht vor Strafe, sei es, weil er sich seines endgültigen Sieges gewiß war.

So erfuhr Schoppe früh, auf schmerzhafte Weise, daß er ein anderer war, dem die gewöhnlichen Erfolgswege verschlossen blieben. Irgend etwas Unselbständiges in seinem Wesen, etwas Altkluges, schnell Gekränktes, eine selbstverliebte Art zu sprechen und sich zu bewegen, ein Lächeln, ein Aufgeregtsein forderte die Feinde heraus. Er spielte am liebsten für sich, in einer Ecke geschützt, oder mit Kleineren, von denen Überfälle nicht zu befürchten waren; auch mit anderen Außenseitern, etwa den Flüchtlingskindern, die zuschauen mußten, wenn die Einheimischen auf dem Platz Fußball spielten. Geschickt und stets verfügbar, akzeptierten sie Schoppe als Häuptling, Schiedsrichter und Organisator ihrer Unternehmungen und brachten ihm dabei allerlei Handfertigkeiten und Überlebenstricks bei. Dennoch war es demütigend, wenn er beispielsweise drei wesentlich kleinere Jungen unter viel Geschrei im Wettlauf besiegte oder mit dem Gummiball umdribbelte und plötzlich bemerkte, daß ihm Erwachsene oder gar Gleichaltrige, die schon zur Arbeit gingen, zusahen. Nackt stand er da, mit durchsichtiger Haut.

Sein Haar trug Schoppe lang, obwohl er so Gefahr lief, täglich von den geschorenen Lehrern mit dummen Sprüchen belästigt zu werden. Wochenlang lag er im Bett, träumend oder mit Büchern, die ihm sein Anderssein bestätigen und erklären sollten. Die Dichter waren seine Freunde, besonders die unglücklichen und ausgestoßenen, deren Briefe und Tagebücher er las und aus deren Werken er die gewaltigsten Sätze auswendig wußte: „Das Nichts hat sich ermordet, die Schöpfung ist seine Wunde..." Er imitierte James Deans und Marlon Brandos rebellische Gesten. Lange Waldspaziergänge mit hochgeklapptem Mantelkragen, die Hände tief in den Taschen, der Blick zu Boden gerichtet: frischer gelber Schotter. Er ging durch dunkle Hausgänge und Hinterhöfe, an Verschlägen vorbei, aus denen es nach Abfällen stank. Draußen graute der Morgen. Ich bin ohne Herkunft, frei, keiner von euch!

Er mied die Orte der Geselligkeit, Feste und Tanzveranstaltungen waren ihm zuwider. Er fürchtete sich vor den Menschen.

Einmal lud ihn ein Mädchen, das ihn mit dem Vornamen ansprach, zu ihrem Sommerfest ein. Er ging zwar hin, stand aber nur in einem Winkel und hörte gezwungen dem Gerede der Wohlstandskinder zu. Nach einiger Zeit empfand er jeden Allerweltssatz, der durch den Raum schwirrte, als persönliche Kränkung. Obwohl die meisten Leute ihn gar nicht beachteten, sondern sich an ihm vorbei und über ihn hinweg unterhielten, als wäre er nicht vorhanden, und die Gespräche ganz belanglosen Gegenständen galten, fühlte er sich — vom Tonfall? den begleitenden Blicken und Gesten? — direkt angesprochen und belächelt, ja in seiner Existenz bestritten. Sobald die anderen zu tanzen anfingen, mit gezierten mutlosen Bewegungen, zu einer erbärmlichen Melodie, verließ Schoppe den immer enger werdenden Raum und drückte sich ins Freie. Halb spielerisch verbarg er sich im Vorgarten hinter Büschen. Das Mädchen, das seine Flucht bemerkt hatte, lief durch den dunklen Garten und rief seinen Namen, doch er rührte sich nicht. Bäuchlings in einem Maiglöckchenbeet liegend, roch er die Erde und wußte, er konnte nicht mehr zurück. Als das Mädchen hinter dem Haus verschwunden war, trieb ihn die Scham hinweg.

Manchmal ging er mit Kameraden in eine Kneipe. Alle sprachen durcheinander, auch Schoppe gab sich Mühe mitzureden. Wenn ihn aber jemand, zu dem er etwas Zutrauen gefaßt hatte, durch mutwillige Bemerkungen verletzte oder unberechtigt vor den anderen kritisierte, erstarrten seine Gesichtszüge, sein Körper verkrampfte, er blickte zur Seite, versuchte wegzuhören, stammelte, verstummte, wünschte sich an einen fernen Ort, blieb jedoch im Stimmengewirr sitzen, das wie von weither klang — einzelne Wörter ganz scharf! —, während heftige Kopfschmerzen einsetzten. Im Zustand der Lähmung, mit pochenden Schläfen, erlebte er jeden weiteren Satz als grausamen Angriff, als Messerstich in die Brust und Bohren in der Wunde. Ekel vor der hellen höhnischen Feindstimme befiel ihn, und der unsichtbare Vorhang zwischen ihm und der Welt fing zu klirren an.

Freilich gab es Situationen, in denen Schoppe einer plötzlichen Attacke gerade noch ausweichen konnte, indem er etwas ganz Unerwartetes antwortete, das gar nicht hierherzupassen schien. Dadurch zwang er seinen Widersacher, der den Vorwurf, welcher in Schoppes Ausweichen lag, natürlich bemerkt hatte, die kränkende Äußerung entweder mit einer ironischen Geste herunterzuspielen oder — über die neue Distanz hinweg — zu wiederholen, worauf Schoppe nun aber wesentlich besser vorbereitet war, so daß es dem Feind schwerer fiel, ihn zu demütigen. Trotzdem geriet er jedesmal in Panik, eine Erfahrung, mit der er in der Folge wucherte. Er sonderte sich noch entschiedener ab, dachte wieder über seine seltsame Verwundbarkeit nach — knochentief sitzende, alles beherrschende Angst — und schrieb in sein Tagebuch.

Nach jedem gescheiterten Aufbruch in die feindliche Welt, jeder unglücklich verlaufenen Liebesgeschichte war Schoppe mit einem Gefühl des Befreitseins zu seiner Mutter zurückgekehrt. Ja er hatte sich im Verdacht, alle Beziehungen mißtrauisch selbst zu untergraben, nur um mit der Mutter verbunden bleiben zu können. Ein Leben ohne sie, in der Fremde, schien ihm unvorstellbar.

Es war inzwischen finster geworden. Schoppe lag in den Kleidern auf dem Eichenbett. Er fieberte, er fror. Von oben dröhnte das Fernsehgerät: abwechselnd Musik, Stimmen und Beifallklatschen. Er knipste das Licht an. Käfer mit langen Fühlern huschten über die Wand. Im Schein der Deckenbeleuchtung wirkte das Zimmer noch trostloser als bei Tag. Er fühlte ein wehes Ziehen in der Brust, wenn er an seine Mutter dachte. Sie hatte seine Entscheidungskraft unbewußt immer niedergehalten. Sie wollte ihn, lebensuntüchtig, für sich haben, war, solange sie lebte — und auch darüber hinaus — überall und jederzeit gegenwärtig, während er sich wie ein kaltes, stotterndes, ewig mit sich beschäftigtes Kind verhielt, das ihr schlechtes Gewissen ausnutzte und sich jede Anstrengung abnehmen ließ.

Zu Anfang, bald nach ihrem Tod, hatte er öfter mit ihr gesprochen. Er hatte ihre Stimme gehört, hatte gesehen, wie sie lächelnd im weiten beigen Mantel die Straße daherkam, um ihn zu besuchen; wie sie auf dem Küchenstuhl saß, ein Bein an den Körper herangezogen, und die tagsüber ausgegebenen Geldbeträge auf einem Zettel addierte; wie sie in Kleidern auf dem Bett lag, unter der brennenden Wandlampe, den Kopf zur Seite geneigt, die Hände auf dem Zeitungsblatt. Dann hatte er sie langsam vergessen und nur noch Fotos von ihr im Kopf behalten, raschelnde Bilder, Laute, die ihm wie einstudiert vorkamen. Die Zeit hatte auch ihre Berührungen verwischt. Was war geblieben? Ein Duft von Puder, der sie vergegenwärtigte, ein besonderes Morgenlicht auf dem Balkon, die Farbe der Augen? Manchmal, wenn er ein paar kaum zu entziffernde Zeilen von ihrer Hand in einem alten Kalender oder einem Notizbuch entdeckte, waren ihre Gesichtszüge einen Augenblick lang lebendig, ja er glaubte, sie früher, als sie noch lebte, nie so deutlich gesehen zu haben. Und sie sprach: „Es ist ein so schöner Abend heute..."

Dann wieder sah er sich neben ihr sitzen, die ganze Sommernacht lang. Sie lag da wie eine Puppe, ein Zwischenwesen mit rasch eingefallenen Wangen und Schläfen. Ihre Lippen waren so straff über die Zähne gespannt, daß sie zu grinsen schien. Warum hatte sie ihn verlassen, ohne etwas zu sagen? War nicht aus ihrer Brust, als er sie in den Armen hielt und schüttelte, um den wegrutschenden Blick wieder nach vorn, auf sich zu richten, ein grausiges Mahlen und Knirschen gekommen, als würden da Laute, Worte, die sich noch äußern wollten, zermalmt? War es nicht eher ein Knarren wie von einer alten Schranktür gewesen, die langsam geschlossen wird? Eine Fliege umsurrte die Lampe und nahm auf der Stirn der Toten Platz. Sie ließ sich nicht wegscheuchen, kam immer wieder und streifte die Vorderbeine aneinander. Schoppe konnte nicht länger hinschauen. Schließlich zog er der Toten die Decke übers Gesicht. Nun hatte er das Gefühl, sie würde sich unter der Decke regen. Er öffnete alle Schubladen ihres Sekretärs und nahm die Jugendbriefe heraus, die ein rotes Seidenband zusammenhielt. Lesend erwartete er den Morgen.

Den Körper der Mutter hatte Schoppe ohne Zeremoniell verbrennen lassen: keine Aufbahrung in der Kapelle, keine Ansprache des Pfarrers, keine Orgelmusik. Er ließ die wenigen Leute, Nachbarn und Arbeitskollegen, die unaufgefordert gekommen waren, im Flur der Leichenhalle stehen und ging weg, während sie verwirrt die mitgebrachten Blumensträuße in den Händen drehten. Damals achtete man unter Jüngeren Feierlichkeiten, gleich welcher Art, gering; man hielt sie insgesamt für überholten bürgerlichen Pomp und lügenhafte Selbstdarstellung. Auch wußte Schoppe selber mit Ritualen nicht umzugehen; er schämte sich jedesmal, wenn er in eine formelle Situation geriet, die ihm „Haltung und Würde" abverlangte, und fing aus Unsicherheit, in knabenhaftem Trotz, zu kaspern an. Er wollte kein Beileid entgegennehmen und das Trauergesicht ziehen. Das Leichenmahl in einer Gastwirtschaft anzuordnen war ihm unmöglich. Hätte er wenigstens ein paar versammelnde Worte des Danks am Sarg gesprochen.

Der Beisetzung des Stiefvaters, Jahre später, war Schoppe ferngeblieben. Er hatte den harten, preußisch strengen Mann, einen Filmjournalisten, der bald nach dem Krieg im Soldatenmantel aufgetaucht war, sofort als Bedrohung empfunden und solange haßvoll bekämpft, bis die Mutter ihn wieder weggeschickt hatte. Alle Versuche des Stiefvaters, Schoppes Widerstand zu brechen — sei es durch Schläge mit der Peitsche oder durch wochenlanges dumpfes Schweigen — scheiterten. „Aus dir wird sowieso nichts, du hast einen Fußball als Kopf", pflegte der Stiefvater zu sagen.

Kurz vor seinem Tod hatte ihn Schoppe noch einmal besucht. Er wohnte allein auf einem Dorf, etwas abseits, in einem winzigen Holzhaus, von Wildnis umgeben. Seine breiten slawischen Gesichtszüge waren maskenhaft aufgedunsen und wirkten leer, ganz ohne Erinnerung. Das Glas in der Hand zitterte. Worüber sollten sie sprechen? Der alte Mann hatte nicht nur die unangenehmen Ereignisse in sich verscharrt. Vergessen schien auch ein langer Artikel, den er zum 70. Geburtstag Marlene Dietrichs geschrieben hatte, oder ein Film über Tolstois Leben, dessen Drehbuch von ihm stammte. Schoppe war nicht einmal sicher, ob der Stiefvater ihn noch erkannte. Oder täuschte er ihn, spielte er den Abwesenden und Vergeßlichen nur, um nicht mehr reden zu müssen? Er roch nach Tod. Noch nie hatte Schoppe den Tod so unverkennbar gerochen: säuerlich, ein Gemisch aus feuchten Pelzen, altem Papier und Pisse. Alles im Raum sprach vom Tod: das in der Mitte eingedellte Sofa, der erloschene Fernseher, Nester aus Katzenhaaren. „Dahinten im Kopf hab ich ein Loch" sagte er einmal, hinter sich deutend, und es war Schoppe unklar, ob er dort tatsächlich ein Loch vermutete, ob er so auf seinen Gedächtnisverlust anspielen wollte oder nur ein Kissen als Nakkenstütze verlangte.

Der Stiefvater starb einen Tod, den er ein Leben lang in sich gefüttert hatte, mit Stolz und anmaßenden Gesten, mit Flucht vor ernsthafter Schreibtischarbeit, mit Alkohol, starkem Kaffee und Zigaretten; einen Tod, über dessen Wüten im eigenen Leib zu sprechen, ja überhaupt nachzudenken er sich immer geweigert hatte, selbst dann noch, als er in Gestalt zweier blauer, langsam abfaulender Beine unübersehbar war. Sogar die Schmerzen verschwieg er. Wär er doch auf dem Fußboden seiner Hütte verendet. So aber geriet er, der stets die Ärzte gefürchtet und gemieden hatte, am Ende in die Medizinmaschine. Die Krankheit lieferte ihn den Ärzten erbarmungslos aus. In einer Provinzklinik wurden ihm noch, als er schon im Sterben lag, die Beine abgeschnitten. Man ließ den medizinischen Nachwuchs am Todgeweihten üben. Als Schoppe vom elenden Ende des Stiefvaters erfuhr — er starb an einer bei derartigen Operationen vorhersehbaren Blutvergiftung —, erkrankte er. Da war es wieder, das Gefühl des Entsetzlichen, das er von Kind auf kannte. Das Fieber wühlte in ihm und holte von ganz unten Schuldgefühle und Ängste hervor: Besuch versäumt Pflegeheim blaues Bein Zucker Sinsheim das Wort Amputation...

Grau lag er da im Stimmengewirr. Kettenrasseln, Fanfaren! Worauf wartete er? Auf das Unvorhergesehene, die abrupte Wandlung, eine Botschaft, für die er sich ganz einsetzen könnte? Wenn schon kein Ziel erkennbar war, so doch vielleicht ein krummer beschwerlicher Weg? Schoppe spürte das Gewicht der Geschichten und Kriege, es drückte ihn nieder. Gab es eine Möglichkeit, die Last abzuwerfen (was ja nicht *vergessen* bedeutete, sondern *leichter gehen* und *klarer denken*)? „Wenn du dich selbst änderst, ändert sich die Welt.“ Wo hatte er diesen Satz gelesen, gehört? Er trat vor den Spiegel und zerkratzte sich die Brust. Sein Kehlkopf, häßlich kropfhaft, hüpfte. Eiter strömte aus ihm hervor. Der helle Gesang des Unglücks... Schoppe schluckte zwei Valium-Tabletten. Im Jubilieren der Stimmen aus dem Fernsehgerät schlief er ein.

III

In den letzten Oktobertagen wurde das Wetter noch einmal frühlingshaft warm. Das Licht, das morgens durch die Ritzen des Rolladens drang, malte Schlangenlinien auf den Vorhang, fein gesponnene goldene Muster, die Schoppe kaum zu zerstören wagte. Endlich stand er doch auf. Er öffnete die Läden, und milde Luft flutete in den Kellerraum. Im Sonnenschein stieg eine Staubwolke vom Bett auf und glitzerte für kurze Zeit in den Strahlen wie ein Mückenschwarm. Es war windstill. Trotzdem rieselten die Blätter gelb von den Sträuchern des Vorgartens; auch Meisen, die in den Sand flogen, waren darunter. Ein dauerndes Rascheln und Knistern erfüllte die Luft. Die Bauerngärten sandten ihre würzigen Düfte aus: Erde, faulendes Laub, Lauch und Kresse.

Ein wenig schwindlig trat Schoppe in den Garten und ging witternd auf dem Kiesweg um das Haus. In der Nähe des Komposthaufens setzte er sich auf einen Stuhl, nachdem er Jacke und Pullover ausgezogen hatte. Er lehnte sich weit zurück und ließ die Sonne auf die Augenlider fallen. Eine Hornisse nagte am grau verwitterten Holz einer Obstkiste. Libellen flirrten vorbei. Ein Tagpfauenauge nahm zitternd auf der warmen Hauswand Platz. Zwar waren die Vogelstimmen bereits Ende Juli verstummt. Doch ein Rest des Sommers, ein Duft von Blüten und Obst war noch in der Luft, ein Spielen und Innehalten, bevor der erste Frost zupacken würde. Das verblichene Gelb der Sonnenblumen, leuchtendes Hellrot später Feuerbohnen; das matte Rot und Ocker der Dachziegel gegenüber. Vom Bach her ein Glucksen und das Plätschern des Wasserrädchens. Bachstelzen saßen mit wippenden Schwänzen auf dem Zaun. Die Blätter der Birke glänzten silbern im Blau. Ab und zu brummte in der Nachbarschaft eine Motorsäge. Der gnomhafte Nachbar, ein Küfer, erschien am Zaun und band die Brombeerhecke fest. Dann putzte er sich mit einem karierten Taschentuch die Nase. Jenseits des Baches spielten Katzen auf den Scheunentreppen.

Schoppe hielt die Augen geschlossen. Die Vielfalt der Dinge machte ihm Angst. In sich gekehrt saß er da, das Herz abtastend. Er verspürte keine Lust zu lesen oder zu schreiben. Er kam sich unproduktiv vor, parasitär, ein Fettfleck in der Natur: Ich habe keinen Humor, niemand kann sich auf mich verlassen, meinen Wohltäter beiße ich in die Hand. An seinen Bauchansatz hatte er sich gewöhnt. Er diente ihm als Erklärung dafür, daß sich keine Frau mehr für ihn interessierte. Sollte er sich nicht nützlich machen und beispielsweise die manchmal schon weichen, tiefroten Hagebutten für seine Wirtin ernten? Beim Aufstehen warf er einen Schatten auf die Obstkiste, der die Hornisse vertrieb. Er hob ein paar Buchenscheite auf, die vom Holzstoß an der Hauswand heruntergefallen waren. Die Rinde war an der Unterseite feucht und mit kleinen braunen Pilzen besetzt. Als er das Geräusch sich nähernder Krücken hörte, floh er in das Sibirienzimmer zurück.

Zur Mittagszeit, als er die meisten Menschen in ihren Häusern vermutete, wagte Schoppe sich wieder nach draußen. Bevor er das Zimmer verließ, lauschte er an der Tür, ob sich in Flur und Treppenhaus jemand regte. Dann schloß er die Tür sorgfältig zweimal ab und glitt mit angehaltenem Atem ins Freie. Er wollte keinen mit seiner Anwesenheit in Verlegenheit bringen. Vor allem wollte er nicht angesprochen werden, denn er war unfähig, auf die in solchen Fällen üblichen Floskeln wenigstens mit einem gutmütigen Kopfnicken zu antworten.

Er ging zunächst, zwischen Gemüsegärten, westwärts den Bach entlang, bis er auf eine Absperrung stieß, die ihn nötigte, seinen Weg auf der Straße fortzusetzen. Aus den Hauskaminen stiegen dünne weiße Rauchfahnen. Es roch nach verbranntem Holz.

Eine schwarze Katze sprang, als Schoppe vorbeikam, auf den Zaun und schmiegte sich an seine Hand. Aus den Höfen der Winzerhäuser kam ein säuerlicher Geruch. Traktoren ratterten, Männer in gelben Jacken standen auf Wagen und schaufelten Trauben in die Mühle. Die Maische floß durch einen Schlauch in die gelbe Trommel der Presse, aus welcher der Most in eine Wanne rann, während der Trester sich absetzte.

Schoppe wandte sich dem Gebirge zu. Er ging sehr aufrecht und seltsam ruckhaft, den Blick zu Boden gerichtet, sobald ihm jemand entgegenkam. Es schien ihm, daß die Passanten und die Rentner in den Vorgärten und selbst die Hunde, die bellend an das Hoftor stürzten, sich über seine Gestalt wunderten. Lag es an seiner Kleidung, an seinem Gesicht, seinem Haar? Oder einfach daran, daß er hier ein Fremder war, über dessen Herkunft, Profession und Absicht niemand bescheidwußte? Verschlossene Mienen sahen ihm nach. Schoppe ging schneller, bis er die letzten Häuser hinter sich wußte und mitten in Weinbergen stand, die sich schier endlos zum Gebirge hin ausdehnten. Herbstlicht, ein gelb-bräunlicher Schimmer lag über der Landschaft.

Vor einigen Jahren hatte man, im Zug der sogenannten Flurbereinigung, den holperigen Feldweg, der den Mäandern des Triefenbachs gefolgt war, zugeschüttet und etwas darüber am Hang einen fast schnurgeraden asphaltierten *Weinlehrpfad* eingerichtet, auf dem die Traktoren bequem wenden konnten. Holzschilder in Form von Traubenbüscheln säumten in unterschiedlichen Abständen den Pfad; sie kennzeichneten einzelne Rebsorten, ihre Herkunft und Reifezeit. Der *Kerner* beispielsweise, eine Mischung aus *Trollinger* und *Riesling*, benannt nach dem Dichter und Arzt Justinus Kerner, stammte aus Weinsberg und wurde als „fruchtig“ und „spätreif“ bezeichnet.

Auch der Bach war streckenweise begradigt und in eine Betonrinne verlegt worden. Einst hatte er ein Freibad mit Quellwasser versorgt und schlängelte sich nun kaum behindert durch das verschlammte Schwimmbecken, während die hölzernen Umkleidekabinen und die Eingangsbaracke mit der blauen, zweiläufig wellenförmig unterstrichenen Aufschrift „Städtisches Schwimmbad“ verschwunden waren. Auch wenn das Becken mit dichtem Gras, Schilf und wildem Fingerhut überwuchert war — selbst Erlen und Weiden hatten Wurzeln geschlagen —, schimmerte doch überall das helle Blau seiner Bemalung noch durch. Der Bachlauf glitzerte zwischen Betontrümmern und Sperrmüll und zog vor allem im Sommer seltene Vögel, Lurche und Insekten an. Auf der *Liegewiese* weideten unter den Birken drei Ziegen; eine vierte hatte sich kürzlich, wie der Heimatzeitung zu entnehmen war, an dem Strick, mit dem sie festgebunden war, erwürgt, in Panik versetzt von einem der Starfighter, die täglich um die Mittagsstunde im Tiefflug über das Tal hinwegbrausten. Ein Kind lief schreiend, die Hände auf den Ohren, in ein Gebüsch.

Schoppe saß auf einem Startblock und spähte in das Becken, eine Ruine, die von der Natur zurückerobert worden war und in der alles Zufällige, aller *Unrat* — ein Kohlenherd, ein rundes rotes „Trink Coca-Cola eiskalt"-Schild, ein vertrockneter Christbaum mit Lametta — seinen Platz gefunden hatte und so zuversichtlich und versöhnt leuchtete, daß Schoppe nach langer Zeit zum ersten Mal wieder aufatmete. So sollte es bleiben! Eine rostrote Katze schlüpfte aus dem Gestrüpp und legte eine Maus, deren Glieder noch zuckten, vor Schoppes Füßen nieder. Nachdem er das Geschenk dreimal abgelehnt hatte, verschwand das rote Fleisch der Maus zügig, mit Haut und Haar, im Rachen der Katze. Zufrieden wälzte sich das Tier auf dem Rücken im Gras.

Als Schoppe sich wieder dem Weinlehrpfad zuwandte, entdeckte er ein Reklameschild, demzufolge an dieser Stelle ein Hotel mit 187 Betten, 64 Luxusappartements und 40 Suiten entstehen sollte. Das alte Schwimmbad würde schon bald einer *Freizeitanlage* weichen. Schoppe sah sie vor sich: sauber mit Kacheln und Kunststoffplatten verklebt, mit Zierpflanzen, mit Plastikenten, Steinfröschen und einer Pergola aus dem Versandhauskatalog verunstaltet — eine grobe Landschaftsschändung. Und er trat, als hätte sich die Kraft der aus der Wildnis hervorleuchtenden Gegenstände und auch der Katze auf ihn übertragen, gegen die Pfosten des Schilds, übermütig, immer wieder, doch sie gaben nicht nach. Dafür gelang es ihm wenig später, ein Riesling-Schild zu fällen.

Schoppe ging talaufwärts, zwischen den Rebstöcken, auf das Haardt-Gebirge zu. Er bewegte sich jetzt gleichmäßig, im Rhythmus des Atems. Leichter schien die Luft, weiter die Welt. Er spürte seine die Unebenheiten des Bodens abtastenden Füße, die Muskeln der Oberschenkel, die Schwere des Oberkörpers, das angenehm ruhige Schwingen der Arme. Das Gehen öffnete ihm die Sinne und machte ihm auch Mut zu sprechen (probeweise zu sich selber). Die Wärme einer kleinen gelben Herbstsonne lag auf seinem Gesicht und den Händen, und sein Blick wurde frei für die Formen und Farben bei ständig wechselndem Licht. Beim Näherkommen veränderten sich beispielsweise die Umrisse der Berge. Je nachdem, aus welcher Perspektive man sie betrachtete, boten sie sich als schlafende Riesen, Elefanten oder liegende Frauen dar. Erschienen sie eben noch auf einer Linie, so erwiesen sie sich gleich darauf, in einem anderen Licht, kompliziert verkeilt und vielfältig gestaffelt, als unregelmäßige Abfolge von Bergen, Hügeln und Tälern. Beherrschten im Sommer fein abgestufte Grüntöne das Bild, sah man jetzt ein Farbenspektrum von Grün über eine Vielzahl von Gelb-Gold-Tönen und brennendem Rot bis zu verschrumpeltem Ocker und Grau-Schwarz. Während im unteren Teil des Gebirges Gelb-Braun-Mischungen überwogen, waren die Hänge nach oben zu, der Nadelbäume wegen, fast unterschiedslos dunkelgrün.

Rechter Hand, jenseits des Triefenbachs, auf dem Kamm des Tals, wo die Fahrstraße verlief, sah Schoppe die Reste des ummauerten Nonnenklosters Heilsbruck, seit langem eine Weinkellerei, aus welcher der schlanke sechseckige Treppenturm einer verschwundenen Kirche hervorragte. Drei junge Falken umkreisten das Scheunendach. Eine einsame Mühle mit zerbrochenem Mühlenrad und ein Herrensitz aus dem 18. Jahrhundert, jeweils mit Schuppen, Ställen und Kelterhaus und von Weinbergen umgeben, fügten sich an. Schließlich, kurz vor der mit einem gelben Schild markierten Ortsgrenze, die in den frühen dreißiger Jahren errichtete Siedlung. Sie bestand aus etwa zehn ärmlich-niedrigen Doppelhäusern mit nach Osten angebauten Ställen, die inzwischen zum Teil, da niemand mehr Stallvieh hielt, als Wohnraum genutzt wurden. Das Bett des Mühlbachs, von Gestrüpp überwuchert, war teils versumpft, teils ausgetrocknet, während der Triefenbach unten im Tal fast über seine Ufer trat.

Wanderern begegnete Schoppe nicht. Einmal kam eine resolute alte Frau des Wegs, die mit Kommandorufen zwei offenbar blinde und fast taube Hunde dirigierte. Die graugesichtigen Tiere blieben immer wieder keuchend, quer zur Laufrichtung stehen und zitterten am ganzen mageren Leib, bis die Frau sie mit harten Lauten und Stockschlägen vorwärtstrieb. Die Hunde konnten das Wasser nicht halten, ihre Augen waren rot unterlaufen, das Fell war verklebt und stellenweise kahl. Einer knickte ein und stolperte, der andere rutschte ein Stückweit die Böschung hinab.

Die Spätlese war im Gang. In manchen Wingerten standen Frauen und Kinder im Schlamm und schnitten bedachtsam Traubenbüschel von den Rebstöcken. Da ein Wagen mit einer mächtigen Bütte, dort ein Mann, auf dem Rücken die gefüllte Hotte. Die Trauben leuchteten gelb und dunkel zwischen den fünflappigen Blättern hervor, die vom Rand her braun verschrumpelten und sich die Adern entlang gelb färbten. Schoppe steckte sich im Gehen Trauben in den Mund und spuckte die Schalen aus. Auch hier im Freien roch es gegoren; man hatte bereits den roten und schwarz-braunen Trester auf einigen abgeernteten Wingerten als Dünger verteilt.

Viele Weinberge waren in einem erbärmlichen Zustand. Die Rebzeilen sahen wie gerupft und gefleddert aus, fast blattlos. Triebe hingen geknickt nach unten auf die zerfurchte Erde. Das war die Arbeit des *Vollernters*, einer neuen Maschine, die auf breiten hohen Rädern dröhnend über der Rebzeile dahinfuhr und dabei die Trauben buchstäblich herausprügelte, ein Vorgang, der die ganze Zeile minutenlang in ein rhythmisches Zucken und Tanzen versetzte. Die Trauben fuhren mit Blättern und Zweigen über ein Fließband in die Maschine, wo sie sofort geschluckt und gemahlen wurden — ein reißwolfartiges Schnellverfahren, das menschliche Leistung fast überflüssig machte.

Gegen Ende des Tals, kurz bevor der Wein in den Wald überging und der *Weinlehrpfad* sich als *Waldlehrpfad* fortsetzte, wurde der Weg steiler. Der Bach floß hier noch unversehrt und verschwand unter all dem Schilf, den Weiden, Erlen und Pappeln. Gärten und Wiesen waren nicht eingezäunt. Schoppe stand eine Zeitlang, ohne die Haltung zu ändern, über den Bach gebeugt, als suchte er nach Wörtern für seine Geräusche, Gegenstände und Farben. Was sah er? Rechts einen größeren gelben Sandstein, in der Mitte einen roten Sandstein in Form eines Fischs, links einen gebleichten Knochen und mehrere bläuliche Kiesel, an der Unterseite schwärzlich grün; seltsam bewegte Algen, die an Frösche oder Schnecken mit langen Fühlern erinnerten; lanzetthafte Fischchen, die — kaum erkennbar — wie Schatten gegen die Strömung vorbeizuckten; gewellten, ockerfarbenen Sand, und darüber spielte das Blau des Himmels, das Gelb der Blätter, das Grau der Baumstämme und das Moosgrün der Steine am Bachrand. Strenger Erdgeruch. Schoppe rüttelte an einem Weidenstrunk. Eine Elster flog kreischend auf. Die Weinberge, die hier noch — wie ursprünglich im ganzen Tal — bis an den Bach heranreichten, waren mit Hühnerdarm überwuchert. Alte Wingertsteine waren am Bachrand aufgeschichtet. Ein Steg aus morschen Latten führte hinüber. Gelbe Plastikbänder flatterten im Wind.

Zu beiden Seiten des Tals begannen die Vorberge, flache langgezogene Hügel, die meist mit Kastanien bewachsen waren. Während das Haardtgebirge in den oberen Schichten aus Buntsandstein besteht, findet man an den Bruchstellen zum Rheingraben gelegentlich auch vulkanisches Gestein, Gneise, Porphyr und Granit. Die Talwände rückten enger zusammen. Schoppe betrat den Kastanienwald. Der schmale Weg, der tiefer in das Gebirge führte, die Mäander des Baches nachziehend, war weich vom Laub und den stacheligen Schalen. Eine dünne Humusschicht lag auf den Felsen. Blätter mit blutroten Rändern flogen vorbei. Jedesmal wenn es über ihm raschelte, noch bevor ein Aufprall erfolgte, schrak Schoppe zusammen. An einer Stelle lag ein sogenanntes Fenster offen: einigen Lagen Urgestein, Rotliegendes, das auf den ersten Blick wie roter Sandstein aussah, aber viele Millionen Jahre älter war. Schoppe dachte an die Vulkane der Urzeit, die Einbrüche der Meere und das von ihnen abgelagerte Geröll, an die Eiszeiten und warmen Zwischeneiszeiten,

Gletscher, Urstromtäler, Moränen — was für Naturbewegungen!

Jenseits des Baches kam jetzt, teilweise hinter Bäumen verborgen, das ockerfarbene Sanatorium in Sicht, eine Spezialklinik für Frischzellentherapie, in der, so hieß es unten im Ort, vor allem Prominente aus Politik und Showgeschäft sowie geistliche Würdenträger mit Wunderspritzen wiederbelebt wurden. Schoppe spähte über den Zaun. Doch weder auf den Balkons und Loggien noch auf den dunklen Parkwegen und dem Minigolfplatz war irgendein Lebewesen zu sehen. Ein Leichenwagen parkte so, daß er von der Straße aus nicht zu bemerken war. Das magische Geschäft mit den Zellen ungeborener, aus dem Mutterleib geschnittener Schafe schien sich zu lohnen, denn der Spritzendoktor hatte nicht nur im Ort Häuser und Boden erworben, sondern auch weiter oben im Tal den verfallenen Meierhof gekauft und quasi über Nacht in ein *Gästehaus* verwandelt, dessen getönte Fensterscheiben die wohlhabenden Untoten vor neugierigen Blikken schützten.

Sich öfter nach dem geheimnisvollen Ort umschauend, ging Schoppe weiter. Eine Atlas-Zeder mit weiten Ästen und harten graugrünen Zapfen raubte ihm endlich die Sicht. Ein Mühlenrad knarrte, Gänse schnatterten. Schoppe fiel Kerners Gedicht vom *Wanderer in der Sägemühle* ein:

Vier Bretter sah ich fallen,
Mir ward's ums Herze schwer,
Ein Wörtlein wollt' ich lallen,
Da ging das Rad nicht mehr.

So erreichte er den Stausee, einen künstlichen Weiher inmitten eines bereits im Schatten liegenden Talkessels. Der Bootsverleih war seit Mitte Oktober eingestellt, die grüne Imbißhütte geschlossen. Schoppe ging um den Teich. Eine Birke wuchs fast waagrecht dem Wasser entgegen. Enten zogen silberne Streifen in das träge Dunkelgrün. Luftblasen und Wellenkreise verrieten Karpfen und Goldfische. Die Sitzbänke am Wiesenrand waren leer. Ein schmaler Wasserfall stürzte über steile Stufen zwischen

Fichten und Felsen herab. Nach Westen zu wurde das Tal schluchtartig eng, so daß neben dem Bach nur ein krummer Pfad Platz fand, den Schoppe emporstieg. Nach einigen Windungen erreichte er die Anhöhe des Werderbergs und schritt unter Kastanien und Kiefern, vereinzelten Eichen und Buchen in nördlicher Richtung den Bergrücken entlang.

Hart am Abgrund eines verlassenen Steinbruchs, umgeben von ein paar Zwergkiefern und Robinien, entdeckte er einen Gedenkstein: „September 1870: O Straßburg, o Straßburg, du wunderschöne Stadt." Der Stein, von dem aus man — bei klarem Wetter und mit schärferen Augen als Schoppe sie hatte — das Straßburger Münster erkennen konnte, war demonstrativ nach Frankreich gerichtet; er sollte dem Erbfeind zeigen, ihm „schriftlich geben", wer in diesem Grenzland das Sagen hatte. Nun war die Schrift verblichen; roter Sand war vor dem Sockel angeweht.

Über eine Reihe verwitterter Stufen, die — mit Unkraut und sogar kleineren Büschen bewachsen — dem Wanderer sein Ziel fast bis zum Ende verbargen, gelangte Schoppe vor das monumentale *Siegesdenkmal*, erbaut zur Verherrlichung der Folgen des Krieges von 1870/71. Die großzügige Anlage aus leuchtend rotem und gelbem Sandstein erschloß sich über eine breite Freitreppe. In den Ritzen Gras; Kiefernnadeln und trockenes Laub in den Winkeln. Die Kiefern dufteten.

Da stand auf hohem Sockel das bronzene Reiterbild eines nackten Jünglings, der einen Ölzweig in der Hand hielt, mit triumphaler Geste, als trüge er eine Fahne oder einen Speer. Hinter ihm, um einige Stufen erhöht, öffnete sich eine Halle oder Kapelle mit quadratischem Grundriß, woran sich eine schmale Apsis anschloß, aus deren Gewölbe ein Goldmosaik mit der Reichskrone und dem Spruchband „Einigkeit macht stark" schimmerte. Darunter ein Relieffries mit den Wappen aller deutschen Länder; Ehrung der Gründer des Reichs: Bismarcks, Moltkes, der hochherzigen Fürsten, des Königs Ludwig von Bayern, des Kaisers Wilhelm von Preußen, des Heeres. Die „dankbare Pfalz". Zwei lebensgroße Frauenskulpturen, einander an der Hand haltend, verkörperten Sieg und Einheit: „Wir Deutschen fürchten Gott und sonst nichts auf der Welt. Gott wird mit uns sein."

Wie komisch steif wirkten die Figuren, ihre Gesten, Schwert und Palmzweig, der starr nach oben gerichtete Blick. Wie sinnleer klang die nationale Selbstfeier. Das politisch-religiöse Pathos der Anlage, die ja als Aufmarschplatz gedient hatte, war gedämpft und teilweise zurückgenommen in die Natur. Ein wenig erinnerte sie an ruhige Straßen und Plätze in Schoppes Kindheit, Sandsteinmauern in der Wärme des Mittags und Schulausflüge mit Schnitzeljagd. So hatte die Zeit das heroisch Pompöse aufgehoben. Und ein neuer Nationalismus, wie er sich seit einigen Jahren stammelnd äußerte, mußte sich, um gehört zu werden, anderer Orte und Formen bemächtigen. Vielleicht waren Disco-Parties auf Militärflugplätzen geeignet oder ein „Tag der offenen Tür“ zu Füßen der nach Osten gerichteten Raketen.

Während ein Düsenjäger dicht über das vergessene Kriegsdenkmal schrillte und im Westen hinter den Bergen verschwand, bestieg Schoppe über eine ihm zunächst verborgene Treppe das Plateau der Weihehalle, die stets auch Aussichtsturm gewesen war. Von hier überblickte er die Ebene, das herbstliche Rebenmeer, darin die weiß und rötlich schimmernden Dörfer, die Kurven der Straßen und Wege, das glitzernde Band des Rheins und schattenhaft blau, im Horizont verschwimmend, die Silhouette des Odenwalds — oder waren es die unteren Ränder dünner Wolken? Unübersehbar, heute fast zum Anfassen nah, die weißen Kühltürme des Atommeilers von Philippsburg.

Schoppe stützte sich auf die Brüstung und betrachtete die Landschaft, die ihm vertraut schien und sich zugleich immer wieder entzog, wenn er ihre unerschöpflichen Formen in Worten festzuhalten versuchte, als wollte sie ihm keine Heimat sein, kein Ort der Zuversicht und Dauer, oder aber erst nach der äußersten, letzten Anstrengung. Der sanft ansteigende, vom Wind der Vor- und Jetztzeit zusammengetragene Lehmboden, auf dem er gerade dahergekommen war, verband ihn mit seinen Vorfahren, die Jahrhunderte lang an den Rändern des breiten Stromtals und oft auch am Fluß selbst, von Überschwemmungen bedroht, in Armut gelebt hatten. Er sah sie von Süden, vom Kaiserstuhl her durch die Ebene ziehen, die Sonne im Rücken, eine seltsam gestikulierende Gruppe — oder sollte er „Horde“ sagen? —, jeder im Kostüm seiner Zeit, doch versöhnt, Schulter an Schulter mit den anderen. Die vielen unbekannten Verwandten, von denen Schoppe höchstens zwei, drei auf gelben Fotografien flüchtig gesehen hatte, tauchten empor aus Wasser und Sand. Ihre Stimmen, Gerüche, Augenfarbe, ihre Gesten, Haltungen, Wünsche waren die seinen.

Da war der im Stammbuch nur erschlossene, mit einem Fragezeichen versehene Urahn, der erste, der den Vornamen Moritz getragen hatte, ein Hintersasse, wahrscheinlich ein unehelicher Sohn des Freiherrn Moritz von Maienfeld und einer Magd, der dann — wie damals üblich — dem Hausverwalter Schoppe untergeschoben wurde. Er ging im schlichten Kittel der Landleute, und die bauernschlaue Miene verriet nichts von seiner adligen Herkunft.

Moritz war auch der Name eines Großonkels gewesen, Uhrmachermeister zu Schwetzingen, ein kleiner verhutzelter Mann, den Schoppe als Kind ein paar Mal in seiner düsteren muffigen Werkstatt aufgesucht hatte, wobei er stets, ohne sich nach dem gleichnamigen jungen Mannesproß umzudrehen, unter einem schmalen Lichtkegel gesessen war und durch ein Augenglas in ein Uhrwerk gestarrt hatte. Im Ersten Weltkrieg hatte der Meister, Mitglied im Liberalen Club, Präzisionsgeräte für den Bombenabwurf bei der Firma Lanz in Mannheim gebaut und doch niemals versäumt, die schweren Kirchen- und Schloßuhren Schwetzingens aufzuziehen.

All die Leibeigenen und Zinspflichtigen, sprach Schoppe laut, Taglöhner, Hauslehrer, im Wald erfrorene Händler und Wilddiebe, nach Amerika ausgewanderte Hungerleider, verschollene Siedler, Kaufleute, Indianerschlächter — die in Leinensäcken im Meer treibenden Toten rumoren in mir fort. Hier, in Baden und der Pfalz, haben sie das Korn geschnitten, geliebt und betrogen, Dorfschulmeister und Kleinbauern, Militäroboisten, Gastwirte und Rotgerbergesellen, Schlosser-, Schneider-, Malermeister, Bäuerinnen und Metzgertöchter. Deutsche, die den Grundherrn ehrten, Kirche, Kaiser und Reich, und sich zu Pfingsten im Sonntagsstaat vor dem Kriegsdenkmal aufstellten; SA-Männer und Deserteure.

Er sah seinen Vater, der vor seiner Geburt gefallen war, im Jägerkostüm, sah den Großvater im Nadelstreifenanzug vorbeigehen, eine Hand in der Hosentasche, auf dem Kopf den Borsalino mit breitem, kühn geschwungenem Rand; der nach oben gezwirbelte Schnurrbart schien die Bewegung der Hutkrempe nachzuahmen. Der Blick des jungen Mannes war der eines Künstlers, die Haltung selbstbewußt; ein energisches Grübchen im Kinn. Der Großvater wollte Kammersänger werden, er sang Lieder von Schubert und Loewe und Händels *Messias* im feinsten Tenor in der Christuskirche, doch die spießige Familie zwang ihn, das Lehrerseminar in Karlsruhe zu besuchen und Hauptlehrer zu werden. Sobald der Verurteilte aus der Schule nach Hause kam, schloß er sich in das Musikzimmer ein und sang den Nachmittag lang zum Klavier; niemand durfte ihn stören. Es war ein Klagegesang, der täglich durch die verschlossene Tür drang, eine Mahnung.

Es schien Schoppe jetzt fast, als drohten die Vorfahren ihm. Warfen sie ihm Untätigkeit und Ortlosigkeit vor? Hatte er keine Pflichten? Hatte er überhaupt ein Recht zu existieren angesichts ihres entbehrungsreichen Lebens? Der Großvater sah ihn aus runden braunen Augen an. Hatten denn all diese Biedermänner und -Frauen je grundsätzlich an sich und der Welt gezweifelt? Was hatten sie gedacht, gefühlt; gelesen? Bücher tauchten nur als Dekorationsstücke beim Fotografen auf. Hatten sie Furcht vor dem Tod gehabt, war ihr Sterben langwierig gewesen? Hatten sie so etwas wie ein Heimatgefühl gekannt, eine Vorstellung von Heimat? Schoppe war weder Vater noch Ehemann, er zahlte keine Steuern und ging nicht zur Wahl. Er verachtete den Staat und das Politikergesindel und wollte keiner von diesen *mündigen Bürgern* sein. Aber er versprach den Vorfahren nun, sich Mühe zu geben und ihr Programm auf seine Art zu erfüllen.

Ich glaube, ich sollte wieder zu arbeiten anfangen, sprach er sich zu, jetzt, wo ich sehen lerne. Ich werde jeden meiner Vorgänger zu Wort kommen lassen, seine Kräfte und Leiden mit den meinen verbinden und sie so verdoppeln — das ist meine Chance. Er sah sie in der Dämmerung die Brennessel mähen, sah sie gebeugt die abgetretenen Kirchenstufen hinaufsteigen und samstags im Saal des Gasthofs „Zum Adler“ in Mühlburg zum Tanz aufspielen. Er hörte ihre Stimmen wie aus Gesangbüchern, und der Wind blätterte die Seiten so schnell um, daß sie raschelten und die Bilder sich überlagerten. Ihre Werkzeuge, Bibeln und Folterinstrumente verstaubten im Heimatmuseum; sie verrieten von ihrem Leben ebenso wenig wie Heiratsurkunden oder Grabsteine. Doch Schoppe konnte die Vorfahren Wort für Wort erfinden und wiederfinden, indem er die Landschaft, den Raum, in dem sie gelebt hatten, für sich zurückgewann. Er sah die Linien des Gebirgszugs entlang, die sich, von gelben Lehmwegen begleitet, weit nach Süden erstreckten. Nach Schoppes Tod und dem Tod aller Menschen würden diese zugleich starken und sanften Formen noch da sein, und es war ihm als lebte sein Blick in ihnen fort.

Während er langsam die Stufen des Aussichtsturms hinabstieg, hörte er den Großvater eine italienische Arie singen. Etwas nördlich entdecke er einen von Bäumen dicht eingerahmten Waldsportplatz, dessen holpriger, an den Rändern mit Gras überwucherter Boden gescheckt war von gelbem, rotem, grauem und weißem Sand. Zwei verrostete Fußballtore standen verkehrt herum da, das zerfetzte Drahtnetz dem Feld zugewandt, als sollten sie so demonstrieren, daß hier kein regelrechtes Spiel mehr stattfinden würde. Am Südende fand Schoppe das halbverschüttete Absprungbrett einer Weitsprunggrube. Er kratzte es frei, setzt sich darauf und blickte lange über den leeren Platz hin wie über eine Kindheitslandschaft.

Auf dem Rückweg schien es ihm dann augenblicksweise, als wanderten die Vorfahren, leise redend, mit ihm. Kastanien, Bucheckern und Nüsse kullerten über den Boden; Samen raschelten in den Samenkapseln, Spinnenfäden waren über den Weg gespannt. Mücken tanzten im schräg einfallenden Abendlicht. Mit einem Mal war die Sonne hinter den Bergen verschwunden, und Schoppe tappte stolpernd ins Leere. Ich bin noch auf der Welt! rief er beschwörend; und wie um sich dessen zu vergewissern, tastete er die zerklüftete Rinde einer Robinie ab: ich bin lebendig, ich drücke mich aus! Als er rasch näherkommende Schritte und dicht hinter sich ein Keuchen vernahm, erschrak er. Schon trabte ein nach Schweiß riechendes Wesen in blauem Trainingsanzug und gelben Schuhen vorüber und verschwand zwischen verwilderten Weinbergen, die hier, am Steilhang, seit langem nicht mehr bewirtschaftet wurden. Am Wegrand ein hoher, sehr alter Apfelbaum, über und über mit Weinreben bewachsen, an denen schwere blaue Trauben hingen. Im Geäst des Baums, vor dem noch hellen Himmel, meinte Schoppe eine menschliche Gestalt zu sehen, die sich leicht kreisend bewegte, sich aber beim herzklopfenden Nähertreten als Vogelscheuche erwies. Man hatte einen verblichenen, vormals schwarzen Anzug, Zylinder und Handschuhe über ein Lattenkreuz gestülpt. Aus der Hosentasche des Schreckbilds hing ein rotes Taschentuch hervor.

Schoppe erinnerte sich eines Malers, eines Einzelgängers mit langem blondem Haar und hellen Augen, der im Juni des vergangenen Jahres plötzlich verschwunden war, ohne seinen Angehörigen eine Nachricht zu hinterlassen. Alle Nachforschungen waren vergeblich. Ende Oktober entdeckten Kinder ihn dann im Garten hinter seinem Atelier. Er baumelte im Wipfel einer Roßkastanie, die rauschend ihre großen fünffingrigen Blätter verlor, während die Kinder, Stöcke und Eimer in den Händen, lange nach oben schauten, unschlüssig, ob es sich um einen Menschen oder um eine Puppe handelte. So gab der Baum auf organische Weise das, was Vögel und Wetter von dem Maler übriggelassen hatten, frei.

Diese Art des Todes erregte vor allem unter den Künstlern der Stadt Aufsehen; sie verunsicherte die professionelle Avantgarde. Wochenlang war von kaum etwas anderem die Rede. Man war sich einig, daß der Maler den Wechsel der Jahreszeiten und den Fall der Blätter mitbedacht und den eigenen Tod als romantisches Ritual in Szene gesetzt hatte — sein letztes, radikalstes, auf absurde Weise lebendigstes Kunstwerk. Wie die Natur langsam starb und verweste, so auch die Kunst, so auch — sichtbar — der Körper des Künstlers: nurmehr Objekt im Gestänge des Baums, zerpickt und zerfressen; ausgezehrte Form vor leerem Himmel, die den Entdecker schreckte und ihn zwang, in sich selbst hineinzuhören und zu schauen auf die Zeichen des Todes.

Schoppe, den die Unbedingtheit des Malers bestürzte, hatte ein Gefühl, als ob er mit dem Finger über eine Linealkante fuhr, oder als ob ein Stück Kreide über die Tafel schrillte. Er wollte sich wehtun und rannte mit der Schulter gegen den Baum. Ein süßer warmer Blütenduft kam aus der Ebene, wo die ersten Laternen glimmten. Schoppe hetzte den Hang hinunter und verirrte sich zwischen alten Weinbergen. Manchmal glaubte er, ganz in der Nähe Stimmen zu hören, ein Lachen, Rufe, doch wenn er um einen Wingertstein bog, war niemand zu sehen. Kastanienblätter flirrten wie spitzzüngige Reptilien; abgestorbenes Laub flog auf. Inzwischen hatten sich über dem Gebirge Wolken gesammelt, aber ein gelber Schein war noch lange am Himmel zu sehen. Schoppe taumelte ins Dunkel, tastete mit den Füßen nach dem Weg und rutschte dabei ein Stückweit ab. Sich aufrichtend, sah er Berittene entgegenkommen, doch als sie unmittelbar an ihm vorüberzogen, waren es zwei Fußgänger in hellen Staubmänteln und ein großer schwarzer Hund.

Sobald Schoppe sich dem Bach näherte, wurde es lichter; der Bach glänzte, und der Wind nahm zu. Aus Rüben und Kürbissen geschnitzte Teufelsmasken schwankten in den Zweigen der Erlen, als wäre ein Volksfest im Gang. Aber nur einige Wasserköpfe waren erschienen. Sie hockten auf der verseuchten Erde und tauchten die verkrüppelten Füße in den Bach. Es war Schoppe, als liefen sie hinter ihm her und schnappten nach seinem Mantelsaum; wenn er sich umdrehte, wirbelten gelbe Blätter zur Seite. Das Quietschen seiner nassen Schuhe hielt er für ein Hecheln und Keuchen. Die leisen Fallgeräusche der Blätter und Früchte klangen wie das Tapsen von Tierpfoten. Ein Ast knackte. Baumstämme lagen über dem Weg, den Schoppe talabwärts stürzte. Er erschrak über den Hall seiner eigenen Schritte. Die weiße Schrift eines Wegweisers leuchtete auf. Im Vorübereilen faßte er die Schäfte der Bäume an, die sich unter seinen Händen schlangenhaft regten. Der verfaulte Baumstumpf sah von weitem wie ein eingerollt daliegendes, helles Pelztier aus. Auf einem schmalen Steg mußte Schoppe so dicht an einem Mann vorüber, der ihm den Rücken zukehrte, daß sie einander berührten. An einer finsteren Stelle, wo er eine Sitzbank vermutete, blitzte plötzlich ein Feuerzeug auf. Ein Schrei kam aus seinem Mund, und die Arme hoben sich wie von selbst.

Als er die ersten Straßenlaternen erreichte, verlangsamte er seinen Schritt. Er hörte vertraute Geräusche, sah in den Fenstern Familien beim Abendbrot oder beim Fernsehen sitzen und ging wie gerettet weiter. Erleichtert las er das Schild: „Dieses Anwesen ist durch eine Alarmanlage gesichert." Auf der erleuchteten Schwelle eines Hauses saß ein Mann mit zwei schönen Knaben, ein Bilderbuch auf dem Schoß. Einer der Knaben spielte mit einem blauen Blecheimer; er schüttete Wasser über die Stufe und setzte sich ruhig mitten hinein.

IV

Aus der Universitätsstadt waren einige Habseligkeiten gekommen: Bücher, Zeitungsberge, Pornohefte; ungewaschene Wäsche, Kleidungsstücke, ein kleiner Fernseher mit Zimmerantenne. Klara hatte Schoppes Zimmer ausgeräumt und gereinigt und ein Kleintransportunternehmen beauftragt, das in Pappkartons Zurückgelassene an die neue Adresse zu liefern. Auf der Suche nach einer Botschaft Klaras durchstöberte Schoppe Bücher und Kleidertaschen, er wendete einen Zeitungsausschnitt um den anderen, entdeckte aber außer eigenen Anstreichungen und Marginalien („Ha!", „Schwachsinn!") nichts. In Kants *Kritik der reinen Vernunft* steckte ein Kleeblatt, das ihn, grau verfärbt und brüchig, an nichts mehr erinnerte. Er schichtete Bücher und Zeitungen zu zwei bis zur Decke reichenden Säulen, die er mit Bettüchern verhängte. Sie glichen nun Grabstelen, und er verbeugte sich vor ihnen.

Am Tisch sitzend ordnete er seine Papiere. Er legte die Manuskripte besonders sorgfältig aufeinander, parallel zur Tischkante. Die Schatten draußen vorbeihuschender Vögel schreckten ihn auf. Manchmal hörte er Stimmen, Musikfetzen, das Tuten des Telefons. Die Geräusche schienen weder von draußen, aus der Winterkälte, noch aus der Wohnung der Wirtin zu kommen. Er ließ Geschirr fallen, Besteck glitt ihm aus der Hand. Er malte sich aus, wie sein Gesicht nach seinem Tod aussehen würde. „Alles wird sein wie vorher, nur ich werde nicht mehr sein."

Bilder eines Buches, von dem er glaubte, es als Kind gelesen zu haben, zogen vorüber. Er sah einen Jungen unterm Sternenhimmel, an einem Holzzaun entlang einen Waldweg hinunterlaufen, auf die schlafende Kleinstadt zu. Vor einem niedrigen Haus mit leuchtenden Scheiben hielt der Junge an und stieg die Stufen zur Tür hinauf. Während er durch das Fenster in die Stube blickte, blieb die Zeit stehen. Die Fliege an der Wand hielt inne, der Wassertopf auf dem Herd hörte zu singen auf, die Frau lag wie tot auf der Ofenbank. Der Wind legte sich; die Dornenhecke wuchs. Träumte Schoppe? War er gestorben? Er sah einen Hund, der — einen langen Stock im Maul — die offene Zimmertür passieren wollte, aber am Türrahmen immer wieder anstieß und hängenblieb, bis der Stock endlich, ein wenig schräg gehalten, doch durchrutschte. Die Fliege an der Wand kroch weiter, der Wassertopf nahm seinen Gesang wieder auf, die Frau erhob sich und eilte auf die Tür zu. Hatte sie draußen ein Geräusch vernommen? Es war Schoppe, als ob ihm eine mit einem Gummihandschuh überzogene Hand in die geöffnete Brust griff und das zuckende Herz herausnahm.

Um sich abzulenken, adressierte er in Zierschrift Briefumschläge an Bekannte von früher sowie an Schauspielerinnen, die er vom Bildschirm kannte, ohne je die dazugehörenden Briefe zu schreiben. Oder er schrieb sich selbst Briefe, in denen er Schoppes außergewöhnliche Fähigkeiten pries und ihn mahnte, aufzustehen und durchzuhalten. Wenn die Briefe per Post wieder zurückkamen, ließ er sie ungeöffnet liegen, um sie in den allereinsamsten Momenten aufzuschneiden und zu lesen als Botschaft der Welt, die ihn nicht vergessen hatte. Er kam sich dabei vor wie ein Schmierenschauspieler, der sich, nach einem Streit mit seiner Frau oder einem Kollegen, stundenlang wohlwollend formulierte Zeitungskritiken, die er ein Bühnenleben über gesammelt hatte, vorlas, um sein Selbst wieder aufzubauen.

Selten drang die Sonne durch den Vorhang und malte Kringel auf den Fußboden. Dann lief er zum Kiosk jenseits des Maifelds, um sich ein Pornoheft (Marke *Nylon Flash*) zu kaufen. Wenn er vom Einholen oder kurzen Spaziergängen in das Sibirienzimmer zurückkehrte, lag ein süßlich-fauliger Geruch in der Luft, der sich vom Moder des Herbstes unterschied. Er suchte sämtliche Winkel nach einem toten Vogel oder einer verwesenden Maus ab, rückte mit äußerster Anstrengung Bett und Schrank zur Seite, fand aber nichts. Vielleicht war im Sommer ein Tier durch das Raster in den elektrischen Ofen gefallen; oder der Schwamm wucherte, angespornt von der ungewohnten Zimmerwärme, in den Wänden. Von den undichten Fenstern tropfte das Wasser herab und sammelte sich auf dem Boden zu einer Lache.

Er fing meist schon nachmittags, auf dem Bett liegend, mit dem Fernsehen an. Es war ihm alles gleich, Kinderprogramm, Werbung, Shows, Ratespiele, Sport, der besondere Film. Hastig wechselte er zwischen drei, vier Programmen, um keinen Handlungsfaden zu verlieren, bis spät in der Nacht dichter Schnee über die Scheibe flimmerte. Fröstelnd stellte er das gleichförmige Rauschen ab, schluckte zwei Beruhigungstabletten und fiel in einen kurzen dumpfen Schlaf.

Gelang es ihm einmal, von sich abzusehen und dem elenden Selbstmitleid zu trotzen, kam ihm seine Arbeit über den unglücklichen Jacob Lenz in den Sinn, und schon hatte ihn die eigene Geschichte wieder eingeholt. Er hatte die geplante Monografie über den Dichter vor Jahren, nach einer Schlafkur im Landeskrankenhaus, abbrechen müssen (und mit ihr sein Studium), weil er in Lenz' Scheitern als Sohn, Liebhaber und Poet das eigene Schicksal bis in Einzelheiten vorweggenommen sah. Bei manchen Formulierungen der Selbstanklage in Lenz' Briefen hatte er den Eindruck, sie stammten von ihm. Er las sie zitternd und mußte das Buch schnell zuklappen; der Puls raste. Warum hatte er sich als Arbeitsgegenstand ausgerechnet Leben und Werk dieses Dichters gewählt? Die Alternative war Kierkegaards *Furcht und Zittern* gewesen. Suchte er Themen, deren wissenschaftliche Behandlung ihn quälte und krank machte? Wollte er scheitern? Fühlte er sich nur als Gestrauchelter wohl? Er blätterte in seinen Notizen, bis er das Motto fand: „Der Angstbedrängte baut seine Schrecken auf und richtet sich darin ein."

Schon als Schüler hatte er vor allem die an sich selbst und der Welt leidenden Dichter verehrt. Von Hölderlin, Kleist und Grabbe, von Trakl, Heym und Kafka ließ er sich korrigieren, hier lernte er, daß es schon anderen so ähnlich wie ihm ergangen war; daß Haß und Einsamkeit nicht sein privates Schicksal waren. Die Bücher seiner frühen Nothelfer waren ihm näher als die Menschen, ja sie *waren* ihm Menschen, sie lebten! Die Wörter dieser längst Toten, nie eigentlich Gestorbenen, schmerzten zwar, schenkten aber auch Glück. Es gelang Schoppe nie, eine historische Distanz zu ihnen herzustellen; er wollte es auch nicht. Die toten Dichter blieben seine Doppelgänger und unterirdischen Brüder, die einsamsten und freisten aller Menschen, deren Stimmen er, auf Waldwegen gehend, hörte, deren Verse er memorierte.

Drei Tage vor Weihnachten machte Schoppe sich ins Gebirge auf. Der Wind war eisig. Dunkle Wolken kamen von Norden. Feiner scharfer Schnee fiel. Schoppe hätte gern ein Kind bei sich gehabt und mit ihm zusammen einen Weihnachtsbaum geschlagen. Vorgebeugt lief er durch den zugigen Winkel von der Spitalgasse zur Klosterstraße. Außer ihm war niemand zu Fuß unterwegs. Wer konnte es den Bauern verdenken, daß sie ihre kalten Scheunen und Häuser verließen, um in kleinen, bequemen, gut heizbaren Bungalows zu wohnen?

Er schlug den Weg zur Kropsburg ein, in leichten Windungen, sanft ansteigend zwischen vereisten Bachgräben und Birnbäumen, die auf ihrer Wetterseite wie Birken aussahen. Die Frakturschrift eines Wegweisers, der eine weiße Kappe trug, war zugeschneit. Am Ortsende die dornige Schlehe mit ihren bitteren, blau-schwarzen Früchten. Letzte Blätter einer Zitterpappel raschelten. Der pulvrige Schnee drang in Baumfurchen und Erdritzen ein. Es war zum Sterben still.

Hier war Schoppe vor Jahren an einem funkelnden Sommermorgen gegangen, summendes Leben unterm blauen Gewölb und dem Trillern der Lerchen, Kamille, Jasmin, als ihm die Fronleichnamsprozession entgegenkam, Schellen und Fahnen, Meßgewänder, unter dem Baldachin die goldne Monstranz. Ihr folgten krumme schwarze Gestalten, staubige Nonnen und weißgekleidete Mädchen; Weihrauchduft. Die Gesänge flatterten wie Spruchbänder im Blau. Nun waren die grünen Triebe der Reben verschwunden. Die Landschaft war kahl; man konnte ohne Mühe die fernsten Bergzüge sehen. Ein rotbrauner Schimmer lag über den Feldern. Rauch von Rebholzfeuern.

Nichts geht verloren, dachte Schoppe. Er betrachtete einen hohlen Apfelbaum, um dessen Stamm ein paar Hagebutten und langes gelbes, im Wind zischelndes Gras wuchsen. Spatzen hockten eng beisammen in den Zweigen, reglos, aufgeplustert gegen die Kälte. Schoppe beugte sich vor und sprach zu ihnen wie der Heilige Franz, doch sie ruckten kaum mit den Köpfen. Es hätte ihn nicht überrascht, wenn sie, einer nach dem andern, mit einem Krachen, wie Eisbrocken oder Steine, senkrecht zu Boden gestürzt wären.

Als Schoppe den Rand des Gebirges erreicht hatte, wandte er sich nordwärts, der einstigen Fronburg zu, die verwinkelt, von Türmen und Giebeln überragt, auf einem Vorhügel des Hochbergs lag. Die alten Rebstöcke waren mit Dornen und Moos überwuchert. Eiswind, die Schneeflocken waagrecht herantreibend, blies ihm entgegen. Er mußte die Kapuze seines Mantels mit beiden Händen festhalten. Nach kurzer Zeit waren die Hände taub und blaukalt, während die Wangen glühten. Der Lauf gegen den Schneesturm schien kein Ende zu nehmen. Schoppe war betäubt vom pfeifenden Getöse und vom Wetter geprügelt.

Er wich, da er kaum noch vorankam, auf einen Waldweg aus, der westwärts in ein Bergtal führte. Obwohl die Schneewolken schnell über den Himmel hinwegtrieben, war es hier fast windstill. In Schoppes Hirn knirschte und knackte es; Nadeln brannten in seiner Stirn. In den Wegmulden lag dicker Schnee, von Hasen- und Rehspuren durchkreuzt. Schoppe sank ein in das Land. Er bemühte sich, die Tierspuren nicht mit seinen Stiefeln zu versehren. Tannen und Ginsterbüsche sahen von weitem wie Gespenster aus. Beim Zuschnüren der Stiefel, auf einen Holzstapel gestützt, fiel ihm sein Freund Gustl ein, der ihn vor Jahren verlassen hatte. Er erinnerte sich, daß Gustl ihn einmal kurz vor Weihnachten besucht hatte. Tee trinkend waren sie nah beisammen auf dem Flusenteppich unter der Lampe gehockt, und Gustl hatte mit seiner kräftigen Stimme beruhigend auf Schoppe eingesprochen. Beim Abschied hatte er Schoppes Stiefel, deren Nähte aufgeplatzt waren, mit nach Hause zu seinem Vater, einem Schuhmacher genommen — ein Zeichen dafür, daß er, schon der Stiefel wegen, gleich nach den Feiertagen wiederkommen würde.

Schoppe bewegte sich wie in Trance durch einen leeren Raum. Wahrnehmungen und Vorstellungen waren leicht wie Luft, Schneekristalle auf der Hand, unfaßbar. Welche Ferne! Er wußte nicht mehr, wo er sich befand. Ein schwer zu lokalisierender Schmerz pochte in seinem Kopf, ein Sirren, das sich nicht abschütteln ließ. Braune, lederne Eichenblätter raschelten. Ob die riesigen Stapfen im frischen Schnee von Schoppe stammten? Lief er, ohne es zu merken, im Kreis? Es schneite in einem fort. Himmel und Erde waren ein grauweißes Laken; alles war gedämpft und geglättet, eine nachgiebige Hülle, unter der Farben, Geräusche, Konturen und Widersprüche zu einer fast schmerzhaften Einheit verschmolzen. Vermummte Zweige, Eisnadeln. Ein Rauschen, als flöge ein großer Vogel vorbei. Dieser Lärm, diese Stille; zum Einschlafen, zum Sterben. Ein kleiner silberner Schlitten. Der Glassplitter im Herzen, die beiden Rosenstöcke auf dem Dach.

Fiebernd irrte Schoppe durch den Wald. Einmal glaubte er einen menschlichen Körper am Wegrand zu sehen, einen jungen Mann in senffarbenem Lodenmantel und weißen Sommerhosen, mit blondem Haar, auf der Seite liegend mit angezogenen Knien, ein Kindergesicht, vielleicht ein Student oder ein Schüler, der in der Einsamkeit Gift genommen hatte und dann eingeschlafen war, doch beim Nähertreten war es nur ein seltsam geformter Felsbrocken. Hier unter den Tannen zu liegen und langsam zu erstarren und vom Schnee zugedeckt zu werden, mußte schön sein. Dann wieder kam Schoppe sich ausgesetzt vor in grauweißen Räumen, in einer gekachelten Badezelle mit Wachstuchvorhang vor der Dusche, das Gesicht mit einem weißen Tuch bedeckt. Diese klinische Ruhe, diese beharrliche leise Verwesung. Eine Rot-Kreuz-Schwester mit kastenförmiger, an den Haaren festgesteckter Haube stieß ihm den Fiebermesser ins Fleisch.

Als er in die weite Lichtung trat, brach der Sturm über ihn herein. Im eisigen Wind trieben Schneestrudel auf ihn zu. Er fiel auf die Knie. Feine Nadeln stachen ihn ins Gesicht, durchdrangen die Ritzen seiner Kleidung. Von den Gliedmaßen her näherte sich die Kälte dem Herzen. Er hatte das Gefühl, sein Hirn sterbe langsam von den Rändern zur Mitte hin ab. Die Wege waren alle verweht. Um die Holzstapel hatten sich seltsame Dünen und Hügel mit steilen Graten und weichen Flanken gebildet, große Spiralen. Durch den Schneevorhang sah Schoppe inmitten der Lichtung ein zweistöckiges Karussell, mit Pferden, Kutschen und Schiffen, mit Löwen und Elefanten bestückt, die sich an Spiegeln, Puttenreliefs und gemalten Märchenszenen vorbei bewegten. Es leuchtete bunt und blitzte, während es sich drehte, und Schoppe konnte nichts anderes tun als sich die Augen reiben und zustimmen. Alle Schärfen waren weggeschliffen; die Erde kreiste ruhig und gleichmäßig, weich und warm unter ihrer dicken Schneedecke, und sanft drangen die Töne der Orgel zu ihm. Sich einschneien lassen...

Schoppe riß sich hoch und rannte den Berghang hinab, scharfe Todeslinie. Er rutschte; Unterholz fing den Stürzenden auf. Der Schnee erhellte die frühe Dämmerung. Endlich erreichte Schoppe die Talstraße. Ein Wegweiser zeigte in den Ort hinunter. Um sicher zu gehen, kratzte Schoppe die Inschrift frei. Ein schwarzes Tuch, eine Krähe? flog dicht über die Straße hinweg. Die Drähte der Überlandleitung waren mit gefrorenem Schnee umwickelt. Der Sturm hatte an Heftigkeit kaum nachgelassen. Schoppe schleppte sich talabwärts, kraftlos; er fror. Erst jetzt bemerkte er, daß seine Kleider feucht waren.

Plötzlich tauchten die Umrisse einer hohen Mauer sowie eines ausgedehnten Gehöfts auf. Der Ermattete sah die eiserne, mit Löwenköpfen beschlagene Tür in der Mauer und ließ sich von einer Sturmbö gegen sie treiben. Sie sprang auf, und er stand in einem Innenhof, über den der Sturm hinwegbrauste. In den umliegenden Gebäuden brannte kein Licht. Die Fensterläden des Wohnhauses waren geschlossen. Steif stieg Schoppe die Stufen zur Haustür hinauf und zog den Glockenstrang. Ein helles Läuten erklang im Haus und schien sich durch Gänge und Flure fortzusetzen.

Auf den Klang der Glocke hin wurde die Lampe über der Tür angeknipst, diese aufgeschlossen, und ein Mann trat auf die

Schwelle, der Schoppe nach seinem Wunsch fragte. Er war etwa 50 Jahre alt, groß und schlank, trug schulterlanges schwarzes Haar, das er mit einer stereotypen Bewegung in den Nacken warf, und hatte strahlend blaue Augen, die er forschend auf Schoppe richtete. Es war ein Widerspruch in diesen Zügen: Während Stirn, Augen und Nase außergewöhnlich edel und jugendlich wirkten, machten Mund, Kinn und Hals einen schlaffen Eindruck.

Er suche ein Obdach, stammelte Schoppe und wunderte sich über die eigene Kühnheit, einen Fluchtort, für kurze Zeit nur, solange nämlich dieser Schneesturm anhalte, geradezu ein Orkan. Er habe sich im Wald verlaufen, seine Kleider seien naß. Er müsse sich dringend aufwärmen...

„Treten Sie ein“, sagte der Mann nach einer Pause und schloß die Tür hinter seinem Gast. Mochte Schoppe ihn in seiner Abend-Einsamkeit aufgestört haben, er ließ es sich nicht anmerken. Er nahm ihm den Mantel ab und hängte ihn im Flur auf einen Bügel, während Schoppe die Stiefel sorgfältig reinigte, bevor er das Wohnzimmer betrat, auf dessen Tür sein Gastgeber deutete. Der Raum war ziemlich groß; in der Mitte ein runder Tisch, der von einer Deckenlampe mit rostrotem Fransenschirm kreisförmig erhellt wurde. Im Halbdunkel ein alter Sekretär, ein Sofa, ein Spinnrad; an den Wänden goldgerahmte Gemälde. Die Fenster waren mit bis zum Boden reichenden, ebenfalls rostroten Vorhängen bedeckt. Das schönste war der Fußboden, beinahe ein Teppich aus Holz: Man hatte, nach einem quadratischen Muster, verschiedene Holzarten in ihren natürlichen Farben zusammengesetzt. Schoppe wagte es kaum aufzutreten. Schließlich kauerte er sich an den runden Kachelofen und massierte aus Verlegenheit, aber auch weil er fror, seine Oberschenkel.

Eine Zeitlang war nur das Knistern des Holzes im Ofen zu hören. Oder pickte der Schnee an den Fensterläden? Schoppe folgte dem Fußbodenmuster mit den Augen. Sein Gastgeber trat mit leisem Geschirrklappern ein und stellte dampfenden Bärentraubentee mit Honig, einen aufgeschnittenen Vollkornstollen und eine Schale mit Äpfeln auf den Tisch. Er schaltete die Wandleuchten an und nahm auf dem Sofa Platz.

Während Schoppe in kleinen Schlucken trank, mit den Händen die heiße Tasse umschließend, und in seiner Erschöpfung nur für sich dazusein schien, sagte der Mann: „Gewiß wird der Schneesturm bald vorüber sein. Auf dem Land erlebt man, trotz aller Veränderungen der letzten Periode, die Jahreszeiten noch einigermaßen aus der Nähe und über größere Zeiträume, man lernt den Wechsel der Witterung im Freien kennen, bevor die Wetterdienste ihn bekanntgeben, während man in der Stadt vom Winter nicht viel mehr bemerkt als die Kälte — und selbst ihr kann man teilweise entkommen, indem man die S-Bahn benutzt, Kaufhäuser und beheizte Passagen aufsucht. Ich schätze die Weite des Landes, dort wo es noch offen ist, noch unverbaut wie etwa hier die Haardt-Hänge. Im Winter ist die Landschaft sehr still. Die meisten Singvögel sind abgereist, die Menschen halten sich viel in den Häusern auf, und selbst der Straßen- und Fluglärm wird vom Schnee gedämpft."

Er lächelte, weil draußen gerade ein schwerer Motor, wahrscheinlich ein Schneepflug vorbeibrummte. Schoppe entschuldigte, an den Ofen geschmiegt, sein Eindringen in der Not mit fahrigen Sätzen. Er sei seit einigen Monaten hier, um die Landschaft zu erforschen in all ihren Einzelheiten. Doch heute im Wald habe ihn für einen Moment die Kraft verlassen, selbst die Fähigkeit der Orientierung: „Schneeschwaden: ich sah keinen Weg mehr. Ich konnte keine Entfernung bestimmen. Ich geriet in einen seltsamen Schwebezustand. Ich phantasierte. Ich hätte der Stimmung nur nachgeben und die unsichtbare Schwelle übertreten müssen; mich in den Schnee legen und einschlafen am Fuß einer Düne, in dieser weißen Wüste..."

„Kennen Sie Robert Walser?" fragte der Gastgeber. „Keiner hat den Winter, den Schnee und die Kälte so tödlich anheimelnd beschrieben wie dieser einsame Wanderer. Ein kindhafter Mann, der den Zumutungen des Lebens und der literarischen Konkurrenz nicht gewachsen war und einen stillen Platz im Irrenhaus Herisau vorgezogen hat. Mehrmals hat er seinen eigenen Tod im Schnee vorweggeschildert, fast genau so, wie es dann geschehen ist, Weihnachten 1956: Er lag, vom Schlag getroffen, ausgestreckt auf dem Rücken im Schnee. Der Mund war geöffnet, er schien die Winterluft noch einzusaugen. Zwei Meter oberhalb des Kopfes lag der Hut.“

Er verstummte, als hätte er einem Fremden gegenüber schon zuviel gesagt, und begann im Zimmer auf und ab zu gehen. Indem Schoppe vom Weihnachtsstollen aß und dazu Tee trank, der im Kachelofen warmgehalten wurde, kam er wieder zu Kräften. Er sah den Mann in der unscheinbaren grauen Hausjacke, mit dem langen Haar und den leuchtenden Augen genauer an.

Nach längerem Schweigen sagte der Gastgeber: „Sie werden es ja schon, wenn Sie tagsüber hier auf dem *Bergel* vorbeispaziert sind, bemerkt haben: Das Herrenhaus — so wird es in den Urkunden genannt — ist renovierungsbedürftig. Es wurde um 1735 vom Landschreiber des Kurfürsten Carl Theodor, einem Freiherrn von Stengel am mittelalterlichen Mühlbach erbaut. Als Adelsgut beschlagnahmt und versteigert, kam es zu Beginn des 19. Jahrhunderts in den Besitz meiner Vorfahren, die hier eine Damastweberei einrichteten. Sie bestand bis zum Ende des Ersten Weltkriegs und belieferte den bayerischen Königshof mit Tafelwäsche. Sogar der preußische König Friedrich Wilhelm II. nahm im Herrenhaus Quartier, als er 1793 versuchte, den Ansturm der französischen Revolutionstruppen aufzuhalten. Er schlief in diesem Zimmer; der Kachelofen stammt noch aus der Zeit.“

Er nahm eines der Gemälde von der Wand und stellte es, Schoppe zugekehrt, auf einen Stuhl. „Diese Ansicht des Herrenhauses fertigte im Jahr 1843 ein unbekannter Wandermaler an, wahrscheinlich als Entgelt für Kost und Unterkunft. Man sieht den Hauptbau von Osten, mit dem barocken Mansardendach, doch ohne den Biedermeiergiebel, der bald darauf eingebaut wurde und die Ursache dafür ist, daß das Haus bislang nicht unter Denkmalschutz steht. Auf der Ostseite befand sich damals auch der Haupteingang — hier die Freitreppe —, während man heute ja von Westen über den Hof hereinkommt, um den sich die Nebengebäude gruppieren: Im Norden, an der Straße, das ehemalige Back- und Waschhaus, in dem seltsamerweise auch der Schweinestall untergebracht war; im Süden das Kelterhaus sowie ein langer Stall- und Scheunentrakt. Den westlichen Abschluß bildet ein Nutzgarten, dem der Ziergarten im Osten entspricht. Die hohe Sandsteinmauer, der später durch Unachtsamkeit der Nachbarn und der Gemeinde versickerte Bach, die Weinberge. So haben die Vorfahren den Besitz, seinen jeweiligen Funktionen gemäß, sinnvoll geordnet. Für die Zehntherren beispielsweise war die große Scheuer wichtig, denn sie betrieben selbst keine Landwirtschaft. Die Weinbauern benötigten Stallungen und ein Kelterhaus, die Weber den großen Saal. Das Anwesen bewahrt, wie ein altes Gedicht, Kenntnisse auf, Erfahrungen, ich möchte fast sagen: Gesetze, die gar nicht veralten können. Vielleicht kann ich Ihnen einen kleinen Ausschnitt zeigen, sofern Sie sich etwas erholt haben."

Schoppe hatte nicht Wort für Wort zugehört. Die Gleichförmigkeit der Rede und die Wärme des Kachelofens hatten ihn schlaftrunken gemacht. Er stand aber auf und folgte seinem Gastgeber über den Flur. Sie betraten einen überraschend weiten Saal, von dessen Fenstern je vier nach Osten und Süden zeigten, so daß man bequem den Ort und das Tal überschauen konnte. Die freiliegende Balkendecke wurde von zwei hölzernen Säulen getragen. Der Mosaikfußboden — dunkle Sterne und helle Kreuze auf rotbraunem Holzgrund — leuchtete. In der Mitte des Raums stand, unter einem Kronleuchter, ein langer heller Ahorntisch. An der Eingangswand zwei Kommoden mit Schubfächern. Weder Buchreihen noch Bilder schmückten die Wände.

„Hier standen früher die Webstühle", sagte der Gastherr einführend. „Sie sind leider, ebenso wie die Webmuster und das Kupfergeschirr, verschollen. Das Bodenmosaik war natürlich abgedeckt; man sollte es eigentlich nur mit Filzschuhen betreten. In den Stockwerken über uns befinden sich die Bibliothek, die Arbeits- und Schlafräume. Der Speicher ist voller Geheimnisse; zwischen all den Vogelkäfigen, Kinderbetten und Rosenkränzen steht eine Truhe mit unbekannten Dokumenten der pfälzischen Revolution. Eine Familienlegende sagt, daß sogar Georg Büchners verschwundener *Pietro Aretino* dort gilbt. Unter unseren Füßen liegt ein 30 Meter langer gewölbter Weinkeller. Durch das angrenzende Kelterhaus gelangt man, ohne den Hof betreten zu müssen, in die Scheune, wo der Maler sich ein Atelier ausgebaut hat und gelegentlich, den Freunden zulieb, seine neuen Bilder vorstellt."

Sie gingen wieder in das Wohnzimmer zurück. Der Gastgeber holte eine Flasche Portugieser herbei, stellte zwei Gläser auf den Tisch und schenkte ein. Vom Flur her war ein leises Knacken und Scharren vernehmbar, als bewegte sich ein Haustier über die Bodenbretter. Endlich sagte der Mann: „Ich habe das Haus vor drei Jahren nach dem Tod meiner Tante übernommen, obwohl es, wirtschaftlich betrachtet, klüger gewesen wäre, es zu verkaufen, beispielsweise an den Staat, der hier nicht ungern ein ‚Künstlerhaus' nach seinen Vorstellungen eingerichtet hätte. Ich bin entschlossen, die Tradition der Familie fortzusetzen. Meine Tante hat, auf ihre Weise, für das Haus und mit ihm verbunden gelebt, ich will es auf meine Art versuchen. Seit geraumer Zeit bin ich dabei, im Weinkeller ein Laboratorium einzurichten, um einmal Naturheilmittel nach Rezepten des Paracelsus herzustellen."

Es scharrte erneut im Flur, brach ab und setzte dann deutlicher wieder ein. Der Gastgeber ging zur Tür und ließ eine schwarz-weiß-rote Katze herein, die sich, fern von Schoppe, unter einen Sessel hockte. „Leider sind die anderen Hausbewohner im Augenblick verreist; Künstler und Wissenschaftler, die etwas Geld gespart oder geerbt haben und hier — jeder für sich und doch, wo möglich, einander inspirierend — einen Teil des Jahres verbringen, ihrer Arbeit nachgehen und gleichzeitig, den Fähigkeiten entsprechend, ein wenig nach dem Haus sehen. So hat der Maler, außer seinem Atelier, ein Gewächshaus konstruiert. Der Dichter hat einen Gemüsegarten angelegt, aus dem wir uns drei Viertel des Jahres versorgen. Der Verleger kann etwas schreinern, und dem Philosophen haben wir immerhin schon beigebracht, wie man die Glühbirnen auswechselt und Pinsel und Farbe benutzt."

Schoppe wollte etwas einwerfen, doch der Gastgeber, der die Frage zu ahnen schien, kam ihm zuvor: „Wir sind keine Landkommune. Vielleicht ein Kreis, eine Runde, höchst wahrscheinlich nur eine durch Vernunftgründe zusammengehaltene Wohn- und Arbeitsgemeinschaft. Jeder lebt für sich und verfügt ganz über sich und das seine. Man kann auch sagen: Einige Leute, die früher in den Städten andere, auch politische Dinge nicht ganz ohne Erfolg betrieben haben, haben sich, unabhängig voneinander, hier zusammengefunden, enttäuscht von der Entwicklung, die die Gesellschaft in den letzten Jahren erfahren hat, abgestoßen vom Unterhaltungsgehabe der Kultur. Das Älterwerden, die kleinen Niederlagen des Alltags... Wie könnten wir ein Modell alternativen Lebens vertreten? Wir überlegen freilich, wie wir das Haus besser nutzen für die Verlagsarbeit oder eine Galerie, für Tagungen und ökologische Seminare, Hoffeste im Sommer, literarische Gespräche in der Bibliothek."

Der Besucher, der sich in den Rückzugsgebärden ein Stückweit selbst wiederfand, wollte wissen, ob nicht doch etwas Verbindendes vorhanden sei — immerhin sage der Hausherr ohne zu zögern „wir" —, der Entwurf einer neu-alten Lebensform, eine gemeinsame Idee, die über den Gemüseanbau und das Organisieren irgendwelcher Seminare hinausweise: das Erretten des Überlieferten, der alten Werte...

Sein Gegenüber erwiderte: „Wir sind nicht in der Sucht nach dem Alten befangen. Wir bewahren die alten Dinge, sofern sie schön und zweckmäßig sind und Spuren geschichtlicher Wahrheit enthalten, und weil ohne sie das Neue nicht gedeiht. Aber wir verherrlichen nicht jeden Trödel. Wir verteidigen auch nichts Politisches, und wir kämpfen nicht. Wir mischen uns nicht ein. Je bedrohlicher die Zeit erscheint, desto genauer konzentrieren wir uns auf unsere Arbeit und setzen unbeirrt fort, was einmal an anderer Stelle begonnen wurde. Wir hören das ferne Grollen, die Schreie der Gefolterten in den armen Ländern, woran wir nichts ändern können, auch nicht durch Gewalt (zu deren Anwendung wir nicht im geringsten ausgebildet sind), und wir schließen die Fensterläden. Wie beugen uns über ein Buch, ein Bild, ein Reagenzglas und warten, bis die Schrift aufleuchtet und wir uns im gelehrten Summen der Bibliothek einen Augenblick lang gerettet fühlen."

„Aber darf man sich denn wissend abwenden?" warf Schoppe ein. „Verhält man sich nicht genauso wie die vielen Gleichgültigen, denen der Gedanke einzugreifen ein Leben lang fremd bleibt?

Wozu hat man nachgedacht und demonstriert für eine gerechtere Welt?“

„Finden Sie nicht“, entgegnete der Gastgeber, „daß den großen Besserungsentwürfen, allen Weltrettungsideen, auch und gerade sofern sie von naturgemäß unbeständigen Künstlern und Intellektuellen formuliert wurden, etwas hochtrabend Hilfloses, Lächerliches, sogar Gewalttätiges anhaftet, der Geruch des Lagers? Ich fürchte, es helfen keine Staatsutopien mehr, doch ohne sie kann man nicht helfen. Wir halten uns an das uns Mögliche, Schwierige, und selbst das kommt mir eigentlich ganz unangemessen utopisch vor: Kunst, auch Poesie, lenkt Leben, und ein durch Dichtung geprägtes Leben bringt wiederum Dichtung hervor — oder wenigstens Sekundärliteratur. Wir lesen einander zum Beispiel Gedichte vor und sprechen über die *andere* Geschichte, die darin aufbewahrt ist. Und wir stellen die Frage, ob die Form, der Geist, die Strenge authentischer Poesie, ob die fast schon vergessenen *großen Wörter* ein letztes Gegengewicht sein könnten zur verrotteten Sprache der offiziellen Sprechautomaten.“

„Soll so nach und nach die Zahl der heller Blickenden größer werden?“

„Deutschland ist eigentlich ein ganz verlassenes, zerfleddertes Land, ein geteilter Trümmerhaufen, und es sind nur noch Kultur und Sprache, die uns verbinden, und so etwas wie eine Gewißheit ist in mir, daß nur die Dichter Deutschland über lange Zeit zusammenhalten können.“

Als Schoppe das Herrenhaus verließ, Fluchtburg des Pilgers, aufgefordert wiederzukommen, wann immer er dazu Lust habe, war es draußen bereits Nacht. Es hatte zu schneien aufgehört. Seit langem hatte er wieder mit jemandem gesprochen. Er dachte über den seltsamen Mann nach, der ihm unerwartet in ein, zwei Stunden ein Überlebensprogramm für wenige vorgetragen hatte. Es war leicht zu kritisieren, und doch ging der Reiz des Hermetischen von ihm aus. Die kalte Luft und das schnelle Gehen machten Schoppe hellwach.

V

In der Kälte des Januarmittags erschien die Sonne kleiner als gewöhnlich. Die Rauchschwaden aus den Kaminen verhüllten sie manchmal wie dünne Wolken. Sie warfen flüchtige Schatten auf die Hauswände. Wege, Dächer und Vorgärten waren mit Schnee bedeckt. Ein Mann scharrte mit dem Spaten in der gefrorenen Erde. Die vermummten Äste und Zweige der Obstbäume sahen vor dem tintenblauen Himmel wie blühende Kirschzweige aus. Wo ein Vogel aufflog, schneite es.

Als Schoppe die schmale Watzengasse entlangging, hörte er ganz nahe einen Knall, einen Aufschlag, der ihn erstarren ließ. Wenige Schritte von ihm entfernt war eine Taube vom Dach eines Bauernhauses, dessen Klappläden zugenagelt waren, auf die Karosserie eines parkenden Autos gestürzt. Bewegungslos blieb sie auf der Seite liegen. Schoppe trat zögernd näher. Ein wohlgenährtes Tier, äußerlich unversehrt, mit dichtem dunkelgrauem Federkleid, die Augen geschlossen. Eine Spur Blut rann aus dem Schnabel über das grüne Autoblech und tropfte in den Schnee. Als Schoppe nach oben sah, bemerkte er zwei hellgefiederte Tauben, die, auf einer Dachgaube sitzend, zu ihm herunterschauten und die Köpfe zusammensteckten, als verständigten sie sich über das Vorgefallene.

Die Berge waren silbrig grau, mit weißen Mulden, und lagen unter einem zart violetten Licht. Gefrorener Schnee hing die Dächer der Scheunen hinab. Gräser und Weidenzweige, die dicht am Bachbett wuchsen, waren mit Eis umwickelt und funkelten in grotesken Formen. Im verharschten Schnee Spuren von Hasen. Die Tiere hatten die Schneedecke aufgescharrt und die Kohlstrünke, die hier und da zwischen den Rebzeilen standen, abgefressen. Das rotbraune Gewirr der Reben- und Weidentriebe starrte wie ein riesiger Reisigbesen in die Winterluft. Alte Winzerfrauen stutzten die Reben und banden die Triebe mit Weidenzweigen zu einer Herzform; Männer verteilten stinkenden Kunstdünger, der in Lastwagen angeliefert wurde, am Rand der Felder. In der Ferne sah Schoppe die Umrisse des Hambacher Schlosses. Er hatte den Wunsch, etwas zu schreiben. Er trat in eine Rasthütte am Weg, kramte ein Stück Kreide hervor und schrieb mit großen Buchstaben an die Stirnwand: „Hambach bleibt Rebellion. Nazi-Carstens raus." Als er sich umdrehte, bemerkte er, daß ihm ein Spaziergänger von der anderen Bachseite aus beim Schreiben zugeschaut hatte. Er fühlte sich ertappt, zog aber gleich sein Notizbuch aus der Tasche und tat so, als studierte er die Landschaft, um sie im Buch festzuhalten, bis der andere endlich weiterging.

Gestikulierend, in ein vorgetäuschtes Selbstgespräch verstrickt, nahm Schoppe die Gegenrichtung. Er kam an einer Mühle vorbei, deren Wasserrad eingefroren war; lange Eiszapfen hingen die Schaufeln herab, spitze grüne Schwerter. Ein paar Gänse standen flügelschlagend neben einem schneebedeckten Teich. Die oberste Eisschicht klirrte, sobald Schoppe den Fuß aufsetzte. Von fern erklang ein unheimliches Krachen; ihm folgte ein Sausen, wie er es noch nie gehört hatte. Hundegebell.

So war er einmal im Winter lange, bis auf die Knochen frierend, durch das Villenviertel einer Kurstadt gelaufen, um das Haus am Rand des Parks wiederzufinden, in dem er 20 Jahre zuvor einige Monate gewohnt hatte, in einer Dachkammer, die sich nicht heizen ließ. Eine hölzerne Stiege führte knarrend hinauf; stets trocknete Wäsche auf dem Vorplatz. Die blumengemusterte, gelb verfärbte Tapete, der Schaukelstuhl, auf dem Schoppe tagelang saß, schwere Oberschenkel, Atemnot, Herzstechen, und durch das winzige, mit einer schmutzigen Gardine bedeckte Fenster drangen der Lärm der Motoren, das Zischen der Autoreifen und ein eisiger Wind herein. Als er das Suchen schon aufgeben wollte, entdeckte er auf einem Klingelschild den Namen der alten Wirtin und spürte ein Ziehen in der Brust, wehe Verwunderung darüber, daß die Frau noch leben könnte und sich womöglich gerade mit ihren Freundinnen zu einer Partie Bridge traf. Er wagte es nicht zu klingeln, sah aber im Gehen immer wieder zu dem Dachfenster empor.

Er folgte einer Schlittenspur tiefer in den Wald. Die Äste der Tannen hingen, schwer von vereistem Schnee, zur Erde herab. Es war klirrend kalt. Immer wenn Schoppe den vierten Akt von *La Bohème* hörte, besonders die Stelle, wo Musette der sterbenden Mimi den Pelzmuff schenkt, bekam er Tränen in die Augen. Im Unterholz flatterten Engel auf. Wieder war ein helles Krachen zu hören, doch näher als vorher; es folgte ein jähes Brausen und dann ein dumpfer Fall, wie wenn ein Baumstamm unter seiner Last zerbricht und umstürzt.

Der Waldring, dem Schoppe entgegenstieg, warf schillernde Funken, und bald stand er mitten in einem leuchtenden blitzenden raschelnden klirrenden Raum. Auf dem Boden lag Diamantschnee. Alle Bäume waren mit einer dünnen Eisschicht überzogen und glänzten wie mattes Glas. Hier und da dehnte sich das Eis in der Sonne, es sprang und riß, wodurch ein Knirschen wie von eisernen Schuhen entstand. Kleine Eisstücke, die sich an Zweige und Gräser angehängt hatten, klirrten im Vorübergehen leise, ein Klingeln, als ob unendlich feine Glasstäbe durcheinandergerüttelt würden. Vor dem tiefblauen Himmel funkelten die Eiszweige der Kastanien, Buchen und Eichen in allen Farben, bis zum Wipfel mit Edelsteinen besetzt. Dann wieder, bei anderer Sonneneinstrahlung, sahen sie wie riesige Weihnachtsbäume aus, über und über mit Lametta und kleinen bunten Kugeln, Verdickungen im Eis, geschmückt, oder ganz künstlich, wie mit Silberfolie umwickelt — faszinierend und faschinghaft zugleich. Es mußte hier oben getaut, vielleicht sogar geregnet haben, doch dann war schnell wieder der Frost eingefallen. Die Erstarrung war so rasch geschehen, daß manche Äste und Zweige an ihrer Unterseite Eiszähne und Silberfransen trugen.

Staunend drehte sich Schoppe unter der klirrenden Pracht, die hart und fremd im fernen Funkeln der Januarsonne lag. Die

Natur kümmert sich nicht um uns, dachte er, während wir uns mit unseren Wünschen und Gefühlen kindisch auf sie beziehen. Er ging vorsichtig weiter bergan, mit kurzen trippelnden Schritten, um nicht zu stürzen oder einzubrechen. Glocken läuteten, Kerzen brannten. Warum hatte er keinen Bergstock bei sich, kein Steigeisen? Als er in den Nadelwald kam, sah er sofort, was das Krachen und Brausen, das im Tal zu hören war, bedeutete. Die Stämme lagen wie geknickte Streichhölzer übereinander, unter der Last des Eises teils gesplittert, teils entwurzelt. Schoppe mußte über meterhohes, schneeverkrustetes Astwerk steigen. Die Schaftstümpfe waren himmelwärts gezackt, helles Holz, die frische Wunde mit einer blaß glänzenden Eisschicht überzogen. Wo die Bäume eng beisammen standen und wenig Licht bekamen, am Hang, wo sie mageren Boden hatten und oft auch krank waren, schien die Verwüstung am größten. Besonders hatten Fichten und Tannen zu leiden; in ihrem dichten Nadelwerk sammelten sich Schnee und gefrierendes Wasser, und ihre Schäfte waren zerbrechlicher als die der Buchen und Ahorne.

Während Schoppe so stand, an einen Hochsitz gelehnt, wurde das Rasseln der Eisstäbe lauter, auch waren einzelne Geräusche deutlicher hörbar, als ob Wind aufgekommen wäre oder die Klunkern sich vergrößert hätten. Die Eishaut der Stämme sprang, ein zitterndes Brechen, sie riß in Stücke und klirrte herab, und das lebende Holz fing zu knirschen an, tief innen ein Atmen und hohes Winseln, gib acht. Gleich würde ein Krachen ertönen, schrill und plötzlich, ein Aufschrei, und Schoppe unter sich begraben. Er hörte ein Sausen von Flügeln. Zweige drehten sich auf ihn zu. Ungeschickt überkletterte er mehrere Baumstämme, verhakte sich mit dem Gürtel an einem Ast, stürzte, bis er nach längerem Irrlauf den Weg fand, der ihn aus dem Fichtenwald führte.

Im Tal war es windstill. Der Halbmond ging auf. Ein Kondensstreifen zog seine in Wolken zerfallende Bahn. In der Ebene glimmten die ersten Laternen. Die Bauern, die in der Mittagssonne die Reben beschnitten hatten, die Krähen waren verschwunden. Schoppe zog die Kapuze fest. Er fürchtete sich nicht in der Dämmerung, er fühlte sich nicht verloren. Schritt vor Schritt auf den harten Boden setzend, war er ganz bei sich. Als er das Herrenhaus erreichte, öffnete er das Tor mit den Löwenköpfen und trat in den Hof. Mehrere Fenster des Hauses waren erleuchtet. Auch in der Scheune brannte Licht. Schoppe trat ein.

In dem Atelier, das der Maler in die Zehntscheuer hatte einbauen lassen, war es hell und warm. Der Boden war über und über mit Farbe bekleckst. In der Mitte des Raums standen Farbeimer, Pinsel und Lösungsmittel provisorisch beisammen, als warteten sie nur darauf, benutzt zu werden. An den Wänden lehnten, hintereinandergestapelt, großformatige Ölgemälde; die meisten waren zur Wand gekehrt. Die dem Besucher zugewendeten Bilder zeigten expressiv verzerrte, in Haltung und Gestik kompliziert verdrehte Menschenleiber, sich auflösende, zerfallende Rümpfe in Blaugrau und Gelbtönen — fremde, widersprüchlich changierende Körperzeichen.

Der Maler, der sich im angrenzenden Grafikraum aufgehalten hatte, kam lächelnd, die Hände in den Hosentaschen, auf Schoppe zu und bot ihm einen bunten Klappstuhl an. Sein blondes Haar war an den Schläfen ergraut, und die Wangen zeigten eine ungesunde rötliche Färbung. Er sprach mit ruhiger Stimme von seinem Unbehagen, ja der Unfähigkeit, die Bilder den Galeristen anzudienen. Wahrscheinlich sei er für solche Bittgänge zu alt oder zu stolz. Sein halbes Leben habe er fast ausschließlich mit Politik zugebracht, als Studentenführer, Druckereiarbeiter und Redakteur einer kommunistischen Zeitung. Es hätte der äußersten Anstrengung und eines Selbstvertrauens, das er nie verloren habe, bedurft, nach so langer Zeit überhaupt wieder mit dem Malen anzufangen, zumal hier auf dem Land, wo es an geistiger Anregung mangelt. Nun wolle er aber nichts anderes mehr tun. Er wies auf eins der Bilder und sagte, dort, am unteren rechten Rand, hätte noch etwas gefehlt, eine Form, eine Farbe, und so habe er, um die Gefährten daran zu erinnern, daß er auch *richtig* malen könne, in Rottönen die Fratze des Bundespräsidenten eingefügt. Er sehe darin eher ein Indiz seiner Unsicherheit als Maler denn einen politischen Akt.

Als sie den großen Saal betraten, in Filzschuhen, die am Eingang bereitstanden, waren die Essensvorbereitungen gerade beendet. Der Verleger, ein bei aller Korpulenz leichtfüßiger Mensch mit langem Vollbart, tänzelte schwitzend von Platz zu Platz und servierte die Vorspeise. Dazu redete er in einem fort; er gestikulierte so heftig, daß die Kochmütze auf seinem Kopf ins Schwanken geriet, und stieß immer wieder sein meckerndes Lachen aus, für das es kaum einen Anlaß gab. Das Kochen sei eben doch die Lieblingsbeschäftigung des Verlegers, sagte der Hausherr, indem er Schoppe einen Platz am Tisch anwies. Man veranstalte dieses verspätete Weihnachtsessen, weil endlich wieder einmal alle Hausbewohner versammelt seien.

Ein Junge von etwa sechs Jahren, um dessen Gunst sich abwechselnd jeder bemühte, so daß Schoppe nicht klar wurde, zu wem er gehörte, saß mit am Tisch. Das Kind aß wenig und schien die Erwachsenen gar nicht zu beachten. Es spielte selbstvergessen mit Bierdeckeln, aus denen es komplizierte Bauten schichtete, deren zitterndes Wachsen und Einstürzen von allen aus den Augenwinkeln beobachtet wurde.

Das Essen — es gab Gansbraten mit Rotkraut und Knödeln und zum Nachtisch Pfirsich-Sorbet — war von Gesprächen über die Widrigkeiten des Wetters, des Hauses und der aktuellen Politik begleitet. Jeder lobte die Mahlzeit und denjenigen, der sie so kunstvoll zubereitet hatte. Der Philosoph indes, mit langem rotem Haar und unruhigem Blick im Kindergesicht, krähte ab und zu bösgemeinte Aphorismen dazwischen, wobei sich seine Lippen mal höhnisch, mal schmerzlich verzogen: „Wir haben den Ekel durch die Kochkunst aufgehoben. Das Kochen ist ein heiliger Akt, Teil einer Wandlung, die in die Kloake mündet. Im Essenden verstummen die Schreie der sterbenden Tiere."

Nach dem Essen wurde das Geschirr abgeräumt, und die Gesellschaft wechselte mit Weingläsern und Mokkatassen in das Wohnzimmer. Der Hausherr entkorkte eine weitere Weinflasche. Der Kachelofen rauschte. Die beiden Zeiger im Barometer standen genau übereinander auf „trocken". Die Klosterstraße war geisterhaft leer. Unten im Ort leuchtete jetzt die blaue Reklameschrift „Pfalzwerke" auf. Der Bus fuhr langsam mit Schneeketten die Tanzstraße entlang. Bei eingeschalteter Innenbeleuchtung konnte man die Gesichter der am Fenster Sitzenden unterscheiden. Auf Plätzen und Balkonen glimmten die elektrischen Kerzen vergessener Weihnachtsbäume. Die ledernen Sitzflächen der Stühle waren mit sternförmigen Messingnägeln beschlagen. Der Junge saß in einer Ecke und spielte mit Autos und kleinen Plastiktieren, die er in einer Wasserschale badete, brummend und leise zu sich selbst sprechend, als wäre außer ihm niemand anwesend. Manchmal lächelte er für sich, oder er blickte plötzlich auf, wobei ein Licht von seinen Augen ausging, das auf alle übersprang.

Der Verleger hatte einen rostroten Schal umgelegt und den Bart, wohl um den Geruch der Kochtöpfe zu vertreiben, parfümiert. Mit jeder seiner Kopfbewegungen schien sich der Moschusduft im Raum zu verstärken. Er nahm mitten im Sofa Platz, zündete die Pfeife an und ließ seine runden flinken Augen schweifen. Beredt, wenn auch von zahlreichen Ähs unterbrochen, mit großen rudernden Gesten, überraschte er die anderen mit dem Einfall, ab Frühjahr eine eigene Literaturzeitschrift herauszugeben, quasi ein Hausorgan, an dem jeder mit besonderer Energie mitarbeiten müßte, weil „unser kleiner Verlag“ in den marktbeherrschenden Medien nicht seiner Bedeutung entsprechend vorgestellt werde. „Ich bitte doch nicht darum!“ Er lachte meckernd. „Soll ich etwa Klinken putzen?“

Genau dies sei seine Aufgabe, entgegnete der Schriftsteller. Er trug einen schwarzen Beerdigungsanzug mit Weste und blickte den Verleger durch große runde Brillengläser ironisch an. Er müsse tatsächlich von Ort zu Ort und von Tür zu Tür wandern und seine Bücher verkaufen; er müsse seine Autoren den Buchhändlerinnen und Kulturamtsleitern in der Provinz aufschwätzen, statt so windige Behauptungen zu wagen wie: der ganze Literaturbetrieb sei Rummel und Markt, nur sein feiner Verlag nicht. „Mich interessiert vor allem eine Belebung der literarischen Diskussion, auch um dem Verlag weiterzuhelfen. Über ein aufwendiges Zeitschriften-Projekt lohnt es sich augenblicklich gar nicht nachzudenken. Wir könnten uns über ein geistiges Programm verständigen.“

Der Verleger sprang auf und lachte höhnisch, aber der Schriftsteller ließ sich nicht aus der Ruhe bringen: „Wir sollten erst einmal unser Verhältnis zu Begriffen wie Tradition und Form klären. Tradition scheint ja etwas wesentlich Vorkapitalistisches zu sein, eben das, was über Generationen unmittelbar von Hand zu Hand, vom Vater zum Sohn weitergegeben wurde. In diesem Sinn ist sie unwiederbringlich verloren, und doch könnte in einer Zeit gedankenlosen Verbrauchs die kritische Erinnerung an Tradition augenöffnend wirken. Wo jede Tradition ausgelöscht ist, beginnt die Barbarei. Warum haben wir den Verlag ‚*Phantasus*' getauft? Sind wir Romantiker? Man muß heute konservativ sein, wenn man progressiv ist. Es kommt darauf an, der Zaghaftigkeit, dem Gerede, der unheimlichen Depression etwas Widerständig-Geformtes entgegenzustellen."

Der Hausherr fragte, ob es nicht sinnvoll wäre, neben neuester Literatur und politisch-essayistischen Texten, in einer besonders schön ausgestatteten Reihe alte Bücher wieder herauszubringen, von denen man sich eine solche belebende, reinigende Wirkung verspreche, wo nötig mit schroffen Marginalien versehen, um einer naiven Traditionsfeier vorzubeugen. Er denke zuerst an Adalbert Stifters Erzählung *Die Mappe meines Urgroßvaters*. An diesem Werk habe der Dichter über Jahrzehnte hin gefeilt, ohne es abzuschließen. Es berichte vom Glück der Landmenschen unter lauter seßhaften Dingen; vom wurmstichigen Haus der Voreltern, dem Kreisweg der kleinen Geschichte: Kindstaufen, Hochzeiten, Begräbnisse. „Der Erzähler ist noch einmal in die bömische Kindheitslandschaft zurückgekehrt, doch die Dinge blicken ihn im Licht der Gegenwart fremd an, als hätten sie die frühen Tage vergessen. Wie der Mensch doch selber daran arbeitet, daß das vor ihm Gewesene versinkt, und wie er dann wieder mit seltsamer Liebe am Versunkenen hängt, das er gedankenlos weggeworfen hat."

Der Philosoph, nervös auf- und abgehend, meinte in stockender Rede, ihn fasziniere, je länger er darin lese, *Der Nachsommer*, in jeder Hinsicht eine Steigerung der *Mappe*. Er sei gefangen von Stifters Entwurf einer pädagogischen Weltordnung in nuce, einem theologisch bestimmten Sittengesetz gegen die Unruhe der Moderne, gegen Dampfmaschinen und Aufmärsche. Der Dichter male eine konservative Utopie, aus der alles Gesellschaftlich-

Verworrene ausgegrenzt sei, um die ideale Gemeinschaft der Edlen neu zu begründen, derer, die sich, das Wesentliche erkennend und die Leidenschaften besiegend, auf sich selbst besinnen.

War dies nicht auch Schoppes geheimer Wunschweg, ein unerreichbares Vorbild? Stifters Rückkehr zum Überlieferten und den schon damals verlorenen Handwerkstugenden, die Zähigkeit, mit der er, in genauen Worten, Ehrfurcht vor Menschen und Natur bewies, kamen Schoppe, der selbst gern alte Sachen um sich hatte, vertraut vor. Kurz meinte er die Dinge seiner Kindheit summen zu hören. Den anderen schien es ähnlich zu gehen. Selbst der Philosoph sah weniger verkrampft drein, und seine Hände hörten zu zittern auf. Der Junge rutschte als Delphin unter den Stühlen hindurch.

Der Maler sagte: „Mich interessiert am *Nachsommer* das ökologische Denken. Die Natur, weit mehr als ein Fluchtort, ist das Subjekt der Erzählung, etwas Starkes, immer Gleiches, Dauerndes. Sie bedeutet Stillstand. Bis hierher und nicht weiter; schützen, pflegen, auf kommende Bedrohungen achten; das allermeiste muß so bleiben, wie es ist. Die Farbe weiß, Schneetreiben im Fenster. Das Gebirge, der Wald, die Heide, das Getreidefeld. Der Mensch erscheint klein und umrißhaft gezeichnet in Stifters Landschaft. Mir gefällt gerade diese Bewegungslosigkeit — oder geschieht die Bewegung so schnell, daß wir sie nicht wahrnehmen? -, das leise Pathos des Säens und Erntens, die Ruhe über große Zeiträume hinweg im Rauschen der Jahreszeiten."

Ein wenig wundere er sich, fuhr der Maler fort, daß die Landfreaks, überhaupt junge Menschen den *Nachsommer* kaum läsen, könnten sie doch aus ihm lernen, wie man die Kohlköpfe und den Salat auf natürliche Weise vom Raupenfraß freihält; wie man jeden Obstbaum an die für ihn geeignete Stelle im Garten setzt; wie man eine Kletterrosenhecke, Blumenbeete, ein ganzes Landgut nach ökologischen Grundsätzen anlegt. „Im Frühling wird jeder Baumstamm mit Bürste und Seifenwasser von Moos und Ungeziefer gereinigt. Das wirksamste Mittel gegen Insekten aber sind die Singvögel. Man muß sie sich vertraut machen, indem man ihnen Schutz und Nahrung spendet. Dann werden sie auch im nächsten Jahr wiederkommen."

„Ihr dürft nicht vergessen, daß Stifter ein Schulrat war, der dem Nützlichkeitsdenken der Aufklärung anhing", warf der Schriftsteller ein, die Fingerspitzen an die Schläfen legend. „So findet im *Nachsommer* vor den Augen des Freiherrn von Risach nichts Zweckloses Gnade. Er läßt ja nicht nur die Baumstämme abschrubben. Auch der Anblick der tiefliegenden Erlenwiese, die von den Windungen eines versumpften Bächleins durchzogen wird, stört seinen Ordnungssinn. Er würde die Wiese am liebsten trockenlegen und den Bach begradigen und muß es doch unterlassen, da er die im feuchten Boden steckenden Erlenstöcke für die Kunstschreinerei benötigt. Den Müßiggänger unter den Vögeln, den Sperling, den unnützen Rotschwanz, der Honigbienen frißt, läßt der Freiherr ausrotten. Der Paradiesgarten funktioniert nicht ohne Gewalt. Und wenn in Risachs Haus immerfort Türen auf- und zugesperrt werden, fragt sich der Leser, woher das Mißtrauen rührt."

„Ich leugne es nicht", sagte der Hausherr, „Stifters Figuren wirken auch auf mich oft blaß und formelhaft, zur Pedanterie neigend und manchmal fast spießig. Den ‚reinlichen' Frauen vor allem haftet eine archaisierende Künstlichkeit an, die sie uns komisch erscheinen läßt. Der Dichter hat versucht, ein tieferes und reicheres Leben zu gestalten als es gewöhnlich vorkommt, Landwirtschaft, Wissenschaft und Kunst, Liebe und Gottesdienst in der Abgeschiedenheit des Rosenhauses miteinander verknüpfend, und das ist nicht ohne Risiko. So harmoniesüchtig reine Geschichten, über das elende Leben hinweg, konnte nur einer schreiben, der sich mit jedem Schritt von Chaos und Schmutz bedroht fühlte, dessen Dasein durch Enttäuschungen, Mangel an Geld und Leberkrebs untergraben und dessen Ende ein selbstzugefügter Schnitt durch die Kehle war."

Der Verleger, der die Zeit über wie ein stummes Kind dagesessen war, gekränkt darüber, daß niemand seinen Vorschlag, eine Hauszeitschrift zu gründen, ernstgenommen hatte, fuhr plötzlich auf. Stifter sei nichts anderes als ein Reaktionär gewesen und überdies privat ein sanfter Unmensch: Dies Linzer Leben mit der ungeliebten Amalia, fettem Essen und mehreren Hündchen, dem sich die Ziehtochter Juliana durch eine Sprung in die Donau entzog. „Da ist das gottgewollte Annehmen der Standesgrenzen, der selbstverständliche und unverrückbare Abstand zwischen Gutsherr und Gärtner. Da ist die Unterwerfung der Frau unter den angeblich stärkeren Geist des Mannes. Da ist das ‚Schickliche' der Familienkonvention. Im Buch ist das Verhältnis der Jungen zu den Älteren von Achtung, ja Verehrung bestimmt. Die erwachsenen Kinder ordnen sich dem Nachsommer der Eltern freiwillig unter — das ist doch krankhaft! Sie haben nicht eine Spur eigenen Willens, sondern nur den Wunsch, zu werden wie die Eltern sind."

Schoppe wollte etwas Korrigierendes einwenden, doch der Verleger, einmal in Fahrt, ließ sich nicht unterbrechen. „Was ist eigentlich aus uns geworden?" Er hatte einen spitzen, triumphierenden Ton in der Stimme. „Die alle Verhältnisse umstürzen wollten, haben sich in ihnen eingerichtet. Wir bewundern Adalbert Stifter und Richard Wagner, nicht Brecht und Eisler. Wir pflegen das Gespräch und die kulturelle Tradition der Bürger. Wo ist die frühe Begeisterung für die Revolution? Die utopische Naivität, die Arroganz der Wissenden, das Übermaß der Entwürfe? Nehmen wir nun die Revolte zurück? Ungefragt distanzieren wir uns von Gewalt. Wie reden abschätzig über Terroristen, als hätten wir nie etwas mit dem Gedanken an Terror zu tun gehabt. Wir sind bereits so demütig geworden, im Staat weniger den Feind als die Gemeinschaft, die ihn trägt, also uns selbst zu erkennen. Indem wir uns hierher zurückgezogen haben, schreibend, lesend, malend, haben wir unsere Niederlage als politisch Handelnde unwiderruflich gemacht."

„Hatten wir denn eine andere Chance?" Der Philosoph strich mit fahriger Geste die Haare zurück. Die Adern an seinen Schläfen pochten. „Das bürgerliche Subjekt läuft sich, wie Hegel sagt, die Hörner ab und schickt sich endlich in die Vernünftigkeit der Verhältnisse. Es bricht den ungleichen Kampf ab. Es gibt seinen Widerstand auf, der ihm auf Dauer sowieso nichts nutzt. Denn es hat nur die Wahl zwischen Kniefall und Untergang, was auf dasselbe hinausläuft. Ich spüre manchmal sogartig ein Bedürfnis nach Bindung, nach Versöhnung, nach Gott, falls ihr das Wort annehmen könnt. Der philosophischen Abstraktionen überdrüssig, sehne ich mich nach den Ritualen der Kirche, mit denen ich aufgewachsen bin, nach dunklen Säulenhallen, Weihrauch und den lateinischen Gesängen der Mönche im Frühlicht. Glaube kommt dialektisch aus dem Scheitern aller Utopien, aus dem Ungenügen an den materiellen Befriedigungsformen. Glaube ist der Wunsch nach Geborgenheit."

Alle schwiegen betreten und nippten von ihrem Getränk. Eine Zeitlang war nichts zu hören als das ruhige Atmen des Kindes, das auf dem Sofa eingeschlafen war. Der Hausherr stand auf und zog die Vorhänge zu. Gott ist nachgiebig, dachte Schoppe, er ist verfügbar. Gott kann jeder sein. Die Namen fallen ab von uns, Kleider, Häute. Wir sind im Freien, sind vielleicht der Baum, das Sandkorn, Licht auf den Blättern.

Endlich sagte der Maler, er schäme sich nicht der Vergangenheit, und doch sei er froh, daß dieses aufgeregte Gezappel, das noch im Redestrom des Verlegers nachwirke, dieser Größenwahn vorüber sei. Er habe nicht den Wunsch, irgend etwas Gewesenes wiederzubeleben, um sich daran zu wärmen. Liebe, kälter als der Tod! Franz, zum Beispiel, diesen schlauen Hund, habe er lange bewundert, fast gefürchtet wegen seiner Kompetenz in Fragen der ökonomischen Theorie, bis er begriffen habe, daß er ganz andere Interessen hatte als Franz, damit habe er ihn überwunden, Franz sei ihm gleichgültig geworden und langsam aus seinem Blick- und Gedankenfeld verschwunden in irgendeine stalinistische Sekte. Er fühle sich geistig viel freier als vor 15 Jahren, als laufend neue proletarische Autoritäten ihm zugesetzt hätten. Alle Gewißheiten seien von ihm abgefallen, und er habe keine Ahnung, wo es langgehe. Allerdings frage er, ob es nicht, angesichts des näherrückenden Todes, ein Drittes gebe zwischen Kniefall und Selbstzerstörung, einen vielleicht trügerischen Ausweg. Zum Philosophen gewandt: „Ich erlöse mich selbst, indem ich male".

Der Philosoph sagte: „Wir hätten wissen müssen, daß die Geschichte sich nicht wiederholt, oder höchstens als Farce. Wir hatten schließlich studiert. Wir verstanden uns als Orden der Wissenden. Wir selber sind krank, unfrei, süchtig nach Waren und Lügen. Das unheimliche System geht durch den Kopf jedes einzelnen hindurch. Ich sehe auch nicht, daß irgend jemand sein Leben angesichts des Bedrohlichen wirklich ändert. Wir reden, aber wir kehren nicht um. Wir verzichten nicht, wir verweigern uns keinem, wir versöhnen uns nicht mit der Natur. Wie sollten wir auch? Am Ende von Stifters Erzählung *Der Hochwald* zündet der alte Jäger das Waldhaus an, das den beiden Töchtern des Freiherrn von Wittinghausen so lange Zuflucht geboten hat, und streut Baumsamen auf die Stelle, um die Wunde der Natur zu heilen."

Das Gespräch zerfiel nun in unzusammenhängende Sätze und Meinungen, bis einer nach dem andern verstummte und jeder seinen eigenen Gedanken nachhing. Schoppe hatte einen Augenblick lang den Eindruck, mit Schauspielern versammelt zu sein, die ihre Rollen genau kannten. Jetzt war ihnen der Text ausgegangen. Als einmal das Bodenholz knackte, blickten alle Anwesenden gleichzeitig auf. Die Flaschen auf dem Tisch und die Gläser in den Händen waren leer, die Pfeifen kalt geworden. Der Junge lag mit schweißnassen Stirnhaaren auf dem Rücken und atmete schwer. Jemand hatte einen Sessel an das Sofa herangeschoben, damit das Kind im Schlaf nicht herunterfiel. In einem Nebenraum schlug eine Wanduhr. Schoppe stand auf, nahm seinen Mantel und verabschiedete sich.

Er ging unter dem weiten rauschenden Sternenmantel bergab. Im Süden erkannte er, an den drei Gürtelsternen, den Jäger Orion im Kampf mit dem Stier. Sternschnuppen verglühten im Osten. Als er am Krankenhaus vorüberkam, hörte er eine männliche Stimme in Todesangst dreimal „Nein" schreien. Gleich darauf ging das Licht in zwei nebeneinander liegenden Zimmern an. Etwas hatte da krallenhaft zugepackt im Schutz der Dunkelheit. Schoppe eilte fröstelnd weiter. Das Sternengewimmel über ihm schien sich immer schneller zu drehen.

In der Nacht erwachte er von gellendem Geheul. Fast taub vom Lärm der Sirenen, die auf den umliegenden Hausdächern angebracht sein mußten, taumelte er zum Fenster und riß den Laden hoch. War ein Unglück geschehen, war der Krieg ausgebrochen, war ein Atomwaffenlager explodiert? Im Feuerwehrhaus am anderen Ende des Platzes brannte Licht. Mit kurzem

Abstand fuhren Autos, heftig bremsend, vor. Türen schlugen, Menschen sprangen in Löschwagen, die mit aufjaulenden, bald schwächer werdenden Sirenen davonrasten. Dann war wieder alles finster. Am Horizont war kein Feuerschein zu sehen. Schoppe lag noch lange wach. An anderen Morgen sagte die Wirtin, in Altdorf habe eine Scheune gebrannt.

VI

Mit Frühlingsbeginn traf ein Brief von Klara in Edenkoben ein. Je öfter Schoppe den Brief las, umso mehr bezweifelte er, daß dieser Monolog über das Glück an ihn gerichtet war. Er fühlte sich kaum einmal angesprochen, sein Befinden schien Klara überhaupt nicht zu interessieren und ihr gemeinsames Leben kein Thema mehr zu sein. Sie betrachtete nur noch sich selbst.

15. März

Ich weiß, es ist unklug, auf das Leben zu warten; es kommt nicht zu mir, ich muß hingehen und es herausfordern. Schon ist es an mir vorübergesaust, und ich schaue ungläubig hinterdrein. Ich bin so anmaßend wie eh: ich will keine Achtung, sondern Glück! Aber was ist das? Nie habe ich den Augenblick vergessen, in dem mich, als kleines Mädchen, ein fremder Mann auf den Arm genommen und die paar Stufen vom Zug auf den Bahnsteig hinuntergetragen hat. Er hat gelächelt und ist grüßend davongegangen. Manchmal stelle ich mir vor, verheiratet zu sein, Kinder zu haben, ein atemloses, ermattendes Leben zu führen und meine Glückswünsche langsam zu vergessen wie Einmachgläser hinter einem staubigen Vorhang. Eines Tages wäre ich taubblind; ich wäre bescheiden geworden wie die anderen und würde das Dasein immer mehr wie sie verstehen. Ich wäre nicht mehr die heftige und sehnsüchtige Frau, die ich bin. Ich hätte meine Selbständigkeit, auf die ich stolz bin, verloren. Man würde sagen: Das ist eine tüchtige Person, und ich würde noch die Verachtung spüren, die in den Wörtern liegt, ohne mich gegen sie zu wehren.

Wenn ich wenigstens ein Kind hätte, ganz für mich allein. Es hüpfte achtlos neben mir her und blickte plötzlich auf; es würde nachts schreien und zu mir kriechen, und ich würde an seinem verschwitzten Haar riechen. Ich möchte fort von hier, weg aus diesem engen verlorenen Land, in der Fremde etwas wagen. Im Ernst, warum habe ich das Medizinstudium abgebrochen? Ich bin in eine Rolle geschliddert, die ich eigentlich verabscheue: Diese dünne, schimmernde Studiowand, die mich vom Leben trennt, dieser hastig wechselnde, nie herzlich werdende Menschenkontakt. Schlafe ich, während die anderen leiden? Journalisten sind wie Vertreter. Die Sprache, die Formulierkunst — lauter kleine Delikatessen! Und meine geschulte Rhetorik, meine dunkel gefärbte Stimme, wie hasse ich sie oft, wenn sie so scheinbar ruhig und überlegen und verständnisinnig aus den Lautsprechern tönt, daß jemand auf den Gedanken kommen könnte, ihr zu vertrauen, als spräche sie wahr. Es stimmt, ich bin gern gesellig in verrauchten Kneipen, dränge mich zwischen die anderen um den Tisch, weil ich das Alleinsein fürchte, die leere Wohnung, das weiße Papier. Zu Hause, wenn ich an den Sätzen feile, ertrage ich niemand in meiner Nähe, Du weißt es, keinen! Jeder fremde Gegenstand, jedes Geräusch verrät einen Feind. Wenn ich müde bin wie jetzt, sag ich mir manchmal, nun gehst du hinaus auf die Straße und nimmst dir einen Mann mit, irgendeinen, er dürfte dreckig sein oder Faschist, aber ich habe keinen Mut. Einmal unbedacht sein, die Stimmen im Kopf abschalten …

16. März

Was habe ich gestern abend nur aufgeschrieben? Ich muß sehr müde gewesen sein oder beschwipst. Heute fühle ich mich ausgeschlafen, leicht, frei. Was für ein klarer blauer Himmel; Glanz auf den Vordächern. Der Rohrbach rauscht, oder sind es die Tannen? ein weites Sausen wie vom Meer. Öffne doch Dein Fenster. Wie die Primeln und Narzissen hereinduften, neue Erde. Und die Katze auf der Mauer. Ich habe es mir überlegt und will vorerst hier in H. bleiben. Warum so überstürzt handeln? Jede Abreise schmeckt nach Tod. Was wollte ich eigentlich, Glück? Jetzt ist es doch da, in diesem Moment, in meinem stillen Zimmer, während die Sonne Wellen auf das Schreibpapier malt. Für Dich ist kein Platz mehr in meinem Leben. Also laß mich in Ruhe. Bleib, wo Du bist. Bis bald.

Schoppe sah Klara vor sich, ihre ebenmäßig schönen Gesichtszüge, das lange schwarze Haar. Sie trug die roten Stiefel mit hohen Absätzen, die Schoppe gefielen, Klara indes nuttenhaft vorkamen, so daß sie eines Tages, einem heftigen Entschluß folgend, die Stiefel grau färbte, womit sie allen Reiz verloren hatten. Auch Klara selbst sah plötzlich alt aus, die Haut bleich und voller Falten, die Augen rot gerandet. Ein andermal wollte Klara, kurz vor einem lange geplanten Spaziergang, noch Dampfnudeln ansetzen, was dann doch geraume Zeit dauerte. Da Klara, Schoppes Bemerkungen fürchtend, nervös wurde, mißlangen die Dampfnudeln, und der gemeinsame Spaziergang endete im Streit. In entgegengesetzter Richtung liefen sie auseinander. Als Schoppe sich umdrehte, war Klara längst zwischen den Waldbäumen verschwunden.

Er beobachtete ein Liebespaar vor seinem Fenster, ein weiches blondes Mädchen mit langem Haar und Brille, in einem weiten fließenden Rock, und einen schnauzbärtigen Jüngling in Jeans. Sie blickten einander an, küßten sich, umarmten sich, küßten sich wieder und schienen sich gar nicht trennen zu können. Er flüsterte in ihr Haar, sie errötete, ihre Augen glänzten. Warm, sinnlich, absurd. Wie konnten sie nur immer so weitermachen? Warum besprang er sie nicht, warum schleifte er sie nicht durch die Pfützen des Platzes, warum steckte er kein Messer in sie rein, immer wieder? Schoppe wurde es übel; er bohrte die Fingernägel in die Handflächen und wandte sich heftig ab: „Sie ahnen noch nichts von ihrer lächerlichen Zufälligkeit, von der Erstarrung, die sie erwartet, von der Schamlosigkeit ihrer Existenz. Sie spielen einander Theater vor, ohne es zu wissen. Ich hasse die Jugend, wie sie wuchert!" Er spürte ein falsches verkrampftes Lächeln auf seinem Gesicht.

Mit seinen Schreibversuchen kam er nicht recht voran. Es gelang ihm zwar, am Tisch sitzend, einen Abstand zu sich selbst herzustellen, indem er Gedanken und Wahrnehmungen in aphoristischer Form festhielt. Doch resignierte er immer schnell, da ihm nichts Zusammenhängendes gelang, keine Geschichte Gestalt annehmen wollte, während ihm die Bruchstücke unbedeutend und nicht aufhebenswert erschienen.

„Hier sitze ich und bin nichts, und dieses Nichts fängt an zu schreiben. Wozu der Zwang? Warum nicht einfach dasitzen und schauen? Zeigt nicht, wer schreibt, an, daß er nicht erwachsen ist, andernfalls würde er handeln? Ist umgekehrt die Weigerung zu schreiben als Protest gegen solche Art infantiler Sinnsuche verstehbar, ein Zeichen der Reife, da es doch eigentlich weder Sinn gibt noch Ruhm und schon gar keinen Nachruhm geben wird?"

Einmal war Schoppe einem drängenden Klopfen gegen die Decke des Sibirienzimmers gefolgt. Es hatte geklungen, als trommelte da jemand um Hilfe. Er stieg die Treppe hinauf, öffnete zögernd die Tür zur Wohnung der Wirtin, deren Schlüssel im Schloß steckte, passierte rufend den Flur, die Küche, bis er die Frau im Wohnzimmer fand. Sie lag röchelnd und wimmernd auf dem Boden. Sie war über einen Hocker gestürzt und mit der linken Gesichtshälfte auf die Tischkante gefallen. Ihr Gesicht war blutig. Ihre Rufe hatte niemand gehört. Um ihren Mieter zu alarmieren, hatte sie mit der Krücke auf den Fußboden geschlagen. Schoppe stand vor der Frau und wußte nicht, was er tun sollte. Schließlich, mit einem Ruck, faßte er sie unter den Achseln und schleifte sie zum Sofa hin. Dort erst merkte er, daß ihm die Kraft fehlte, den schweren Körper auf das Sofa zu heben. Nachdem er der Wimmernden das Gesicht mit einem Küchenhandtuch abgewischt hatte, schob er ihr ein Kissen unter den Kopf und rief den Notarzt an.

Während die Frau immerfort lallte, sie sei gelähmt, sie sterbe, sah Schoppe sich im Zimmer um. Es war mit allerlei Kram zugestellt, so daß man sich förmlich einen Weg bahnen mußte. In den Ecken, auf Tischen, Stühlen, Sesseln, Schränken lagen Kartons, Illustrierte, Kissen und Wäscheberge. Von Fenster zu Fenster war ein Wäscheseil gespannt. Im Fernsehen lief gerade ein Gesundheitsmagazin. Auf allen Simsen standen Blumenschalen mit junger Kresse.

Seit diesem Vorfall hatte sich eine Beziehung zwischen Schoppe und seiner Vermieterin angebahnt, die Dinge des Alltags betreffend, fast wortlos, ein paar Wechselreden und Wiederholungen. Er kaufte gelegentlich für sie ein, holte Holz für den Küchenofen aus dem Schuppen und arbeitete ein wenig im Garten, während sie ihn mit Rohkostsalaten, selbstgebackenem Brot und Linzertorte versorgte.

Draußen im Garten fing es an, Frühling zu werden. Die Luft wurde täglich wärmer und feuchter und roch nach frischer Erde. Der ums Haus führende Kiesweg war weich wie ein dicker Teppich. Die Meisen lockten. Schoppe bewegte sich leicht durch den Garten, mit dem kuriosen Gefühl, selbst noch ein wenig zu wachsen. In den Beeten standen, zwischen fauligem Laub, Schneeglöckchen und Tulpen. Die Forsythien blühten am Zaun, dicke gelbe Weidenkätzchen. Blaukissen wuchsen die Trockenmauer herab, dem Bach entgegen, dessen Wasser sie spiegelte. Der erste Zitronenfalter taumelte vorbei.

Schoppe schnitt die Rosenhecke zurück, jeden Trieb nach dem dritten Auge. Er lockerte den Boden mit der Hacke und gab dunkle Komposterde hinzu. Die jungen Triebe band er am Spalier neu fest. Er sägte einige nach innen wachsende Äste des Kirschbaums ab und versiegelte die Schnittflächen mit rotbraunem Baumwachs. Beim Zersägen alten Holzes entdeckte er an der Unterseite eines Balkens Kellerasseln, die, plötzlich ins Licht gehalten, durcheinander wimmelten. Bevor er die Säge ansetzte, schnipste er die grauen Tierchen mit dem Zeigefinger vom Brett. Dann hackte er Holz, bis ihm ein Scheit ins Gesicht sprang und die Wirtin zum Kaffee rief.

Die Tage kamen schnell, und ehe man es denken konnte, war der Abend wieder da. Schoppe stand im Komposthaufen, von Vögeln umschwirrt, und grub die schwere, feuchte, dumpf riechende Erde ab, in der überall zerbrochene Eierschalen aufblitzten. Er warf sie auf ein großmaschiges rundes Sieb, das er schüttelte, bis Steine, Plastikteile, Schnüre, Stöcke, Schneckenhäuser, Glasscherben, einmal sogar ein Vogelschnabel und ein vermodertes Küchenmesser darin zurückblieben. Gelegentlich konnte er nicht widerstehen und las die kleinen Kiesel, die durch das Sieb gerutscht waren, aus der nun lockeren Erde; oder er zerbröselte einen Erdklumpen zwischen den Fingern, langsam, als suche er etwas, als taste er der Form des einstigen Gegenstands nach oder der Struktur des Zerfallens selbst. Er lüpfte die verwitterten Fensterflügel, die das Frühbeet mit dem Salat und den Kohlrabi bedeckten, und goß die Pflanzen. Auch in den umliegenden Gärten wurde gearbeitet, ein Mann stellte Starenkästen auf, ein anderer flickte den Zaun. Kinder schaukelten. Wäsche flatterte vor den Hasenställen. Auf dem Platz begatteten sich drei Hunde. Und tatsächlich schrubbte der gnomhafte Nachbar, als hätte er den *Nachsommer* gelesen, die Stämme seiner vier Obstbäume mit Seifenlauge ab.

An einem windigen Märztag ging Schoppe quer durchs Feld. Die Landschaft war, anders als der Garten, im Zustand der Unentschiedenheit: nicht mehr Winter, noch nicht Frühling. Sanfte Weiden; Weißdornhecken, in deren Dickicht man die hellgrünen Bälle der Misteln und dunkle Vogelnester sah. Einige Felder waren mit Folie abgedeckt. Die noch unbestellten Äcker erschienen kahl, doch überwebte sie an manchen Orten ein feiner, kaum sichtbarer, das Ultraviolette streifender Flor, auf dem die ersten Bienen weideten.

Er kam an einem winzigen Haus mit grünen Läden vorbei, das im Sommer hinter Apfelbäumen und Fliederbüschen verborgen war. Er wäre gern eingetreten, hätte sich an den Tisch gesetzt und durch das einzige Fenster die glänzenden Ackerfurchen entlanggeblickt. Er lauschte dem Klicken der Baumscheren; es klang, als ob die Störche wiedergekommen wären. Manchmal sah er eine Feldlerche hoch über sich im Licht treiben. Schwalben wippten auf den Drähten, an denen die Reben festgebunden waren, doch wenn Schoppe die Brille aufsetzte, um sie genauer zu betrachten, waren sie schon mit hellen Bäuchen davongeflogen, und die mit Vignetten und Violinschlüsseln behängten Drähte zitterten. Ein singender Ton zog herüber.

Er ging auf das blaue Gebirge zu. An der Landstraße stand, mitten in den Reben, ein Bildhäuschen, in dessen mit Rosen vergitterter, von Kerzen erleuchteter Nische ein Herz-Jesu-Bild glänzte. Die hellgraue, porös verwitterte Rinde eines alten Nußbaums erinnerte ihn an eine nordamerikanische Felswand, an eine Kalksteinmauer in Mykenä, in deren Schatten er vor Jahren einmal ausgeruht hatte; auch an die Strukturen des im offenen

Feuer verglühten, zerfallenden Holzes. Eins hing mit dem andern organisch zusammen, Steine mit Pflanzen mit Tieren, doch das Urbild, das all diesen Erscheinungen zugrunde lag, schien verloren. Schoppe hätte unendlich weit wandern können, weg von dem Ort in der Ebene, wo er herkam.

Am Gebirgsrand lag ein Dorf, das sauber aussah, voller Wirtshäuser, Weinkellereien und Sonntagsspaziergänger mit Wanderstöcken. Er fühlte sich von den Ausflügler-Trupps, die ihm in der schmalen Gasse lachend und Blicke werfend entgegenschritten, beiseitegeschoben; ihre Erstarrung und sein Nichts. Das Dorf war so eng, daß er fürchtete, überall anzustoßen: Autos, Blumenkästen, das Bachgeländer. Er blickte nach oben. Winzerhäuser aus Stein und Fachwerk, hohe Torbogen, mit Wappen und Jahreszahlen geziert; Madonnen und Hausheilige in den Nischen der Fassaden, darunter Sankt Urban, Patron der Winzer, mit dem traubenbehangenen Rebstock. Der rote Sandstein der Pfarrkirche leuchtete von einer Anhöhe herab, und der Ortsheilige Martin stand, als Bischof gekleidet, auf der Stützmauer. Er schien Schoppe zu segnen wie einen Kirchgänger oder Bettelgreis, während er über ihn hinweg auf das Dorf und die Weinberge sah, die im Schatten seines Krummstabs lagen.

Im Teich hinter der Talmühle schlugen die ersten Regentropfen ein. Wochenendhäuser wucherten das Tal hinauf, einem Freizeitzentrum entgegen. Als Schoppe an einem Campingplatz vorüberkam, fing es heftig zu regnen an, doch die Urlauber saßen in durchsichtigen Plastikzelten, die den Wohnwagen angefügt waren, auf Clubsesseln beim Fernsehen. Ein paar Schüler standen fluchend vor ihrer durchweichten Habe im Schlamm.

Während er auf der Totenkopfstraße weiterging, begann der Asphalt zu dampfen. Wasser strömte die Wetterseite der Buchenstämme hinab. Im Rauschen des Regens meinte Schoppe, Glocken zu hören. Er fühlte sich einsam und geborgen zugleich. Ein Schwarzspecht von nie gesehener Größe hieb den Schnabel in einen Kiefernstamm. Am Straßenrand stand ein von vier Eichen gesäumtes Kriegerdenkmal, ein feucht schimmernder Obelisk, an dessen Sockel ein frischer Kranz lehnte. Schoppe bückte sich, um den Schleifentext zu entziffern: „Unseren toten Helden:

die Waffen-SS." Der graue Abfallbehälter quoll über von Bierflaschen, vertrockneten Blumen und Papiertaschentüchern.

Beim Gehen fiel Schoppe auf, daß die kaum befahrene Totenkopfstraße, die tief in den Pfälzer Wald führte, gerade um das Doppelte verbreitert wurde. Man hatte Bäume gefällt, Hänge abgetragen und Schneisen in den Fels gesprengt. Bagger, Walzen und Kräne standen um Kieshaufen herum. Wozu war in dieser abgelegenen Gegend eine zweispurige Rennpiste mit Leitplanken nötig? Welchem Zweck dienten die seitlichen Schneisen? Er sah die Landkarte der Bundesrepublik vor sich, wie sie in einer Illustrierten abgebildet war. Auf ihr waren, ungenau und ohne Ortsnamen, all jene Stellen eingezeichnet, an denen Atomwaffen und Giftgase der US-Army versteckt sein sollten, und die kleine Pfalz hatte die meisten Markierungen getragen. Die sanften Berge waren ausgeweidet und mit Waffen gefüllt.

Schoppe machte sich auf die Suche, am Badesee vorbei, der flaschengrün unter ihm lag und den er so menschenleer und ordentlich, mit neuer Rasthütte und Grillplatz, noch nie gesehen hatte. Er schritt auf der frisch asphaltierten Straße immer weiter ins Tal hinauf, während der Regen seine Kleider schwer machte. Er mußte das Waffendepot finden; wenigstens den Nato-Zaun, die Wachttürme und die Posten mit ihren Hunden wollte er sehen. Je verbissener er bergan stieg, umso nasser und grauer wurde die Landschaft; die Einzelheiten verschwanden darin. Die Berge waren tief verhangen. Kahle Bäume, Wolkenfetzen in den Wipfeln. Nebel trieb die Talwände herab und hüllte sie ein.

Als Schoppe endlich die Anhöhe des Totenkopfs erreichte, von wo aus er in andere, ebenso nebelgraue Täler blicken konnte, hielt er inne. Hier war er vor Jahren schon einmal mit Klara gestanden. In der Ebene und im Tal war der Herbstnebel so dicht gewesen, daß sie kaum fünf Meter weit hatten sehen können. Sie hatten seltsam deutliche Stimmen gehört, ein Husten ganz in der Nähe. Doch plötzlich hatten sie, im Gehen, die Nebeldecke durchbrochen und fanden sich staunend, als wäre ihnen das Augenlid weggeschnitten, in einer Sommerlandschaft wieder. Die Sonne schien warm; zu ihren Füßen gen Westen blaue Bergketten. Erika wuchsen am Rand des Sandwegs, in dem sich das

Muster der Wanderschuhe abzeichnete. Dünen, Kiefern. Und das tiefe Rauschen einer Eiche wechselte mit dem Sieden der Birken, die nahe am Abhang standen.

Er drehte sich um und lief die Straße zurück, bis er die seitliche Rampe erreichte, die ihm schon beim Anstieg aufgefallen war. Was hatte hier, mitten im Wald, ein Halteverbotsschild zu bedeuten? Die Rampe war so breit, daß zwei Panzer aneinander vorbeifahren konnten, und zur Straße hin mit einer mächtigen Stützmauer gesichert. Ein Schlagbaum: „Betreten verboten, Lebensgefahr!“ Schoppe war nicht aufzuhalten. Er strebte die Zufahrt hinauf, an tropfenden Felsen entlang, die gegen den Steinschlag mit Maschendraht überzogen waren, bis er in einen verlassenen Steinbruch kam, an dessen äußerem Rand sich, unter Fichten, ein Haus aus rotem Sandstein und einige flache Nebengebäude befanden. Das burgartig verwinkelte Haus, das eine Dachterrasse aus gelbem Wellblech zierte, war von einem Jägerzaun umgeben, hinter dem zerbrochene Tische und Gartenstühle standen. Ein Schild mit der Aufschrift „Wirtshaus zu den zwei Fichten“ lag am Boden. Aus einem verrosteten Faß war eine ölige Flüssigkeit geronnen; die Pfützen schillerten.

Das Haus schien, ebenso wie die einstöckigen Nebengebäude, unbewohnt. Schoppe betrat die Baracke, die den Arbeitern zum Schlafen gedient haben mochte, durch ein offenes Fenster. Außer einigen Matratzen und einem Plastiktisch war der Raum leer. An den weißgekalkten Wänden standen, in grellen Druckbuchstaben gepinselt, die Drohworte RADAR WARNING und CHEMICAL AMMUNITIONS sowie die mit einem Kreuz versehene Zahl „883“. Als Schoppe Spuren großer Tiere, Pfoten mit scharfen Krallen, im roten Schlamm entdeckte, folgte er ihnen wie zu einem verborgenen Schatz. Um einen eisernen Pfahl in der Mitte des Steinbruchs waren Brot- und Fleischbrocken verstreut. Das Gras war verkohlt.

Was hatte das zu bedeuten? Weder Panzer noch Raketen; kein Wachmann, nicht einmal ein richtiger Zaun. Gedankenlos zog Schoppe an einem Kabel, das ein Stück weit aus der Erde hervorragte, und hörte plötzlich ein Pfeifen im Boden, das sich unterirdisch weitverzweigt fortsetzte und in der Ferne verklang. Der hohe, klagende Ton schmerzte im Ohr. Ein Mann erschien auf der Schwelle des steinernen Hauses und rief Schoppe zu, was er hier suche.

Der Mann war etwa 55 Jahre alt, mittelgroß, mit Hornbrille und ernsten kantigen Gesichtszügen. Er trug eine grüne Lodenjacke und Knickerbocker in der gleichen Farbe. Als er, sehr aufrecht, einen altmodischen Regenschirm in der Hand, über Gesteinsbrocken und Wasserlachen hinweg auf Schoppe zukam, erinnerte er gleichermaßen an einen Oberförster wie an einen Pfarrer. Zwei kalbsgroße schwarze Doggen schritten neben ihm her.

Schoppe erklärte, die Hunde im Blick, er habe sich im Regen verlaufen. Auf der Suche nach geheimen Waffendepots sei er von der Straße abgewichen und in diesen Steinbruch heraufgestiegen, dessen militärische Harmlosigkeit offensichtlich sei.

„Es gefällt Ihnen wohl, Indianer zu spielen", sagte der Mann und musterte Schoppe scharf. „Sie sind ein Waldgänger, einer, der nicht die ausgetretenen Pfade der anderen geht. Lederstrumpf stammt ja hier aus der Gegend, ein Wilddieb, der in Amerika als Indianerschlächter berühmt wurde. Nun, ich bekomme selten von Fremden Besuch. Ich werde Ihnen etwas Besonderes zeigen."

Er stand jetzt unmittelbar vor Schoppe. Sein Gesicht sah in der Nähe aus, als trüge er eine Maske, und seine Stimme hatte etwas vom gleichförmigen Gang einer Uhr. „Haben Sie überhaupt eine Ahnung, was der Menschheit bevorsteht? Mit ein paar gutgemeinten friedensbewegten Allgemeinplätzen ist nichts getan. Wir haben in diesem Jahrhundert weit mehr als 100 Millionen Exemplare unserer eigenen Gattung gemordet, dazu Zilliarden Tiere. Den alten Völkern war die Vorstellung der Natur als beliebig verfügbarer Masse fremd. Heute wird die Todesproduktion von allen bejaht und der Tod verdrängt. Wir beten das Wachstum an und die Todesmaschinen. Aber jetzt neigt die Schale des Zorns sich herab. Der Untergang kommt aus den Wolken. Die Sonne wird schwarz werden und der Mond wie Blut, und die Berge werden über uns fallen. Es drohen ja nicht nur die Atomwaffen der Großmächte, die einander noch in Schach halten. Auch andere wetterwendische Länder wie China, Israel, Saudi-Arabien verfügen über solche Waffen. Der Heilige Krieg des Islam ist im Gang. Die letzten tropischen Wälder werden abgebrannt, während die unsrigen am sauren Regen ersticken. Die Küsten der Meere sind verseucht, Flüsse, Erde, Luft. Der Ozonschirm über der Antarktis ist gerissen..."

Der Mann hatte alles Försterhafte verloren und sah jetzt wie einer jener Bußprediger aus, die vor Festtagen in den Fußgängerzonen der Städte auftauchen und Aufklärungsbroschüren amerikanischer Sekten vertreiben. „Läuft nicht die ganze Menschheitsgeschichte auf Selbstvernichtung hin? Liegt nicht ihr Sinn in der Apokalypse? Schauen Sie sich nur in der Pfalz um: ein Waffenlager neben dem anderen, manche in Bergtunneln versteckt, die noch aus der Nazi-Zeit stammen, andere als Wasserwerke getarnt: Fischbach, Kaisersesch, Maßweiler, Viernheim, Clausen. Das Atomkraftwerk Philippsburg, der Nato-Flugplatz Ramstein. Haben Sie einmal die Begeisterung der Bevölkerung beim jährlichen Flugtag erlebt? Wir lieben den Kampf und sonst nichts auf der Welt. Wenn es zum Krieg kommt, wird hier niemand überleben. Europa wird eine finstere Staubwüste sein. Die Leute sagen, da kann man nichts machen. Ich aber antworte ihnen: Hört auf mit eurer Resignation und euren Klagen. Es gibt einen Weg der Rettung, der Umkehr, ja der Erneuerung, und ich zeige ihn euch."

Es hatte zu regnen aufgehört, und der Prediger klappte den Schirm, an dessen Unterseite die Wassertropfen zitterten, zu. Er ging, von Schoppe gefolgt, tiefer in den Steinbruch hinein und ließ die Doggen ausschweifen. „Sie müssen wissen, daß ich eigentlich Architekt bin, und zwar Spezialist für Bunkerbau. Jahrzehnte habe ich damit vergeudet, den Reichen hierzulande und in der Schweiz familiengerechte Schutzräume unter die Eigenheime zu bauen — ein ziemlich unbefriedigendes Unternehmen. Nach wenigen Wochen gehen den Leuten die Vorräte aus, und in der Enge des Raums werden sie übereinander herfallen."

Er schien den letzten Worten nachzusinnen und fuhr dann fort: „In diesem Steinbruch soll mein Werk entstehen, das einzige, das einmal zählen wird: Eine unterirdische Stadt, in der 5000

Menschen den Atomkrieg überleben können. Ich habe das Gelände gekauft und Probebohrungen machen lassen. Die geologischen Bedingungen sind unter dem Sandsteingebirge ideal, da die Haardt von Staffelbruchzonen durchzogen ist, die Wasser und Luft filtern. Meine Stadt wird in drei Geschossen bis 120 Meter unter die Erde reichen und jeder Atomexplosion standhalten. Sie wird nicht nur entschlossene Menschen aufnehmen, sondern auch Pflanzen, Tiere und ausgewählte Beispiele unserer Zivilisation. Es kommt darauf an, das Umfeld zu bewahren, in dem ein Weiterleben tatsächlich möglich ist. Dazu gehören, neben Wohnquartieren, Räume für Verpflegung, medizinische und psychologische Betreuung, Arbeit, Schule, Sport- und Spielanlagen; sogar ein Standesamt ist vorgesehen. Per Laserstrahl werden der Sonnenschein und blühende Wiesen mit Apfelbäumen simuliert."

Der Zukunftsplaner sah Schoppe beifallsheischend an und strich mit der Spitze des Schirms über die nasse Felswand. „Ich habe fast alles bis ins Detail berechnet und aufgezeichnet, besonders die Versorgung mit Luft, Wasser und Energie über Jahre hinaus. Die Hauptgefahr ist ein Verseuchung der Stadt. Entsprechend streng sind bereits in Friedenszeiten die Kontrollen. Der Neuankömmling muß mehrere Schleusen passieren, er wird gereinigt, durchleuchtet und registriert, mit einer Kennmarke versehen und erst einmal in Quarantäne geschickt. Bis dahin verkehren wir mit ihm nur über eine Sprechanlage."

„Aber werden die Menschen nach dem großen Atomblitz diese abgelegene Schutzburg überhaupt noch erreichen?"

„Das ist der entscheidende Punkt." Der Planer lachte. „Im Kriegsfall müssen die Überlebenswilligen bereits im Berg sein. Sobald die Bombe fällt, wird die Anlage mit einer klebrigen Schaummasse versiegelt und ist dann uneinnehmbar. Verstehen Sie: Wer bei uns mitmachen will, muß wissen, was Überleben unter solchen Bedingungen bedeutet. Er muß bereit sein, sein Leben von Grund auf zu ändern. Er muß sich stündlich so verhalten, als ob bereits Krieg wäre. Er muß sich schon im Frieden auf die neue Aufgabe einstellen: wachsam sein, bewahren, Zeugnis ablegen von der untergegangenen Welt. In unserer Arche erwartet ihn eine unbekannte Gesellschaftsform. So etwas wie Geld wird es nicht mehr geben; die alten Klassenunterschiede verschwinden ..."

Schoppe unterbrach: „Sehen Sie nicht die Gefahr, daß ein kleiner, scharfer Polizeistaat entsteht, eine Not- und Lagergemeinschaft mit gegenseitiger Überwachung? Muß nicht, wer zweifelt oder abweicht, ausgelöscht werden, weil er das Ganze gefährdet? Wer formuliert die Gesetze, wer fällt die Entscheidungen? Wer herrscht im Berg? Die guten Pharisäer, die im Besitz des technischen Wissens sind?"

Der Zukunftsplaner schien Schoppes Fragen nicht zu verstehen. „In der Überlebensphase wird der neue Mensch geboren, der sich selbst eine neue Ordnung gibt. Er wird ein anderes Bewußtsein haben und Verhaltensweisen lernen, die heute gänzlich unbekannt sind. Freiwillig wird er auf seinen persönlichen Vorteil verzichten. Der Krieg wird mit denen gestorben sein, die ihn geführt haben, für eine lange Zeit zumindest."

Der Mann berührte Schoppe am Arm und deutete ostwärts, Richtung Rheinebene. „Wenn die Überlebenden nach sieben Jahren die Arche verlassen, werden sie ein leeres unbekanntes Land betreten. Der Staub hat sich gelegt; dröhnende Stille. Sie werden vorsichtig über die verbrannte Erde gehen, an Schlackengebirgen vorbei. Die Betonstädte sind nicht wiederzufinden, die Autobahnen versunken. Der Rhein ist ausgetrocknet. Vielleicht sind neue Hügel und Täler entstanden. Irgendwann werden ihnen andere überlebende Wesen begegnen. Keiner wird den anderen verletzen oder töten. Sie finden nichts vor, das wert wäre, erobert zu werden. Sie schlagen die Gewächshäuser auf, die im Berg gelagert waren, streuen gerettete Erde aus und fangen neu an."

Ein goldenes Zeitalter? Frieden, Liebe? Kein Kampf mehr um Nahrung, kein Zähnefletschen? Schoppe konnte sich nicht vorstellen, zu diesen Wegbereitern der Zukunft zu zählen, die doch noch immer dieselben Erbanlagen, denselben Tötungstrieb hatten wie der Steinzeitmensch, homo sapiens sapiens, der ebenso aus dem Nichts kam und sich die Erde untertan machte. Er sah die Landschaft der Freiheit nur in der Poesie verwirklicht, und sein Traum vom neuen Menschen war längst ausgeträumt. Alles würde wieder von vorn anfangen, im Schnellauf sozusagen, da ja das Wissen der untergegangenen Welt aufbewahrt war. „Wir müssen nicht unbedingt überleben“, sagte er halblaut.

Er wandte sich zum Gehen. Er erfuhr noch, daß der Verein *Arche Noah* gegenwärtig 79 Mitglieder hatte, die sich regelmäßig zu Schulungsabenden und einem harten Überlebenstraining trafen. „Geld spielt keine wesentliche Rolle“, sagte der Herr des Berges, „die Gesinnung entscheidet darüber, ob man zu den Auserwählten gehört. Denken Sie ein wenig nach, und schauen Sie gelegentlich wieder herein. Dann kann ich Ihnen die Stadtpläne zeigen und vielleicht auch den Übungsschacht, den wir eigenhändig 50 Meter tief in den Berg gemeißelt haben, wie die Kelten ihre Heidenlöcher.“ Er pfiff den Doggen, die Schoppes Abgang mit gestellten Dreiecksohren verfolgten.

Schoppe sprang den schäumenden Kropsbach entlang talabwärts. Er fühlte sich frei, auch wenn die Füße in den nassen Schuhen ihm wehtaten. Er schlug einen Waldweg ein, den der Regen in ein Bachbett verwandelt hatte; Schlamm, Geröll und braune Laubdämme, es roch nach Erde und Moos, Meeresrauschen, die Sonne erschien. Anfangs hüpfte Schoppe von Stein zu Stein, dann ging er bequem auf Tannennadeln, sammelte im Unterholz ein paar Zapfen und steckte sie in die Manteltaschen. Als er in einer Felsbucht einen vergitterten Bergstollen entdeckte, achtete er erst nicht darauf. Nach einigen Schritten kehrte er um und blickte durch das Stahlgitter, unter dem ein trübes, stinkendes Bächlein rann, in die Betonröhre, die sich im Innern des Berges verlor. Was hatte dieser schäbige Materialbunker, der nicht einmal bewacht wurde, vielleicht ein Munitionsdepot, mit dem Traum des Architekten von der atomsicheren Stadt gemein? Wenn nun das Tor aufspränge, die Röhre taghell sich erleuchtete, während er sie entlangging, Schritt für Schritt, tief in den Berg hinein, durch geisterhaft rollende Tore, bis er auf einmal vor den grünen Giftfässern stünde, Senfgas, Tabun — Großmaul, was würdest du tun? Aus dem Dunkel des Schachts klang Schoppe sein Echo entgegen.

Kurz darauf kam er an einem mit scharfem Draht gesicherten, grasbewachsenen Hügel vorbei, aus dem eine Art Schornstein ragte. Auf dem Schornstein sang eine Amsel. Ein junges Paar grüßte Schoppe freundlich. Wanderer zogen vorüber; noch lange hörte er ihre Spazierstöcke im Sand knirschen. Aus Zufall blickte er in einen Hohlweg und sah ganz fern im Abendlicht ein Schloß, auf einem kegelförmigen Berg stehend, mit strahlenden Zinnen. Die Welt stand weit offen, und Schoppe fing zu rennen an.

VII

Als Schoppe den Rolladen aufzog, sprang ihm Sonnenlicht in die Augen. Im Vorgarten blinkten Tulpen. Er erinnerte sich an verregnete Frühlinge mit Hagelschauern, zehn Zentimeter Neuschnee auf dem Vesuv! Der blühende Kirschbaum vor dem Fenster ließ die Wände und Möbel des Sibirienzimmers heller erscheinen. Auch die Gesichter der Morgen-Passanten wirkten freundlicher als sonst und fast entspannt. Die Kirchenglocken schlugen im Ort, kurz darauf in den umliegenden Dörfern: Weißer Sonntag.

Im Feld blies ein scharfer, trockener Wind. Der Himmel war am Horizont leicht verschleiert und klarte dann zunehmend auf, eine blaue Glocke, die ein beinahe bedrohliches Strahlen und Funkeln aussandte. Eine Smaragdeidechse züngelte und verschwand zwischen aufgeschichteten Sandsteinen, die bei längerem Hinsehen Wabenform annahmen. Die Wildrosenhecke am Wegrand war abgeholzt worden, zum Glück nicht ausgegraben; so konnte sie wieder nachwachsen.

Vom Blütenduft der Gärten beflügelt, ging Schoppe leicht dahin. Er wollte das zehn Kilometer entfernte Dorf Gleisweiler aufsuchen, das südwärts in einer Gebirgsnische am Fuß des Teufelsbergs lag. Er hatte gehört, daß dort fast immer die Sonne schien, Trauben und Feigen gediehen, Zitronen und Mandeln reiften und in Orangenhainen blütenbesät der Frühling einzöge. Von fern war ihm das Gebirge als zarte blaue Welle erschienen, aus der die Villa Ludwigshöhe, eine königliche Sommerresidenz im italienischen Stil, hervorleuchtete. Näherkommend unterschied er dunkelgrüne und rotbraune Flächen, hier und da schon frische hellgrüne Tupfen — sie stammten von Birken und Weiden —, vereinzelt auch das Weiß blühender Wildkirschen. Am Straßenrand waren zwischen Baumstämmen knorrige Weinstöcke meterhoch aufgestapelt. Sie bildeten ein kunstvolles Wurzelgeflecht, das Schoppe an eine verlorene Zeichnung erinnerte.

Einmal mehr wunderte er sich, daß er diese Landschaft, seit er sie mit allen Sinnen wahrnahm, lieben und deshalb auch zur Sprache bringen konnte, die ruhige Linie der Berge, wo er hinblickte ein anderes Grün, gewundene staubige Wege, das heilsame Flöhkraut mit den Blutsflecken am Rand, zwischen den Rebzeilen Männertreu, Löwenzahn und buntgesprenkelter Kunstdünger. Die Erde war mit einem dicken Teppich überzogen. Er ging den Mustern nach, den Düften, dieser Helligkeit; rostige Steine, mit Grünspan und rauhen gelben Flechten bedeckt. „Hier ruht ein Blick“, schrieb er in sein Notizbuch. „Die Menschheitsgeschichte in sich tragend, wird auch mein Blick auf diese Berge fortleben in allen, die sie noch anschauen werden.“

Die Villastraße führte gerade auf den Wald zu. Bei der Eiche mit dem Gedenkstein für Kronprinz Luitpold wandte sich Schoppe nach Süden, ins Feld, wo er das Winzerdorf Rhodt vermutete. Zwei kleine Bäche rannen den Weg entlang, sich vereinend und wieder trennend; sie funkelten in den Karrenspuren. Unsichtbare Lerchen zwitscherten. Ein Igel regte sich in einem Laubhaufen. Eine Blindschleiche schlängelte sich durch das Gras, leicht zu fangen, mit blaugrauer, ins Rosa hinüberspielender Oberseite. Das Wasser floß über ockerfarbenen Bruchstein, es gluckste, und in den Regenfässern schwankte die Sonne. Hecken, krumme Mauern und Birnbäume markierten seit alters den Besitz. Die Weinstöcke, zumal die älteren, leicht gebogen, mit abblätternder Rinde, sahen wie Kruzifixe aus, Heilig Kreuz, Lacrimae Christi: ein Gekreuzigter neben dem anderen in endloser Reihe, an den kurzen Trieben Blattknospen mit rosa Spitzen. Bald würde dies alles zertreten sein, flurbereinigt, und man würde wie über ein kahles Rübenfeld laufen. „Das Land ist ausgetrieben“, notierte Schoppe, „die Wege fortgegangen.“

Ein Winzer, der, statt zur Messe zu gehen, rauchend auf seinem Traktor hockte, lüpfte die Mütze und fing, als Schoppe an ihm vorbeiwollte, zu reden an: „Ja, Meister, ohne Gift keine guten Erträge. Sechs-, siebenmal spritz ich pro Jahr, vor allem gegen den Pilz, der aus dem Boden kommt, die Trauben weiß färbt und abfallen läßt: der Graupilz. Der Heu- und Sauerwurm, der Traubenwickler, die Blattfallkrankheit. Regen, Sturm, Hagel; Frost, lange Trockenheit. Früher zwangen Mißernten Pfälzer Familien in die Fremde, nach Amerika. Natürlich kannst du wie unsere Vorfahren versuchen, die Puppen des Sauerwurms durch Abschaben der Rebstockrinde mit einer Drahtbürste zu vernichten. Du kannst dich abmühen, die Wurmmotten mithilfe von Klebfächern und Gefäßen zu fangen. Du kannst Schwefel gegen den Graupilz streuen und mit Kupferkalk die Blattfallkrankheit bekämpfen. Geholfen hat uns erst das Wundermittel, das uns der Chemie-Riese aus Ludwigshafen schickt, flächendeckend. Leider vernichtet das Gift auch Nützlinge wie die Raubmilben. Immer empfindlichere Pflanzen, immer zähere Schädlinge, immer härtere Gifte ...“

Die Rede des Winzers ging in ein abwesendes Murmeln über, das Schoppe noch ein Stück weit folgte. Als er auf geradem Asphaltweg die neu angelegten Weinberge mit den jungen, durch Plastikmanschetten geschützten Pflanzen erreichte, blies ihm der Wind ins Gesicht; die Sonne war stechend. Am Horizont tauchte im Dunst der Kirchturm von Rhodt auf. Der Friedhof lag mitten im Wein. Die Friedhofskapelle glich einer Ausstellungshalle für Landmaschinen und zeugte vom neuen Reichtum des Ortes. Ältere Grabsteine standen schief daneben. Schoppe, der an keinem Kirchhof vorbeikonnte, ohne einzutreten, ging die Reihen der Gräber ab und las halblaut die Inschriften. Dabei entdeckte er ein Gruppendenkmal, das an ein dörfliches Unglück erinnerte, ein Monument aus rotem Sandstein, von Sitzbänken umgeben: „Zehn Jungmädel fanden bei dem Unwetter am 11. Juni 1937 den Tod.“ Darum drängten sich zehn kleine Grabsteine für die zwölfjährigen Mädchen. Das Leben war ohne sie weitergegangen, und doch waren sie hier immer noch anwesend. Wie Taucher schwimmen die Toten eine Zeitlang mit. Wo waren die Gräber der Juden, der Zigeuner, der Fremdarbeiter?

In Rhodt schritt er die mit Kopfstein gepflasterte Roßkastanien-Allee hinauf, an Winzerhäusern entlang, deren Höfe und Mauern aneinander anschlossen, so daß eine durchgehende Straßenfront entstand. Sie waren mit Wein und mit Rosen bewachsen und mit langzüngigen grüngelben Fahnen geschmückt. In einem der ersten Häuser linker Hand war der spätromantische Maler Johann Jakob Serr geboren. Schoppe betrachtete die kunstvoll gearbeiteten Erker, den Ziehbrunnen, die Steinschieber an den Kellerfenstern und die Inschriften der Torschlußsteine aus dem 16. Jahrhundert. Einige der schönsten Gehöfte waren im Besitz von Managern und Flugkapitänen, die hier das Wochenende oder den Nachsommer verbrachten, während die Einheimischen Neubauten bevorzugten und ihr Schmuckbedürfnis in Betonreliefs und schmiedeeisernen Gittern mit Weinmotiven ausdrückten.

Vor dem Wirtshaus hatten sich die Stützen des Musikvereins zu einem Frühlingskonzert aufgestellt. Sie trugen weiße Hosen, rote Jacken und Schirmmützen und erzeugten mit Trompeten, Becken und Trommeln einen so wüsten Lärm, als wollten sie den Winter und Schoppe für allezeit vertreiben. In den Pausen zerrten sie immerzu an ihren Uniformen, die ihnen entweder zu eng oder zu weit waren, und neckten einander mit schwerfälligen Gesten. Ein Betrunkener taumelte aus dem Gasthof. Er hatte sich eine bunte Schärpe um den Leib gewunden und dirigierte, einen Weinpokal in der Hand, das Treiben: „Ich hab' mein Herz in Heidelberg verloren ..."

Schoppe schlug den Feldweg nach Weyher ein, der zunächst wieder auf das Gebirge zuführte, dessen Verlauf er in einer Linkswendung folgte. Im Rotbraun des alten Laubs blinkten zwischen den noch blattlosen Zweigen der Edelkastanien Buchen- und Ahornblätter hervor. Die Mauer der Rebschule war mit blühenden Pfirsichbäumen gesäumt. In den schräggestellten Dächern des großen Gewächshauses spiegelte sich die Sonne. Schoppe ging den Bergrand dahin zwischen Reben und Wald, bis er unter sich die streng katholische Ortschaft Weyher liegen sah. Die

Reichen wohnten am Hang auf ihren Bunkern. Die Erde war von einem leuchtenden Ziegelrot. Stare und Bachstelzen eilten die Rebzeilen entlang. Er setzte sich auf eine Bank unter ein Wegkreuz: „Heiliges Kreuz, du unsere einzige Hoffnung, sei gegrüßt." In die Banklehne hatte jemand „Nigger-Glatzkopf" geritzt.

Als Schoppe im Dorf eintraf, schlug die Kirchturmuhr elfmal. Vor jedem Glockenschlag war ein Ächzen und Schnarren im Dachstuhl zu hören, wie ein Zitat aus längst vergangener Zeit. Die Straße war leer. Sämtliche Einwohner schienen in der Kirche versammelt, aus der Orgelmusik und Gesang erklangen. Um die Kirche herum lag der Friedhof. Schoppe ging die Außenwand des Chores entlang, wo unter den farbigen Fenstern die ältesten Grabsteine, oft mit lateinischer Inschrift lehnten, und erschrak, als er im Winkel eines Strebepfeilers eine weibliche Person kauern sah, die ihn komplizenhaft anblickte. Sie hatte die Röcke gehoben und pißte die Chorwand an. Schoppe schaute weg und ging weiter.

Die festlich geschmückte Kirche war voller Menschen. Die Bankreihen waren dicht besetzt; bis in den Vorraum standen die Gläubigen, und selbst auf der Treppe zur Orgelempore drängten sich Kinder. Der Priester auf der Kanzel predigte über die schwierige Aufzucht junger Adler, die er in einen etwas willkürlichen Zusammenhang mit dem entbehrungsreichen Zug der Kinder Israels durch die Wüste brachte. Beim Verlassen der Kirche sah Schoppe die Frau, die er überrascht hatte, mit ruckhaften Bewegungen des Oberkörpers, wie ein Huhn zwischen den Gräbern umherirren. Ihr Haar war weiß; sie trug eine weiße Strickjacke und einen weiten grauen Rock. Sie schien sich nicht mehr in den Kreis der Gemeinde zurückzutrauen, sondern das Ende des Gottesdienstes abzuwarten. Schämte sie sich, wollte sie beichten? Schoppe grüßte den Guten Hirten auf der Pfarrgartenmauer und machte sich auf den Weg.

Da sah er in der Ferne, unter der hochstehenden Sonne, ein Lebewesen von Schattenfleck zu Schattenfleck kriechen. Erst dachte er an einen grauschwarzen, von der Hitze ermatteten Hund, bis er in dem Näherkommenden einen alten Mann erkannte, der, einen Hut auf dem Kopf, den Stock in der rechten Hand mitschleifend, in einem abgeschabten Sonntagsanzug auf allen Vieren über die Dorfstraße kroch. Ein wenig vor ihm ging eine kräftige Frau, an der sich der Greis zwei-, dreimal festklammerte und hochzuziehen versuchte, worauf die Frau ihn jedesmal mit verächtlichen Gesten wegstieß. Sie trug eine Küchenschürze und sah so aus, als habe man sie von den Kochtöpfen weggerufen, um den Alten heimzuholen. Trotz seiner Hilflosigkeit erreichte der Mann, der wahrscheinlich blind war, endlich den Jägerzaun, zog sich an den gekreuzten Latten hoch und tastete sich mit dem Stock vorwärts, während die Frau, immerzu schimpfend, vor ihm herging. Plötzlich stolperte der Mann und geriet darüber, mit schlaffen einknickenden Beinen, fast in ein Rennen, so daß die Frau hinter ihm zurückblieb. Es schien, als wollte er sich, um den Preis des augenblicklichen Zusammenbruchs, so schnell wie möglich von der Straße schaffen, um den Kirchgängern am Weißen Sonntag seinen Anblick zu ersparen. Kriechend verschwand er in einem niedrigen Bauernhaus, dessen Eingang mit einem Blütenkranz geschmückt war.

Schoppe eilte davon, bis er Weyher hinter sich wußte. Die urologische Abteilung der Chirurgischen Universitätsklinik fiel ihm ein; er war Student, man hatte ihm Taubenei-große Nierensteine herausgeschnitten. Es war Sommer gewesen, wochenlang war er mit dreißig alten Männern in einem heißen, stinkenden Saal gelegen. Es röchelte, stöhnte, gurgelte; eines Nachts ein unterdrücktes Weinen. Täglich, nach der mit Schrecken erwarteten Arzt-Visite, wurde einer der Alten auf seinem Eisenbett festgeschnallt und hinausgeschoben. Kaum einer kehrte wieder in den Männersaal zurück. Einmal ließ sich ein Greis aus dem Bett fallen. Er rutschte über den Linoleumboden, wobei seine Fußnägel scharrten, und kroch in den Kleiderschrank, doch die anderen Moribunden gaben den Pflegern Zeichen, wo er zu finden sei.

Während Schoppe ins Modenbachtal einbog, sah er auf einem Bergsporn gegenüber die Annakapelle, eine Wallfahrtsstätte, die zum Ort Burrweiler gehörte. Das Tal war breit, mit steilen Hängen, und er wäre gern Luftschiffer oder wenigstens Drachenflieger gewesen, um es zu überqueren. Er kam in einen hohen, duftenden, lichtdurchfluteten Buchenwald, aus dem unbekannte Vögel seltsam laut hervorschnarrten. Die hellen Buchenblätter waren mit Flaum umrandet. Wenn er still hielt, vernahm er ein langsames Atmen, ein weites Brausen, ein fortwährendes sanftes Tosen, von dem er nicht wußte, woher es kam, denn die Blätter bewegten sich kaum. Er war in Gedanken mit allen und doch für sich allein. Wanderungen mit seiner Mutter fielen ihm ein; Sommerhitze, Heidelbeersträucher, schlaffe Farne am Weg. Schatten von Blättern flirrten über den Sand. Sie war glücklich gewesen, sobald sie mit ihm zusammen war. „Ich werde nicht dasein, wenn du kommst. Du wirst nicht kommen, wenn ich öffne." Warum schreckte er so häufig im Morgengrauen auf? Warum trat er ans Fenster und sog den Rosenwind ein? Keinen Platz würde er je so wiederfinden, wie er ihn verlassen hatte.

Gleichmäßig atmend ging er weiter. Die Sonne ließ die Kiefernstämme dort, wo die Rinde abgeblättert war, gelblich aufscheinen. Spaziergänger belästigten ihn. Das Geplapper der Frauen, die Fachsimpelei der Männer, die schrillen Organe der Kinder. Schoppe haßte besonders das kindliche Getue: Kinder, die Kinder spielten, um die Aufmerksamkeit der stumpf und blicklos in Freizeitkleidern dahinstapfenden Eltern auf sich zu lenken.

Um schneller auf die südliche Talseite zu gelangen, stieg Schoppe querfeldein den Hang hinab über trockene rote Erdklumpen. Dann rutschte er einen Schieferberg hinunter bis auf die Sohle des Tals, wo der von Weiden und hohem Schilf mit zitternden Fahnen dicht gesäumte Modenbach durch Wiesen und Gärten floß. Hähne schrien. Er schritt ein Stück weit auf die Ebene zu, linker Hand steile Weinberge, schiefergrau. Der Weg war mit Schotter bedeckt. Aus der Ferne glänzte der Schieferhang mal silbrig, mal violett.

Als er das Weingut *Buschmühle* erreichte, wußte er, daß er auf dem richtigen Weg war. Ganz in der Nähe stand einst das Dorf Altenforst, etwas talaufwärts das ebenfalls verschwundene Kirchdorf Modenbach. Eine Überlandleitung verband die Mühle mit dem Weinort Hainfeld, der westlich in einer Talmulde am Gebirgsrand lag. Eine alte Kiefer überragte die Mühle, deren Restaurant wegen einer Kommunionsfeier geschlossen war. Beim Weitergehen drehte Schoppe sich um und sah den Kirchturm von Weyher so dicht hinter sich, daß er den Eindruck hatte, er hätte sich eine Stunde lang kaum fortbewegt.

Auf der Dorfstraße von Burrweiler stauten sich die Autos. Familien beim Sonntagsausflug, Kirchgänger auf dem Heimweg, festlich gekleidete Kinder. Die Wirtshausgärten waren überfüllt. Im Schatten der schrundigen Dorflinde, die an einen Galgen erinnerte, saß der Dorfdepp und grüßte jeden. In einem Vorgarten weideten Plastikrehe zwischen Zwergtannen. Auf der mit Wellblech überdachten Veranda schaukelte ein Hasenfell neben der Babywäsche. Im Garten hinter dem Haus wuchsen die Hundepeitschen. Ein Fenster war mit einem Kleiderschrank zugestellt, in einem anderen lag schweres Bettzeug. Die Krücken an der Hauswand hätten Schoppes Stiefvater gehören können. Ihr metallisches Klicken kam die Dorfstraße daher. Er rannte.

Erst der Anblick des wuchtigen Kirchturms verlangsamte seinen Schritt. Das Gemäuer enthielt Reste der ehemaligen Geisburg, die den Edlen von Dahn gehört hatte. Die Kirche aus rotem Sandstein war von einem Obstgarten umgeben. Asche, Knochensplitter; die Birnbäume blühten. Nach Norden zu freies Feld. Vor der Kirche stand ein Kriegerdenkmal, „den gefallenen Helden" gewidmet. Das Relief zeigte, wie Christus einem getöteten Soldaten auf die Beine half. Ein kleines Mädchen schlug das Tor zum Kirchgarten zu, immer wieder, während die Eltern in Sonntagskleidern aus einiger Entfernung zuschauten. Schoppe stellte sich einen Moment vor, dieses Kind zu sein, aufgehoben im Blick der anderen. „Nichts kann mir heute passieren", notierte er. „Noch ist die Welt nicht zuende."

Der vielen Autos wegen mußte er auf der Weinstraße nach Gleisweiler im Graben laufen. Er fand ein Tierskelett: eine langgezogene Wirbelsäule, an der drei Beinknochen sowie ein noch behaarter schwarzer Schwanz hingen, wahrscheinlich Reste einer Katze, die nach wochenlangem Auf-der-Straße-Liegen flach und glatt wie ein Stück Plastik war. Ein paar Schritte vor ihm ging ein junger Mensch, der ein weißes blumenbesticktes Kostüm trug, dazu einen breitkrempigen weißen Hut und schwarze Lackstiefel. Die Jacke war mit einem grünen Gürtel zusammengehalten, auch um den Hut flatterten grüne Bänder. In der Hand trug der Mann, der einen gutmütig-tapsigen Eindruck machte, einen weißen Stab mit einer Eisenspitze. Schoppe hielt den Sonntagsmann für eine Art Harlekin oder für eine allegorische Verkörperung des Frühlings, einem dörflichen Osterspiel entlaufen. Er eilte hinter ihm her und fragte, was er denn vorstelle. Er gebe einen Schäfer ab, sagte der junge Mann, und seine Aufgabe bestünde heute darin, die Schäflein, also die Kinder, die zur ersten Kommunion bereit seien, in den Häusern aufzusuchen und zur Kirche zu führen. Er winkte Schoppe mit dem Stab zu, bevor er in einem Winzerhaus verschwand.

Am Ortseingang von Gleisweiler lag der Friedhof, dessen rostiges Tor von zwei hohen efeubewachsenen Robinien flankiert wurde. „Unruhig ist unser Herz, bis es ruht in dir, oh Gott." Ein Buchfink begleitete Schoppe von Grab zu Grab und zwitscherte ihm seine Erkennungsmelodie zu. Als er in das Dorf kam, fingen die Glocken zu läuten an. Feierlich gekleidete Menschen drehten sich nach ihm um. Er wollte auf einen Seitenweg ausweichen, doch sogleich rief ihm ein Mann hinter einem Zaun zu: „He, du da, geh weiter, piß woanders hin, sonst mach ich dir Beine!" Viele Haustüren waren mit grünen Papiergirlanden geschmückt. Ein dicker Junge im Anzug, mit Fliege, und ein Mädchen in einem langen weißen Kleid, einen Kranz im roten Haar, in der Hand eine mit Rosen umwundene Kerze, gingen neben einer Frau her, die ein blaues Samtkleid mehr übergezogen hatte als wirklich trug, während ein Mann mit einem Fotoapparat vorwegeilte. Schoppe gab acht, daß er nicht aufs Bild geriet.

Er huschte die Dorfstraße hinauf, dem einst berühmten, von Leo von Klenze erbauten Kurhaus und dem Naturpark entgegen. Im Schaukasten vor dem Lokal *Zum fröhlichen Weinberg* hing neben der Speisekarte ein Zeitungsausschnitt mit einem Foto, das den Wirt und Koch Smutje neben seinem ehemaligen Chef, dem Großadmiral Dönitz, in Smutjes Kneipe zeigte. „Alte U-Boot-Kameraden, zackzack! Herr General war immer mit Smutje zufrieden", auch wenn Smutje an Land fett geworden ist und bequem — wir haben überlebt, uns kann keiner was anhaben, wir halten zusammen.

Mit einem Mal war die Gasse voller Sonntagsspaziergänger. Sie schienen aus sämtlichen Lokalen zusammengeströmt zu sein und versperrten Schoppe den Weg. Er fühlte sich eingekreist, von feindseligen Blicken verfolgt, mit Worten beschossen („Ein Indianer!“, „Winnetou!“) und wußte nicht, wohin er ausweichen sollte. Ein Hund streckte die Schnauze schief und knurrend unter einem Hoftor hervor. Eine Bauersfrau lachte schallend (sie konnte nur ihn meinen), und ein Baby schwang ihm die Rassel höhnisch entgegen. Wie häßlich rosafarben und halslos die Köpfe auf den Rümpfen saßen. Ein Auto trieb ihn ein Stück weit vor sich her. Er stolperte auf dem Kopfsteinpflaster. Er hatte genug von dieser „Gotteslandschaft“. Er wollte den Sonnentempel und die exotischen Parkbäume nicht sehen. Die Luft war in diesem „pfälzischen Nizza“ nicht reiner als anderswo. Die Zitronen blieben klein und sauer, die Feigen reiften nicht. Die Mandelblüte war vorüber, doch die Zweige trugen keine Früchte. Er hastete einen steilen Hang hinauf und fand sich auf einer Obstbaumwiese wieder, die nach Knoblauch roch. Ein Kirschbaum war so dicht mit Efeu umwickelt, daß es schien, als wüchsen die blühenden Zweige aus dem Efeu hervor.

Am Ortsausgang entdeckte Schoppe über einem steinernen Torbogen die goldene Inschrift „Soli deo gloria 1619“. Da der Hof auf den ersten Blick unscheinbar aussah, wollte er weitergehen, doch eine Frau, die mit einem geflochtenen Korb vorüberkam, rief ihm zu, er solle ruhig nähertreten. Dies sei das schönste Anwesen von Gleisweiler; wahrscheinlich gebe es in der ganzen Südpfalz nichts Eigenartigeres. Max Slevogt habe die Besitzerin, die jetzt 99 Jahre alt sei, als Kind in Öl gemalt. Auch befinde sich in dem verwinkelten Haus ein Zimmer, das nur einmal im Jahr aufgeschlossen würde. In ihm habe Mozart 1777 auf der Durchreise nach Mannheim gewohnt; es sei unverändert erhalten. Der Park sei früher der vornehmste weit und breit gewesen. Seine Laubengänge würden „Die weite Welt“ genannt; sie zeigten nach Karlsruhe und Heidelberg. Und hier gleich hinter dem Tor, an dem fast waagerecht dem Haus zuwachsenden uralten Mandelbaum, hätten die Franzosen in den Napoleonischen Kriegen drei in die Uniform gepreßte Pfälzer, die desertieren wollten, aufgeknüpft.

Schoppe dankte und schritt durch die breite Toröffnung in den Hof. Unter dem Bogen des Mandelbaums spielten zwei kleine Tigerkatzen im Sand des Weges. Die Fassade des Herrschaftshauses war grau und von Sprossenfenstern mit verblichenen grünen Läden gegliedert. Im Erdgeschoß stand ein Fenster offen; durch Spitzengardinen und Veilchentöpfe drang Klaviermusik. Drei Treppenstufen führten zur Eingangstür, die zu beiden Seiten junge Mandelbäume flankierten. Unter dem Laub war ein altertümlicher Klingelzug erkennbar.

Während die Katzen den Tanz der Blätterschatten im Sand verfolgten, trat Schoppe tiefer in den Hof, zögernd, seine Schuhe knirschten. Rechter Hand erstreckte sich eine steinerne Scheune mit reich verziertem Torbogen, in der neben allerlei Gerümpel Holz und Kohlen gelagert waren. Schräg gegenüber befand sich der Eingang zum Garten: zwei barock geschwungene Torpfosten mit einer weiß gestrichenen Holztür, die ein Birnbaum beschattete. Ein paar Stufen hinauf, und Schoppe stand in einem ausgedehnten, etwas verwilderten Park von annähernd quadratischer Grundfläche. Er strich die Wege entlang, auf und ab, um das Muster der Beete und Laubengänge herauszufinden, wie man sich, nachahmend oder scharf hinsehend, einen Schriftzug einprägt oder die Falten eines Gesichts.

In der Mitte des Gartens lag ein runder, längst verstummter Springbrunnen, um den sich symmetrisch wie Blütenblätter fünf große, von Buchshecken gesäumte Beete fügten. Niedrige Apfelspaliere mit rosa Blütenknospen zeichneten innerhalb der Beete die Bewegung der Buchshecken nach. In den Beeten standen Rosenstöcke, es blühten Schwertlilien und Tulpen, doch schien ein jedes von einer besonderen Baumart beherrscht: im einen war es der Flieder, der schon bläuliche Knospen zeigte, im anderen eine Palme mit harten, an den Rändern bräunlich verschrumpelten Blättern, im dritten blühende Kirschen, im vierten eine Reihe kleiner Feigenbäume, im fünften große Mirabellen, Reine-Claude, die auf Pfälzisch „Ringlor“ heißen. Am Rand der Beete und der sie umgrenzenden Laubengänge wuchsen Küchenkräuter und Erdbeeren. Zur Weinstraße hin war eine mächtige Sandsteinmauer errichtet, über die hinweg man ostwärts auf die Ebene sah. Ein vielstimmiges Vogelgezwitscher klang durch den Garten.

Als Schoppe unter einem Lorbeerbaum innehielt, um — auf der Mauer sitzend — ein vorläufiges Bild des Gartens aufzuzeichnen, kam ein Mann zwischen den Oleanderbüschen daher mit jugendlichem, leicht wiegendem Schritt. Er beugte sich hier und da zu den Blumen herab, als rede er mit ihnen, und streifte Zweige und Baumstämme im Vorübergehen mit der Hand. Er war groß und schlank, trug das blonde Haar schulterlang, und doch sah man, während er näherkam, daß er nicht mehr jung war. Seine lange Nase war etwas schief. Er nahm die Brille ab und lächelte. Die Augen waren blau. Eine heitere, distanzierte Neugierde ging von ihm aus.

Schoppe wollte sein Eindringen in den Garten entschuldigen, doch der Mann winkte nur ab und sagte, einen Blick auf Schoppes Notizbuch werfend, mit leicht belegter Stimme: „Kommen Sie mal mit"; und ging im orangenen Hemd und blauer Hose vor ihm her, nachdem er noch einen Rechen ohne Stiel, der am Boden lag, aufgehoben und auf die Mauer gelegt hatte. Sie kamen in den nordwestlichen Teil des Gartens, wo vor einem Gartenhaus ein schwerer weißer Tisch und Stühle aus ornamental durchbrochenem Gußeisen standen. Das Gartenhaus war aus rotem Sandstein gebaut und hatte drei mit Blei verglaste Sprossenfenster nach Osten sowie eine Art Vorhalle oder Veranda. Das schiefe Dach war mit alten Ziegeln gedeckt, die Fassade war mit einem Holzspalier beschlagen, an dem sich der Wein rankte.

Die Veranda, in einem verblichenen Rosa gestrichen, trug an der Decke die helle Sonne Ludwig XIV., deren Licht gleichgültig auf Schoppe und seinen Führer fiel. Der öffnete mit einem verrosteten Schlüssel das Gartenhaus, und sie traten in einen unerwartet großen Raum, dessen Mitte ein Eichentisch einnahm. An der Nordwand ein Klavier, in der Sockelzone umlaufend Bücherregale mit den Gesammelten Werken Voltaires, Diderots, Holbachs und den 56 Bänden der *Allgemeinen Deutschen Biographie*. Dem Klavier gegenüber befand sich ein holzgeschnitzter

Alkoven, in dem ein breites Bett mit brokatbezogenen Matratzen und Kissen stand. Das Erstaunlichste waren verblassende Wand- und Deckengemälde im spätbarocken Stil: über dem Bett „Herodes und die Schriftgelehrten“, über dem Klavier „Maria und Joseph auf der Flucht“, an der Westwand „Der Kindermord zu Bethlehem“ und an der Decke „Der Tod des Herodes“. Die Ostwand war, der Fenster wegen, von Fresken frei, und der Wein wucherte herein.

Das Gartenhaus, erklärte der Begleiter mit höflich-kokettem Lächeln, sei zur gleichen Zeit wie das Haupthaus entstanden, in der zweiten Hälfte des 17. Jahrhunderts, und wahrscheinlich von einem Wandermaler oder von einem begabten Laien für den reformierten Pfarrer Watzenborn mit diesen biblisch-pathetischen Szenen um Schuld und verdienten Lohn ausgemalt worden; ein Ort zum Ausruhen, zur Meditation, gänzlich abgekehrt von der Zeit. Marodierende Trupps hätten das Gartenhaus stets übersehen. Doch über die Laubengänge zöge, wenn man nur wolle, die weite Welt herein; man könne sie wie durch ein Fernrohr betrachten, all das Gekrabbel und Geschrei. Die Besitzerin des Ganzen sei seine Großmutter, und tatsächlich habe Slevogt sie als junges Mädchen mit einem Korb Pfirsiche gemalt, ein großes Ölbild, das im Salon hänge. Das Mozartzimmer sei indes ein Legende, die sich im Dorf beharrlich halte. Mozart sei niemals durch Gleisweiler gekommen.

Auf dem Tisch waren vergilbte Landkarten sowie in Leder gebundene Tier- und Pflanzenbücher ausgebreitet, während auf den Simsen und Regalen seltene Steine und Versteinerungen von Schnecken und Farnen lagen. Dies sei sein Lieblingsplatz, sagte der Mann, er säße hier oft den Tag über, wenn er keine Schule halten müsse, und schaue die Kirschblüte an. Vor kurzem habe er sich als Realschullehrer in der Kreisstadt beurlauben lassen, um ungestört seine literarischen und naturwissenschaftlichen Studien voranzutreiben, von deren Zusammenhang er Schoppe vielleicht ein andermal berichten werde. Die Bibliothek stamme im wesentlichen aus dem späten 18. Jahrhundert und sei ganz von den Ideen der Aufklärung bestimmt. Er griff in ein Regal und zog Abbé Sieyès' *Was ist der Dritte Stand?* hervor.

„Als im Jahr 1814 ein russischer Marodeur an den Mandelbaum im Hof gehängt wurde und ausgepeitscht werden sollte, trat Madame Barthélemy, nach der dieses Haus bis heute heißt und die auch die Bibliothek zusammengetragen hat, dazwischen und bat den Offizier um Gnade. Etwas derart Rohes sei in ihrer aufgeklärten Welt nicht zugelassen: ‚Wir haben hier die Menschenrechte!'"

Der Herr des Gartens lächelte ironisch, und sie standen einige Zeit still da, in die Betrachtung des „Kindermords zu Bethlehem" vertieft. Bevor sie das Gartenhaus verließen, besichtigten sie noch das ebenfalls bemalte Plumpsklo und den Keller, in dem sich über den Winter Schlamm und Regenwasser angesammelt hatten. Von der Veranda aus führte eine verriegelte Tür zu den Wiesen und einem verfallenen Meierhof, der seit langem nicht mehr bewirtschaftet wurde. Die Ställe standen leer. Himbeersträucher wucherten die Mauer entlang.

Der Begleiter, der sich Hans nannte, zeigte Schoppe auch den südlichen Teil des Gartens, wo unter dichtem Nadelgehölz das ehemalige Caféhaus moderte, ein offener, runder, mit Schiefer gedeckter Pavillon, in welchem, sobald Schoppe nähertrat, eine nistende Amsel kurz aufflatterte, als wollte sie ein Zeichen ihrer Anwesenheit geben. Hans sagte, in den Mythen der Alten sei die schwarze Drossel häufig als Totenvogel dargestellt und als Begleiterin Apolls. Das Regenwasser für die Zubereitung des Kaffees floß in ein steinernes Becken, das nun als Vogelbad diente, und von dort über eine Leitung in den Keller der Scheune, wo die Orangen-, Zitronen- und Oleanderbäume überwinterten. Die einstige Kutscher- und Gärtnerwohnung war mit gelblichen Akten des Staatsarchivs Speyer angefüllt. Ein Fenster war ausgehängt; es roch nach Ölfarbe.

Hans bat Schoppe, bald wiederzukommen und ihm von sich und seiner Arbeit zu erzählen. Er lebe hier sehr einsam, fast wie ein Eremit, seit langem nur mit sich und der Natur beschäftigt. Der Garten sei sein Kreuzgang. Er beabsichtige, den Meierhof wiederaufzubauen, den Gemüsegarten und das Feld zu bestellen. Doch zu Zeiten sehne er sich nach dem lauten und heftigen Leben in der Stadt, dem flüchtigen, allzu dichten Beisammensein. Dann müsse er reisen. Auch sei der kulturelle Verlust auf dem Land durch die Auflösung der Dorfschule spürbar. Der Lehrer fehle, der Organist, das Laientheater. Im Torbogen stehend, winkte er leicht mit der Hand.

Als Schoppe wieder in Burrweiler ankam, waren die Sonntagsspaziergänger verschwunden. Seine Füße schmerzten so sehr, daß er nicht mehr weitergehen wollte. Nach längerem Suchen entdeckte er die Bushaltestelle vor dem Gasthaus *Zum Ritter*, doch der Bus war gerade durchgefahren. Er hockte sich auf einen Steinhaufen und blinzelte in die Abendsonne. Der Kirchturm mit dem geschweiften Helm, braunes Gestrüpp. Ein paar leere grüne Bänke im Innenhof der Gastwirtschaft, der vorbeibrausende Verkehr. Ein dürrer Greis in Wanderkleidung, mit Rucksack und Schwarzdornstock, strebte zügig an Schoppe vorüber Richtung Edenkoben. Er hatte die Ärmel hochgekrempelt und dachte offensichtlich keinen Augenblick daran, den Bus zu benutzen. Und warum gibst du auf? Warum läufst du nicht im Windschatten dieses zähen Knochens bis Edenkoben zurück? Ist zu wenig Widerstand in dir, kein Beharrungsvermögen? Gewiß warst du immer bereit, die Ausdauernden, die Protestierenden innerlich zu unterstützen, protestiertest auch selbst bisweilen leise, beim Lesen der Zeitung — was tatest du? Zwischen Gruppen, Parteien, Schlachtreihen, stets auf der Suche nach Kindheitslandschaften, Schattenspielen, Gerüchen, machtest du dich fast unsichtbar klein.

Als der Bus endlich eintraf, war es Abend geworden. Die Sonne stand knapp über den Bergen, und der Himmel war ganz klar. Häuser und Bäume hatten schwarze Konturen. Anfangs war der Bus voller Ausflügler, und Schoppe fühlte sich unter ihnen, die laut durcheinanderredeten — einige sangen sogar Wanderlieder —, geborgen. Sie waren ihm gewissermaßen vertraut; er wollte sich von ihnen nicht unterscheiden, sondern einer der ihren sein, wenigstens jetzt, während sie zusammen den Haardtrand entlangschaukelten. In einer Kurve rutschten zwei sorgfältig gekleidete Frauen von ihren Plastiksitzen und purzelten im Mittelgang übereinander. Schoppe half ihnen auf die Beine, doch als sie wieder auf ihren Plätzen saßen, bemerkte er, daß eine von ihnen kahlköpfig war. Mit zwei Fingern hob er die braungelockte Perücke auf und ließ sie der Frau in den Schoß fallen, wobei er es vermied, sie anzusehen. Der Nebensitz war noch warm; so wartete er eine Zeitlang, bevor er von den Frauen weg ans Fenster rückte.

Bald hinter Edesheim stoppte der Bus an einem Depot, und der Fahrer, dessen Schicht zuende war, verschwand mit der Kasse in einem Haus. Vor dem Fenster, direkt unter Schoppes Augen bewegte sich eine Gruppe von Schwachsinnigen wie auf einer Bühne. Während ein Riese am Straßenrand den Verkehr dirigierte, mit seitwärts baumelndem Kopf und verzerrten Zügen, saßen die übrigen auf einer Bank so dicht beisammen, als müßten sie einander stützen und aufrechthalten. Einer mit bleichem Gesicht und Stoppelhaar hatte den Kopf in die Hände gelegt und starrte vor sich hin; seine großen abstehenden Ohren waren an den Rändern ausgefranst und durchsichtig wie trockene Blätter. Der Mann daneben grinste in einem fort und bemühte sich, die wunden roten Finger im Mund unterzubringen. Der dritte grüßte zackig ins Leere, wobei er die Augen zusammenkniff und die Zähne bleckte. Dem vierten rann der Speichel über die herabhängende Unterlippe. Die Idioten betatschten sich gegenseitig und lallten einander Laute zu, worauf indes der jeweils Berührte oder Angeblaffte nicht reagierte. Keiner machte Anstalten, den Bus zu betreten, ja sie schienen das bereits erleuchtete Fahrzeug überhaupt nicht wahrzunehmen.

Plötzlich richtete sich der blasse Mann, der bislang vor sich hingestarrt hatte, auf und sah Schoppe an. Er hob langsam den Arm und deutete mit dem kleinen Finger auf ihn oder auf irgend jemand anderen im Bus, der hinter ihm saß. Schoppe drehte sich um, aber der Wagen war leer, er war er letzte Passagier. Auch die übrigen Schwachsinnigen sahen jetzt zu ihm her. Sie lachten, tippten einander auf die Schulter und zeigten wie in Zeitlupe auf Schoppe. Ja sie rutschten auffällig beiseite und machten mit den langen Armen Zeichen, die nur so zu deuten waren, daß es ihr Wunsch war, er möge herauskommen, die trennende Rampe überwinden und zwischen ihnen auf der Bank Platz nehmen. Durch die Scheibe, im Zwielicht der leichten Dämmerung und der aufglimmenden Straßenlaternen, sahen sie wie Marionetten oder Wachsfiguren aus, unter denen Schoppe sich selbst als mit dem Kopf wackelnde Puppe zu erkennen glaubte. Sie kicherten, klatschten in die Hände und lallten einander zu: „Schoppe kommt auch mit uns.“ Starr an den Sitz gepreßt, hatte er, als der Bus mit einem Ruck losfuhr, das Gefühl, sein Ich würde zerspringen.

VIII

Die Haustür stand etwas offen, und Schoppe stieg, an einer Garderobe mit einem ovalen Spiegel vorbei, das dunkle Treppenhaus hinauf bis unters Dach, wo Hans anzutreffen war, wenn er sich nicht im Garten aufhielt. Ihn überraschte die Größe des Wohnzimmers. Das Licht kam durch ein hohes, nach Westen gelegenes Fenster, unter welchem ein dünner Zitronenbaum, eine Wasserlilie und ein Malvenstrauch mit zwei dunkelroten Blüten standen; die weichen, gelb bestäubten Stempel leuchteten. Obwohl es Frühling war, roch es wie zu Weihnachten nach Äpfeln und verbrannten Tannenzweigen.

Er nahm dem Bücherregal gegenüber auf einem Sessel Platz, während Hans — genau 100 Jahre nach der Uraufführung, wie er anmerkte — den *Parsifal* in Georg Soltis Interpretation auflegte. Schoppe blätterte im Textbuch, an dessen Rand die Leitmotive eingezeichnet waren. Er hörte das leise, zurückgenommene Vorspiel, das ihn an Kirchenchoräle erinnerte; er lauschte in sich hinein — ein Rauschen, wie wenn er als Kind eine große Muschel ans Ohr gehalten hatte. Etwas Unbestimmtes in dieser Musik zog ihn an, forderte ihn heraus. War es Größenwahn, Erlösungsbedürfnis, Trennungsangst? Dieses stete Anschwellen der Töne, dieses kaum mehr für möglich gehaltene Überschreiten der Gefühle, ein Wühlen, Kreisen, Jubeln, ein Aufbruch zu immer größerer Klarheit — Entgrenzung? Parsifal, Muttersohn, vaterlos aufgewachsen, ein „vollkommener Mensch", der Erlöser, einsam auch unter den kraft- und machtlosen Gralsrittern — Schoppes Wunschbild? Er schloß die Augen und schmiegte sich in das Polster. „Den heilgen Speer — / Ich bring ihn euch zurück."

Hans hatte die randlose Brille aufgesetzt und blickte in Adornos *Versuch über Wagner.* Einmal, beim Wechseln der Platte, sprach er geläufig über die ja nicht unproblematische Neuformulierung des Mythos, während Schoppe das Gespräch auf den Erlösungswunsch zu bringen versuchte. Natürlich könne man, wie Nietzsche, vom christentümelnden Verrat sprechen oder als Feministin die Selbsterlösungsfeier einer elitären Männergesellschaft schmähen. Dennoch frage er, was denn so frevelhaft sei am Versuch einer Rettung der Welt in As-Dur und eben gerade nicht mit Dogmen oder Waffengewalt? „Die Dinge öffnen sich mir beim Hören, ich öffne mich ihnen, frühe Erlebnisse fangen zu sprechen an."

Hier im Zimmer, entgegnete Hans, sei auch ihm Wagners Musik nahe, sie klinge reiner und betörender als im Opernhaus, wo im übrigen alles vergröbert erscheine, so daß man sich ein ums andere Mal Augen und Ohren zuhalten müsse. Besonders die gestelzte Erhabenheit der Sänger, ihr übertrieben feierlicher Umgang mit den Symbolen des Christentums grenze ans Lächerliche und bereite nichts als Unlust. In Gegenwart solcher Popanze könne er sich nicht bedenken; sie raubten jedem Text, jeder Musik ihr Geheimnis. Am Karfreitag habe er in Mannheim eine Aufführung des *Parsifal* besucht. Schon bald sei ihm die symmetrische Anordnung der Figuren, eine weihevoll-dämmrige Statuarik, erhellt von Punktscheinwerfern, bekannt vorgekommen, als hätte er genau diese Inszenierung in seiner Studienzeit zu Ostern schon einmal gesehen. Und tatsächlich habe er im Programmheft an versteckter Stelle den Hinweis gefunden, daß die Einstudierung aus der Spielzeit 1956/57 stamme, mithin 25 Jahre alt war. So habe er noch einmal den Inszenierungsstil dieser Periode, die „Bühne als geistigen Raum" besichtigen können — freilich in der leersten und kraftlosesten Form. Die Sänger seien einander ständig im Weg gestanden, und ihr Singen habe nach kurzer Zeit wie ein mitleidheischendes Kreischen geklungen. Er habe das Opernhaus nach dem zweiten Aufzug verlassen und deshalb auch nicht erfahren, ob der tote Titurel sich am Ende segnend in seinem Sarg erhoben habe oder nur eine weiße Taube herabgeschwebt sei.

Diese Helligkeit im Dachzimmer — ging sie von Wagners metaphysischer Musik aus, oder war es die Sonne, die eine Zeitlang schräg auf die Pflanzen und das Bücherregal fiel? Schoppe stand auf und entzifferte, nachdem er einige Spinnennetze beiseite geschoben hatte, die Titel auf den Buchrücken: Kant, Fichte, Hegel, Nietzsche, Goethe, Jean Paul, Stifter, Benjamin, Brecht. An der Zimmerdecke war ein großer gelber Fleck zu sehen. „Weißt du, da kommt beim Regen immer das Wasser durch", sagte Hans; „ich stelle eine Wanne darunter."

Sie kamen auf den *Lohengrin* zu sprechen, auf Elsa von Brabant und ihre volksliedhafte Gewißheit, daß der mythische Held, aus den Lüften tretend „in lichter Waffen Scheine", sie aus der Todesnot befreien werde — Passagen, die Schoppe nur unter Tränen hören konnte. Hans erinnerte sich eines Films mit dem Titel „Ein unheimlich starker Abgang", der ihm wie eine moderne warenweltliche Version des *Lohengrin* erschienen sei. „Erzählt wird die Geschichte der jungen Hilfsarbeiterin Sonja, die von ihrem Freund geschwängert wird, abtreiben läßt, ins Erziehungsheim kommt, wieder schwanger wird und ihren Freund erschießt. Am Ende steht sie vor Gericht, und nur ein Wunder: ein Gott, der reitende Bote des Königs, der Ritter vom Gral kann sie noch retten. Während die mit verzerrendem Weitwinkel aufgenommenen Richter das Mädchen bedrängen und das Publikum im Saal tobt, öffnet sich unter Donnerschlägen eine Spalte in der Wand hinter dem Hohen Gericht, und hervor tritt Hans-Jürgen Bäumler, Sonjas Traumidol, dessen Fotos sie gesammelt, dessen Film *Die große Kür* sie bewundert hat. Der Eisprinz gleitet lächelnd auf Schlittschuhen durch den Saal, nimmt die Bedrohte und gänzlich Hilflose in seine Arme und schwebt mit ihr über Dächer und Dom von Passau davon."

Das sei ja eine kühne Bewegung des Heiligen durch die profane Welt, meinte Schoppe, weit märchenhafter als die Erscheinung des Schwanenritters am Ufer der Schelde bei Antwerpen. Und doch habe das Proletarierkind unter den dumpfen Verhältnissen gar keine andere Wahl, als dem Idol der Warengesellschaft sich anzuvertrauen. Manchmal habe er selbst, im Zuschauerraum gegen den Hustenreiz ankämpfend, beobachtet, wie seine Gedanken vom Geschehen auf der Bühne abschweiften und Wunschbilder Raum faßten. „Ich sehe mich dann anstelle dieses mickrigen, steifen Lohengrin, der sich durch die Partie quält. Ich will augenblicks auf die Bühne klettern und die Rolle übernehmen, obwohl ich außerordentlich unmusikalisch bin. Könnte dem Sänger nicht plötzlich ein Leuchter, ein Kulissenteil auf den Kopf fallen? Sollte ihn nicht wenigstens ein Schwächeanfall lähmen? Ich würde im Publikum ausfindig gemacht und für den Erkrankten einspringen, im nachtblauen Mantel herrlich anzusehen, als Retter nicht nur des Opernabends gefeiert. Blumen und Beifall regneten auf mich herab. Ich hätte den Sängertraum des Großvaters wahrgemacht..."

„Zählen wir nicht", warf Hans ein, „zu jenen hartnäckigen Schwärmern, die der Welt mit steilen Gesten eine bedeutende Rolle vorzuspielen versuchen, um sich den ihnen eigentlich zufallenden Nebenrollen zu entziehen? Wer spricht in mir, wenn ich spreche, wenn ich *ich* sage oder denke? Wieviele unterschiedliche Autobiographien könnte ich schreiben? Wir stehen auf den Schultern von Riesen und zappeln verzweifelt mit den Händen, um Wind zu machen. Ich spüre manchmal, wie mir alles entgleitet und zerfällt, wie meine Sätze ohne Atem und Rhythmus sind, ungültig, unbrauchbar, ein Dreck, und ich denke dann, es gibt keine Wahrheit der Person, so notwendig sie wäre, keinen Lebenszusammenhang, der sich in guter Weise, Schritt um Schritt erzählen ließe, kaum einen eigenen Gedanken. Ich sehe bei jedem nur ein armseliges Gewirr von Posen, Ängsten, Eitelkeiten, gerade auch bei denen, die sich durch Ernst und Strenge der Formen einen Anschein von Einmaligkeit zu geben verstehen."

Schoppe sagte: „Ich habe einmal im Gedränge der Straße meinen Doppelgänger gesehen und hatte dabei das Gefühl, als sei ich von diesem Augenblick an gänzlich überflüssig. Er schien mich nicht zu bemerken und verschwand in der Menge, bevor ich begriffen hatte, daß da mein besseres, mein ideales Ich vorüberging, eines jeden Schreck- und Wunschbild, das irgendwo unerkannt aufgehoben ist, der wahre Freund, mit dem man sich wortlos verstehen würde, sofern man seine Nähe ertrüge. Ein entfernter Vorfahre, der Wirkliche Titularbibliothekar und Porträtmaler Peter Schoppe, ist unter dem Eindruck der Fichte'schen Philosophie am doppelten Ich sogar wahnsinnig geworden. Er änderte häufig den Namen, um dem reinen Ich, von dem er sich nicht nur im Tollhaus verfolgt fühlte, zu entkommen, nannte sich abwechselnd Löwenskiod, Leibgeber, Siebenkäs, Graul, Mordian. Übrigens hat unser Name nichts mit dem Pfälzer Schoppenglas zu tun, das bekanntlich einen halben Liter Wein faßt und somit mehr als das fränkische. Ich führe ihn auf den niederländischen Humanisten Scioppius zurück."

Sie hörten die Platte zuende, tranken Lindenblütentee und gingen dann im Haus umher. Hans zeigte dem Gast einen Salon aus dem 18. Jahrhundert, Möbel, Kristallüster, einen Hammerflügel sowie mehrere Bilder von Max Slevogt. Vor mehr als 80 Jahren sei seine Großmutter mit dem Fahrrad nach Neukastel gefahren, um sich porträtieren zu lassen. Slevogt habe sich in Berlin als Maler der Pfalz einen Namen gemacht, während die Bauern von Leinsweiler, die er bei der Weinlese gemalt habe, seine Arbeit nicht geachtet hätten. Schoppe bemerkte, für ihn seien Slevogts impressionistische Landschafts- und Gartenbilder zugleich Innenporträts; umgekehrt erschienen ihm die Porträts nach längerem Hinsehen als Landschaften.

Inzwischen war es draußen so finster geworden, als ob ein Gewitter unmittelbar bevorstünde. Slevogt, sagte Hans lächelnd, sei vor 50 Jahren in Neukastel während eines schweren Unwetters an einem Herzanfall gestorben. „Gefällt wie Siegfried lag er da, den Speer im Rücken, das Gesicht im Dreck."

Sie stiegen wieder unters Dach, eilig, um die Fenster zu schließen, und nahmen endlich in einem auf den ersten Blick verwahrlosten Raum Platz. Tapeten und Vorhänge waren vergilbt, auf den Büchern lag dicker Staub. Zeitungen, Plakate, Fotos und Manuskripte waren über den Fußboden verteilt wie ein Teppich, und überall auf Regalen, Simsen, Tischen lagen Steine, Versteinerungen, Muscheln und Schnecken sowie alle möglichen Fundstücke, etwa der Abdruck einer Katzenpfote auf einem Dachziegel, eine Herzrebe, Schlangenhaut, eine Kalmuswurzel,

Arzneiflaschen und andere Gebrauchsgegenstände, die Hans auf Baustellen ausgebuddelt oder auf Flohmärkten gekauft hatte.

Hans saß auf einem Stuhl mit dem Rücken zum Fenster, gegen das jetzt der Regen prasselte, Schoppe ihm gegenüber auf einem Sessel. Der Gastgeber hatte die Ellbogen auf den Tisch gestützt und sah auf einmal alt aus; ein faltiger Hals, tiefe Furchen um Mund und Nase. Je dunkler es im Raum wurde, umso seltsamer verwandelte, ja entstellte sich sein von gelegentlichen Blitzen erhelltes Gesicht. Schoppe hatte den Eindruck, als säße da ein fremder Mensch zwei, drei Meter vor ihm. Er riß die Augen auf, bis ihm Tränen kamen, aber er erkannte Hans nicht mehr. Dem Mann war ein breiter Schnauzbart gewachsen, sein Kopf war nicht länglich wie vorhin, sondern rund; die Bewegungen und Züge wirkten steif und gewöhnlich, das Haar war nicht jugendlich blond, vielmehr grau und gestutzt. Donner grollte. Der Wind zerrte am Fenster, über dessen Scheiben die Regentropfen perlten. Wenn es still war, knarrten die Dielen, ja man konnte sich einbilden, das Rascheln der Mäuse unter dem Fußboden zu hören.

Sobald das Licht eingeschaltet wurde, war der Spuk vorbei. Hans hob den Kopf und sagte, mit einer mürben Stimme anfangs, die aus der Ferne zu kommen schien: „Ich lebe hier mit meinen Sammlungen und Büchern und studiere sie. Sie schenken mir so etwas wie Wärme. All die Toten sind anwesend und schützen mich auch, so daß ich den Tod im Augenblick nicht sehr fürchte. Um uns herum bis an die Zimmerdecke sitzt die Welt, die Jahrtausende hocken auf den Regalen; Geschichte und Vorgeschichte spitzen sozusagen die Ohren. Sie antworten uns auch, wenn wir nur richtig zu fragen verstehen."

Er zeigte Schoppe verschiedene Gehäuse von Weinbergschnecken sowie die von diesen Tieren im Herbst zum Versiegeln der Häuser gebildeten Kalkdeckel, die sie im Frühling erwachend absprengen und die man am Hang in der lockeren Erde findet. „Die Häuser der Meerschnecken indes sind aus irisierendem Perlmutt, und die dazugehörenden Deckel sind an der Oberseite des Schneckenfußes festgewachsen. Ebenso aus Perlmutt, tragen sie, anders als die Deckel der Weinbergschnecke, eine Spirale. Insoweit ähneln sie den Muscheln."

Er klappte seine Hände wie zwei Muschelhälften auf, als öffnete er eine Frucht, als schlüge er ein Buch auf, als teilte er ein Hirn: „Meine These lautet nun, daß die Schnecken von den Muscheln abstammen — ein naturhistorischer Fund, auf den bislang meines Wissens niemand gekommen ist. Und zwar hat sich, wie ich vermute, im Lauf der Evolution eine der beiden gewölbten Muschelschalen in eine flache verwandelt, die in Jahrmillionen schrumpfte, bis sie schließlich in Spiralform zum dauernd verfügbaren Deckel der Meerschnecke wurde."

Er nahm eine Herzmuschel zur Hand: „Siehst du hier die Ausgangsdrehung, eine Art Strudel am oberen Schalenrand? Die Muschel muß, um den *Kopf*, über den sie eigentlich noch gar nicht verfügt, also besser: den *Mund* nach draußen, in das flutende Wasser zu bringen, wo ja die Nahrung vorbeiströmt, sich aus den Schalen herausdrehen. Dadurch bildet sich, in unvorstellbar langen Zeitspannen, die Spiralform der Schnecke sowie eine Differenzierung der Schalenhälften: eine von beiden wird *Haus,* die andere *Deckel.*"

Hans stand auf, öffnete Schubfächer und legte weitere Sammelstücke auf den Tisch. „Muschel und Schnecke", fuhr er, von Blitz und Donner unbeirrt, fort, „sind eben nicht nur miteinander verwandt, sondern die Muschel ist, wie die Beobachtung lehrt, die Vorstufe der Schnecke. Diese Abstammungsidee ist zwar nur die Entdeckung eines biologisch gebildeten Laien und im streng wissenschaftlichen Sinn nicht belegt, doch haben ihr die Fachleute, die ich um Rat fragte, stets mit freundlicher Zerstreutheit gelauscht und sie als möglich bezeichnet. Zumindest konnten sie mich nicht widerlegen."

Schoppe, der die Zeit über die Herzmuschel mit den Fingerkuppen abgetastet hatte, fragte: „Wie kann aber die Schnecke von der Muschel abstammen, wo doch die Schale der Muschel nicht in Spiralform gezeichnet ist wie die der Schnecke, sondern gewissermaßen radial?"

Hans lächelte: „Hier an der Stelle, wo die Muschelschalen normalerweise durch das federnde Schloßband verbunden sind, ist die Drehung schon angedeutet. Die Radien oder Rippen sind Vorformen der Spirale, während du umgekehrt bei der Meerschnecke die Rippen der Muschel trotz der spiraligen Brechung noch gut erkennen kannst; wie übrigens auch das Spinnennetz über eine Spirale und Speichen verfügt."

Das Unwetter war vorüber. Unter der eisernen Brustlehne am Fenster hingen die Tropfen aufgereiht und glitzerten bei der kleinsten Bewegung. Hans sagte: „Ich habe eher zufällig einige Beobachtungen gemacht und daraus Erfahrungen gesammelt, aus denen ich auf altmodische Weise meine Schlüsse ziehe. Die großen Hoffnungen und Aufbrüche sind vorbei. Man muß das Leben der kleinen Dinge betrachten und ernstnehmen, wenn man sich nicht aufgeben will. Das Vergleichen der Naturformen untereinander, dieser wiederum mit Gebrauchsgegenständen und Beispielen der Kunst, versetzt mich oft in Erregung und könnte leicht zu einer Sucht werden."

Er zeigt Schoppe den Zahn eines Wals in der geschwungenen, etwas ungleichseitigen Gestalt eines Fischs, wohl über 200 Jahre alt, auf dessen einer Hälfte in Englisch eine In-Schrift stand, mit welcher Walfischjäger Gottes Beistand herbeiwünschten. Die andere Hälfte trug ein In-Bild: Arion auf dem Delphin. Hier könne man lernen, was Mörikes Titel „Auf eine Lampe" bedeute. Ursprünglich hätte das Gedicht „Auf einer Lampe" geheißen, und man müsse sich die Verse wirklich auf einen marmornen Lampenschirm geschrieben vorstellen.

Aus einem Fach des Sekretärs nahm Hans jetzt eine tintenblaue Glasschale, die schwer in Schoppes Hand lag und — gegen das Licht gehalten — meertief funkelte. In ihren Rand war umlaufend ein Gedicht aus der *Anthologia Graeca* eingraviert: „Eine Schale / in meiner Hand / und in der Schale / das Himmelsgewölbe / und aus dem Gewölbe / trinken wir Wein / und sehen die Sterne." Trinkgefäß, Luftmeer, Himmelsgewölbe, Schädeldecke? Hans suchte nach dem richtigen Wort. Es sei doch ein beruhigender Gedanke, auf der unbewegten Erdscheibe im Mittelpunkt des Alls zu sitzen und die Sterne um sich kreisen zu lassen, während ihn die Vorstellung einer durch den finsteren Weltraum schießenden Erdkugel verunsichere. Die Australier stünden jetzt unter uns auf dem Kopf.

Er beugte den Hals weit zur Seite, als könnte er so die Australier sehen, bis ihm das Blut in den Kopf stieg. „Wie gut, daß unser Blut im Verborgenen arbeitet. Wenn wir genau wüßten, wie es da drin aussieht, würden wir erschrecken: feuchte Höhlen, in denen der Tod wühlt und bohrt und sich holt, was er will. Bis wir dann unter dem frischen Grabhimmel liegen, der langsam einsinkt, Kadaver, mit Versen und gelben Rosen bedeckt."

So bewegte sich Hans von Einfall zu Einfall, ein (Schreck-) Bild spielerisch an das andere reihend, und doch hatte Schoppe, seit sie in diesem Zimmer waren, das Gefühl, einem Ritual beizuwohnen, in welchem er die Rolle des zu Belehrenden, des Mysten einnahm, indes Hans gewissermaßen Hof hielt und seine Kenntnisse und Lieblingssammelstücke ausbreitete, die bestimmt nicht jeder Besucher gezeigt bekam. Er erinnerte sich, mit welcher Andacht er als Kind das Ammonshorn auf dem Schreibtisch des Stiefvaters angesehen und in die Hand genommen hatte, wie er mit dem Zeigefinger die Spirale nachgefahren war, bis er alles um sich vergaß.

Überhaupt habe das Denken viel mit Bewegung, Verwandlung zu tun, fuhr Hans fort, wobei er immer neue Fundstücke vor dem Lehrling auftürmte, mit Evolution, ja es verlaufe, falls Schoppe ein Bild brauche, spiralförmig. Die Spirale könne er überall in der Natur ausfindig machen. Der Mensch sei selbst Teil der Natur und ihren Gesetzen unterworfen, zugleich aber mehr als sie, indem er ihre Bauformen durchschaue. Leider habe er ein zu schweres Hirn ausgebildet; es zwinge ihn — wie die Mammute einst die riesigen Stoßzähne — langsam zu Boden.

Hans legte eine dicke dunkelgrüne Mappe auf den Tisch, ein Manuskript, in dem Schoppe beim Durchblättern Sternbilder wie den Großen Bären und den Hasen, naturgetreu als Zielscheiben gestaltet, aber auch Fotos von Muscheln und Ammonshörnern, Pflanzen und Schmetterlingen, ja sogar die Abbildung eines wellenförmig gemusterten Pflastersteins und eines Feuersteinmessers in Verbindung mit kurzen Gedichten erkennen konnte.

„Dies hier, woran ich eigentlich arbeite", sagte er, „ist der Versuch einer langsamen, möglichst engen, zugleich phantasierenden Verknüpfung von Naturforschung und Dichtung — ein umfassendes, all meine Aufmerksamkeit beanspruchendes Unternehmen." Naturlyrik setze stete Naturerkundung voraus, durch intensive Beobachtung des Zusammenhangs erworbene Kenntnisse. Es sei nicht damit getan, im Gedicht den Namen einer seltenen Pflanze zu nennen; man müsse vielmehr den Strukturen der Natur gemäß schreiben, also etwa die Gesteinsschichten eines Gebirges Wort um Wort nachbauen, erfinden. Man könne ja die Urformen noch vielerorts erkennen und brauche daher nicht seine eigenen oder gar literarisch geborgte Gefühle auf die Natur zu projizieren, die mit ihnen im Grund nichts zu schaffen habe. Doch der Mensch sei ein wahrer Narziß; er bespiegele sich überall gern selbst, lege sich als Folie der ganzen Welt unter, den Tieren, den Pflanzen, den Elementen und den Göttern.

Schoppe fühlte in diesen Sätzen einen leisen Vorwurf. Er gewann den Eindruck, daß Hans ihn mit seinem Vortrag nicht nur unterweisen, sondern auch kritisieren wollte. Und wie zur Bestätigung sagte Hans: „Ich bin eine Art Torwart des Augenblicks. Laß mich dein Blindenhund sein." Er erinnerte daran, wie Schoppe einmal beim Spazierengehen durch eine anmutige Landschaft seine Brille mit einer hastigen Geste abgesetzt und damit ausgedrückt habe, daß er gar nichts sehen wollte. Ob er nicht dazu neige, sich allzu schnell in literarische Bedeutungen zu flüchten oder solche auch nur zu behaupten, während es doch, in der Dichtung wie auch sonst, zuerst auf die genaueste Wahrnehmung der Erscheinungen ankomme. Schoppe erwiderte ausweichend, er habe bei jenem Spaziergang auf dem Trifels Kopfweh gehabt und deshalb die Brille abgenommen, nichts weiter.

„Die Natur hat keine Bedeutung", fuhr Hans fort. „Die frühen Völker ertrugen die Leere und Sprachlosigkeit des Sternhimmels nicht und machten ihn sich vertraut, indem sie Hase und Bär zu sehen vermeinten, wo eigentlich nichts dergleichen erkennbar war. Aus Furcht vor dem Schweigen haben sie Bedeutungen geschaffen, wie die Mythen zeigen: Der sterbende Hyakinthos wird in eine Frühlingsblume verwandelt; der Jäger Orion wird als Sternbild an den Himmel gebannt, von wo aus er, astrologisch, die Zukunft der Menschen beeinflußt. Wir reden bildhaft von der ‚umwölkten Stirn' und vom ‚Fuß' eines Berges, wobei wir uns den Berg noch immer als Riesen vorstellen. Die Dichter als ironische Metaphysiker haben stets mit mythischen Bildern gespielt, die ja auch Traumbilder sind, Utopien: die Natur als Mutter, der Strom als Jüngling ..." Er zitierte mit belegter Stimme, schwingend und doch verschlossen, den Beginn von Hölderlins Heidelberg-Ode.

„In unseren Träumen und Wünschen", sagte Hans, „in unserem labyrinthischen, der Spirale folgenden Denken sind die Mythen lebendig. Ein Kind behauptet, ich bin ein Fuchs, und verwandelt sich augenblicks; es benötigt weder ein Fuchsfell noch einen Spielpädagogen dazu. Die alten Dichter kannten Natur und Sage. Sie berührten Erde und Pflanzen. Sie lasen in der Landschaft und fanden sich selbst. Das Graue gewann Farbe. Sie tranken vom Blut des Vaters und verstanden die Sprache der Vögel. Sie redeten mit Bäumen und Felsen. Sie sahen die Vorfahren, in Höhlen thronend, in stummer Unterhaltung. Auch wir brauchen uns nicht der modernen Vernünftelei zu fügen, die doch nur die Oberfläche des Gesellschaftskörpers umhüllt, während darunter die älteste Menschenfresserei im Gang ist."

Eine Düsenjägerstaffel schrillte über das Dach hinweg, so dicht, daß die Fensterscheiben vibrierten und die Muscheln in einem Glas zusammenruckten. Schoppe fragte Hans, warum er seine Arbeitsergebnisse, so vorläufig sie auch sein mögen, nicht veröffentliche; ob er sie nicht wenigstens den Freunden als Privatdruck zugänglich machen könne?

Halb kokett, halb ernsthaft antwortete Hans, er habe keine Zeit, im Schädel Ordnung zu machen als sein eigener Archivar. Wie Laotse arbeite er an einem lyrisch-philosophischen, unabschließbaren Werk über Trennung und Zusammenhalt der Teile, einem Naturmythos in Epigrammen oder einem Epos in Haikus, Vers um Vers aufwärts steigend in der endlosen Spirale, mal mehr als Natur- und Mythenforscher, mal mehr als Dichter und Zeichner. Notfalls müsse er an der gedanklichen Seite genug haben. Er wolle den Lebensmomenten, Bildern und Ideen unbedingt folgen und ein verzweigtes Gebäude im Kopf entwerfen — im Augenblick sei er bei den Fenstern angelangt —, könne auf die schriftliche Ausarbeitung aber verzichten. Gewiß, Passagen, Motivfolgen, einander antwortende Zyklen habe er probeweise komponiert. Doch zweifle er daran, daß seine Obsessionen noch publizierbar seien. Auch habe er nicht die mindeste Lust, am gegenwärtigen literarischen Geschäft und öffentlichen Wurstschnappen mitzumachen. Diesen Jahrmarkt der Inkompetenz und Eitelkeit, wo einer gegen den anderen ausgespielt werde, dieses schamlose Geschiebe und Geplapper könne er nur verachten, obwohl er zugebe, die Feuilletons der Zeitungen gelegentlich mit einer ungesunden Neugierde zu lesen.

Als wollte er endlich aus der Rolle des Schülers hervortreten, fragte Schoppe, ob es nicht an der Zeit wäre, die Stimme der Poesie, die genaue Wahrnehmung und die großen Wörter gegen das knechtische Geschwätz zu erheben, das pausenlos aus allen Medien dringe. Ein kühner Befreiungsschlag, dem Richard Wagners vergleichbar, tue Not. Dabei sei er sich der Ohnmacht seines Vorschlags durchaus bewußt in einer Gegenwart, die nichts Übergreifendes zulasse und alle Köpfe gleichmache. „Ein technischer Gegenstand ist nicht so real wie ein Stein oder ein Berg, seine Geschichte ist kurz. Wir müssen Natur und Poesie wieder in ihre Rechte einsetzen."

„Kein ding sei wo das wort gebricht", zitierte Hans ironisch den Meister George. Er halte es lieber mit Walt Whitman und den ständig erweiterten *Grashalmen*. Dann nahm er Schoppe das unabschließbare Manuskript, in dem dieser blätterte und las, aus den Händen und klappte es mit einer scheuen Geste zu.

IX

Das Naturschutzgebiet des Altrheins bei Ketsch, an manchen Stellen bis zu zwei Kilometer breit, wird von Wasserläufen durchzogen, die eine Art Schleife bilden, in welcher sich Reste der ursprünglichen Landschaft erhalten haben. Ein Wanderer oder Radfahrer kann die Flußwildnis mit ihren Wasservögeln und Orchideensorten noch annähernd so erfahren, wie sie vor Tullas Rheinkorrektion zu Anfang des vergangenen Jahrhunderts ausgesehen haben mag.

Man betritt die Insel, die ziemlich genau die Form eines großen D ausfüllt, über einen eisernen Steg, zwischen dessen Bodenbrettern das Wasser des Altrheins durchscheint. Hier verkehrte früher die Rheinfähre; am jetzigen Försterhaus wurde der Zoll erhoben. Das grüne Wasser scheint auf den ersten Blick zu stehen, verschwindet aber langsam mit einer leichten Linksbiegung hinter Gestrüpp und übereinandergestürzten Baumstämmen. Es entfernt sich ein Stück weit, um wieder zurückzukehren, als treibe es in einem Graben hin und her, aus dem es, aufgehalten von Sandbänken, Kiesbergen und Baumwurzeln, nicht abfließen kann.

Durch das dichte Gehölz sind beinahe gerade, etwas erhöhte Wege gezogen, die sich flimmernd in der Ferne verlieren. Gleich hinter dem Försterhaus, zwischen Giesenweiher und Franzosenbuckel, leben Wildschweine in einem Freigehege. Sobald ein Spaziergänger vorbeikommt, nähern sie sich mit ihren winzigen Frischlingen bettelnd dem Zaun. Die Wege sind vielfach feucht;

schlammige Stellen sind mit Knüppelholz ausgefüllt. Hier und da glänzen im Auwald zwischen dem alten Laub Wasserlöcher auf, an deren Rand kleine graue Muscheln und Schneckenhäuser liegen. In einem stark verlandeten Altrheinarm treibt ein leeres Boot von verwaschenem Blau. Das Wasser blinkt, im Wind leicht gekräuselt. Eine Bachstelze, ein Wendehals. Und überall das frische Grün der Bäume.

Der Wald besteht aus hohen Pappeln, Eichen, Kiefern, dazwischen Feldahorn und helle Birkenstämme, auch blühende Wildäpfel und -Birnen. Armdicke Schlingpflanzen halten eine Eiche umfangen, aus einer vermoderten Birke wachsen Pilze. Hainbuchen und Kopfweiden dringen in eine von Anemonen besäte Lichtung vor; hier wäre Platz für ein Ballspiel. Ein Mann stapft in gelben Gummistiefeln durch das Unterholz; er sucht mit seinem Spaniel Morcheln. Jetzt hält er inne und horcht auf den Wind. Bäume ächzen, morsche Äste stürzen herab; der gesplitterte Wald. Der dicke Mann setzt sich am Rand der Lichtung auf einen Fels, dessen Oberseite birkengrau leuchtet, und nennt einem Kind die Namen giftiger Auwaldpflanzen: „Einbeere, Aronstab, Salomonssiegel." Vögel pfeilen vorbei. Der Mann, der nun wie ein Indianerhäuptling aussieht, macht eine Geste zum Himmel, als hätte er ein verbotenes Wort ausgesprochen oder die Toten beleidigt. Die Farne sind alle entrollt; die Fächer der Esche gleichen gerade entfalteten Federn. Eine glitzernde Schneckenspur. Wohin sind die beiden Radfahrer verschwunden?

Aus dem Dickicht des Waldes auf den befestigten Damm tretend, ist der Betrachter zunächst geblendet von dem breiten, in der Sonne funkelnden Band des Neurheins, der vor über 150 Jahren aufgrund von Landdurchstichen entstanden ist und in der Folge zur schnurgeraden Schiffahrtsrinne ausgebaut wurde. Die Uferböschung ist streckenweise betoniert. An einer Stelle klafft eine mächtige Auffahrtsrampe, als sollten hier, am Rand der Wildnis, bei Gelegenheit Panzer und anderes Kriegsgerät über eine Pontonbrücke an und von Land rollen.

Auf dem Fluß tuckern Lastkähne, Motorboote zerwühlen das Band. In der Ferne, weit hinter der Mündung der gegenüberliegenden Altrheinschleife, eine Fähre. Wie in einem alten Kinderbuch putzt ein Matrose mit Schlauch und Schrubber das hellblau gestrichene Deck eines holländischen Schleppers.

Wer ein Stück weit den kahlen Rheindamm entlanggegangen ist, ohne einen Kieselstein, eine Muschel, eine Kalmuswurzel zu finden, taucht gern in die Dämmerung des Erlen- und Pappelwalds zurück, wo die Zeichen der Natur wie leise Geräusche fremdartig deutlich sprechen. Bald erreicht der Wanderer eine tiefergelegene, bei jedem Hochwasser überschwemmte Wiese, die in diesem Frühjahr ganz und gar mit Löwenzahn bewachsen ist. Nach der strengen Kälte kommen alle Blüten fast auf einmal hervor. Sie spiegeln sich, als Muster eines anderen Landes, in den Augen und Teichen.

Die Löwenzahnsenke reicht bis zu jenen Silberpappeln hin, die aus der Ferne, wenn der Wind die Unterseite der Blätter aufdeckt, wie blühende Wildkirschen aussehen. Es gibt hier, mitunter von Felsen und Hecken begleitet, kleine Hügel (*Inseln, Aussichtspunkte*), auch Mulden und Buchten, in denen man sich, ins trockene Gras des Vorjahrs geschmiegt, vor jedem Wind und fast jeder Gefahr geschützt fühlt. In der Mitte der Wiese eine Gruppe von hohen Pappeln und Weiden, um die Schlehe und Weißdorn einen für Menschen undurchdringlichen Ringwall gezogen haben. Wo die Blätter noch fehlen oder zu schwach sind, dienen dichte Mistelbälle als Dach, und Schoppe stellte sich vor, daß hier wie an ähnlich versteckten Orten einmal die verfolgten gequälten Tiere eine letzte Zuflucht finden würden.

Schoppe und Hans nahmen in einer der duftenden Mulden Platz und frühstückten, nachdem sie ein weißes Tuch über Löwenzahn und Wiesenschaumkraut gebreitet hatten, im freundlich Naturbelassenen. Rotwein, Weißbrot und Obst hatten sie in einem Korb mitgebracht. Gelegentlich zogen weißgraue Wolken über den Himmel und färbten das Gras dunkel. Es fehlte nicht viel und ein Schäfer inmitten seiner Herde wäre in die Lichtung getreten oder ländliche Musikanten hätten mit Flöte und Laute zwischen den Büschen hervorgeschaut.

Frühling und Erde, rotbraunes Gehölz, und du läufst die Kindheitswege zurück. Insekten summen; blaue Hortensien hinter dem Maschendrahtzaun. Erstes schwankendes Radfahren, das Glücksgefühl: du trittst, furchtsam innehaltend, dann heftiger die Pedale, du bewegst dich vorwärts, ohne zu stürzen, auch wenn der Sattel viel zu hoch für dich ist, ja, du kannst fahren! Mutter und Sohn in der Sommersonne den Bach entlang, Hand in Hand, nicht loslassen! Das frische Heu und die Fichten duften. Schmetterlinge, wilder Fingerhut. Die Blätter der Pappel sieden. Du trägst ein Heidelbeerkörbchen mit langem Henkel. Ein flaches Holzhaus, davor — nach Süden zu — der Gemüsegarten, an dessen Rand das mit wildem Wein bewachsene, Fliegen-umschwärmte Plumpsklo. Noch immer tanzen die Schatten der Blätter über die Klowand. Die Hühner heißen Sperber, Esmeralda und Kathi. Mutter ist nicht mehr da, sie hat dich verlassen. In der Dorfschule versammeln sich die ersten vier Klassen in einem dunklen, steil ansteigenden, nach Terpentin stinkenden Raum. Du sagst ein Gedicht auf, allein, du willst es allein sprechen, du ißt zuviel Heidelbeerkuchen. Am Morgen ist deine Bettdecke vollgekotzt. Du verbirgst dich. Die fremden Stimmen der Kinder, die aus dem Wald heimkehren oder vom Schwimmbad, sie lachen, du hockst hinterm Haus und buddelst im Sand. Du kannst nicht schwimmen. Ein Patronengürtel, ein verrosteter Dolch: aufschneiden und ausweiden. Kröten und tote Vögel; an der Böschung eine stinkende Tüte voller Hühnerköpfe. Rehe ziehen nachts am Fenster deiner Kammer vorbei.

Schoppe erinnerte sich eines heißen Julinachmittags. Er ging mit Klara durch ein von Mammutbäumen beherrschtes Arboretum, dann einen zugewucherten Pfad entlang, bis sie zu einer ansteigenden felsigen Wiese kamen. In der Ferne, am Waldrand ein Hochsitz. Wilde Himbeeren. Die Ginsterschoten raschelten. Sie zogen sich aus und legten die Kleider als Decken ins struppige Gras. Klaras Haut war trocken, ihr Haar, warm von der Sonne, knisterte, mit Ilex bekränzt. Grüne Augen. Aus Furcht, sich zu stechen, behielt Schoppe die Strümpfe an. Die Hitze, der eigene Schweißgeruch, die ungewohnte Situation, die Angst, es könnte ein Fremder ihnen zusehen, erregten Schoppe so sehr, daß er jäh in Klara eindrang und kam. Später saßen Insekten auf seinem Schwanz. Er drehte sich vor dem Wiesentheater um die eigene Achse und spürte alle Blicke auf seiner Haut.

Während Hans den Wein in die mitgebrachten Becher einschenkte und das Brot verteilte, sagte Schoppe: „Immer wenn ich eine Zeitlang mit Menschen zusammen bin, ein, zwei Stunden nur, merke ich, wie ich abschalte und die fremden Stimmen, das Warme, Quallige, das auf mich einwirken will, als störend oder gar als bedrohend empfinde. Meine Fähigkeit zuzuhören, mich für andere zu interessieren, ist gering. Zwar drängte ich mich einmal in die Gesellschaft, nahm heftig an ihren Veranstaltungen teil, ergriff sogar das Wort, nicht ungern am Rednerpult stehend, doch sowie ich spürte, daß man mich festhalten wollte, riß ich mich los und trat beiseite. Am ehesten könnte ich mich einem Freund anvertrauen, der diese Grenze respektiert. Eine Frau, die mir gefällt, stelle ich mir in hilfloser Lage vor, *außer sich*, entblößt; so fände ich vielleicht den Mut, mich ihr zu erklären. Ich bewundere Männer, die irgendeine Frau, die sie gerade aufgelesen haben, mit nach Hause nehmen. Ich will keine fremden Menschen um mich haben, keine fremden Hände auf meiner Haut spüren. Es ekelt mich, fremde Körperteile zu betasten…"

Nach einer Pause antwortete Hans: „Ich habe manchmal von einem Moment zum anderen das Gefühl, daß die eigene Sprache mir fremd ist, daß die Wörter mir ihren Dienst versagen: ich bringe, redend wie schreibend, kein Wort heraus. Dann kommt mir auch mein Körper unbekannt vor, steif, ein obszöner Kadaver, und ich sehe wieder, wie als Kind, die blutigen Binden im Klo schwimmen."

Er brach eine Kalmuswurzel entzwei und ließ Schoppe an der Bruchstelle riechen, eine merkwürdige Mischung aus Harz, Zitrone und Tran. Dann fuhr er fort: „Die Dichter schreiben nicht aus unbekümmerter Fabulierlust, sondern aus Verletztheit, Verlassenheit, Stummsein, Panik, dem *Riß in der Welt*. Der Tod, die tägliche Angst vor ihm treibt uns an den Schreibtisch. Wir schreiben sozusagen um unser Leben. Dieses genaue Hinsehen auf die Dinge — ist es nicht jedesmal auch ein Abschied von ihnen, ein letzter Blick? Mir scheint, man muß ein gewisses Alter erreicht haben, um richtig schreiben zu können."

„Hat nicht, wer von früh auf mit der Todesangst lebt, weniger Angst vor dem Tod?"

„Mein Vater hat mir als Kind gedroht, er würde mich töten. Ich glaubte ihm aufs Wort. Im Halbschlaf hörte ich ihn ganz in der Nähe sprechen, aber ich konnte mich nicht bewegen, konnte nichts sagen, niemand um Hilfe bitten. Aus Angst, vergiftet zu werden, floh ich ins Internat. Wenn ich in den Ferien zu Hause war, ließ ich die anderen erst vorkosten, bevor ich mit Essen begann. Das Besteck war todbringend, ich wischte es heimlich an der Tischdecke ab. Auch bestimmte Wörter waren vergiftet, gefälscht, sie hatten noch eine andere, mir unverständliche Bedeutung und ließen sich nicht abwischen. Wir lebten damals in Weimar. Von dem Rauch, der aus den nahen Verbrennungsöfen des sogenannten Arbeitslagers hergeweht kam, redete man wie von etwas unvermeidbar Lästigem, das die Wäsche grau färbte und die Fensterscheiben beschlug. Mein Vater, ein hoher SS-Mann, Antisemit und Nazirichter, schoß sich 1945 in den Mund. Seine blutige Uniform wurde im Badeofen verbrannt. Ich ließ den Totenkopfring über den Tisch rollen. Aus Protest gegen dieses Elternhaus wurde ich gottgläubig. Doch wenn ich mir heute ein Foto meines Vaters ansehe, erschrecke ich. Ich bin ihm, läßt man Frisur und Kleidung außer acht, lächerlich ähnlich."

Hans verlor sich in Gedanken und zerkrümelte das Brot. Schoppe packte die Reste der Mahlzeit zusammen und sagte: „Wenn ich mit dir spreche, erscheinst du mir manchmal wie mein freieres Selbst."

Als sie wenig später den Ehrenhof des Schwetzinger Schlosses durchschritten und auf die Terrasse treten wollten, mußten sie sich an den Überbleibseln eines Freiluft-Konzerts vorbeidrücken, das am Abend zuvor stattgefunden hatte. Das Bühnengerüst stand an Höhe der alten Wasserburg kaum nach und nahm fast die ganze Terrasse zwischen den vier monumentalen Barockvasen ein, welche die vier Weltzeitalter vorstellten. Links und rechts je zwei Lautsprechertürme, mit Stoffbahnen bedeckt. Halbnackte Männer zerlegten klirrend das Gerüst, andere bauten die Beleuchtungsapparate ab, wieder andere die Freßstände. Auf der Hauptallee, die zum Arion-Brunnen führt und weiter westwärts zu den leidenden und sterbenden Hirschen, parkten Sattelschlepper. Die Kieswege des Kreisparterres waren zerfurcht. Die antike

Weltenuhr war abgelaufen, das Plastik-Zeitalter hatte das im Park symbolisierte Goldene eingeholt.

Sie gingen ein Stück weit die Lindenallee entlang. Von den Bäumen baumelten Beleuchtungskabel wie Galgenstricke herab. Zierbeete, das Gras und der weiße Kies zwischen den Blumenarabesken waren zertreten. Hinter Sockeln, unter Büschen sahen „Deinhard“-Sektflaschen, „Eichbaum“-Bierbecher und Colabüchsen hervor, Papiertaschentücher, Bratwurstreste und Senfteller. Aus den Autos der Handwerker dröhnte die Gehirnwäsche der Service-Wellen. Blaue Plastiktoiletten, System „Dixi-Sanitär International“, verdeckten den Blick auf die goldenen und die marmorweißen Götter- und Heldenfiguren, die wie ungültige Wegweiser mit verhaltenen Gesten zur Jagd oder zur Muße einluden. Die sterbenden Hirsche sprühten lebendiges Wasser in das trübe, gelbgrüne, mit spiralförmigen Schlieren bedeckte Becken, das so aussah, als hätte man Schlagsahne darin verrührt.

Bröckelnde Rokoko-Heiterkeit! Juno, zweifach Apoll, Hermes mit Flügelhelm und Kampfhahn, das Glied abgehackt, Galatea mit triefendem Haar, Ceres, Dionysos und all ihr anderen — dies ist euer letzter Auftritt. Ein kleiner Harlekin entschlüpft einem Ei. Man hat euch geschminkt wie Kleiderpuppen, habt ihr nichts mehr zu sagen? Die Vögel stoßen kurze Schreie aus. Die Blätter hängen schlaff an den Zweigen. Staub wirbelt. Mit goldenen Kugeln bekrönte Sandsteinpfosten, flammende Schwerter führen den Blick die Mittelallee entlang zum großen Bassin. Die Geisterwelt ist verstummt, der Faden gerissen. Der Rheingott senkt nachdenklich den Kopf. Die Muntermacher sind da, die Windbeutel, die Kassierer. Beethovens Es-dur-Konzert erklingt als Tonbrei aus den Verstärkern, Justus Frantz' Klavierläufe, die wie Gewehrsalven rattern. 20 000 Erbauungssüchtige heben die Hände.

Hans meinte, er habe lange gezweifelt, wo eigentlich unsere Welt sei, was unsere Wirklichkeit ausmache, Kaufhof oder Schwetzingen, bis er jetzt merke, daß sich die beiden Orte gar nicht so sehr unterschieden, wie es dem ersten Blick erscheinen mochte, ja daß überhaupt alle ernsten Orte und Bemühungen

Gefahr liefen, in irgendeiner Weise der Billig-Unterhaltung zu dienen.

Die Verwüstungen, die das Massenspektakel im Zentrum des Schloßgartens angerichtet hatte, bewogen Schoppe und Hans, an den Rand des Parks auszuweichen. Schon am Ende des nördlichen Zirkelbaus kam ihnen der vermischte Duft von Flieder und Bärlauch entgegen. Von hier gelangten sie auf eine schattige Kastanienallee, die in westlicher Richtung an der Mauer des tiefer gelegenen Orangeriegartens entlangführte. Mit seinen Skulpturen und Holzbrücken, seinen Blumenrabatten und trägen Kanälen breitete er sich vor der Fassade des großen, von Nicolas de Pigage errichteten Gewächshauses aus.

Eine von Löwen flankierte Steintreppe führte in den Garten hinab. Die Besucher kamen an den Statuen des Frühlings (mit Blütenkranz) und des Sommers (mit Korngarbe) vorüber. Nach längerem Suchen entdeckten sie in der südöstlichen Ecke den frierenden Winter. Der Herbst fehlte. „Wie sollen wir ohne den Herbst zum Rhythmus der Natur, der zyklischen Wiederkehr der Jahreszeiten zurückfinden?“ fragte Hans. „Die Armut des Winters wird uns unvorbereitet, ohne Übergang treffen, als Katastrophe.“

Der Winter war auf ungewöhnliche Weise, vielleicht unter dem Eindruck eines barocken Tanzspiels der Jahreszeiten, in Szene gesetzt. Er trug auf dem nackten Leib, kapuzenartig über den Kopf gezogen, einen Fellumhang. Das bärtige Gesicht war zerfurcht. Eine Hand führte er zum Mund (um sie zu wärmen?), die andere, in Schulterhöhe unter dem Mantel verborgen, hielt einen mit der Lebensspirale verzierten Blasebalg, aus dem ein Wurzelgeflecht hervorwuchs, während im Schutz des Mantelsaums ein kleiner Junge in einen Feuertopf blies.

Sie nahmen auf einer weißen Holzbank Platz mit dem Rücken zur Orangerie, deren verglaste Türen offenstanden. Sie schlossen nur noch notdürftig, auch die hohen Sprossenfenster waren verzogen; hier und da war das Glas zerbrochen. In einem schrägstehenden Fenster spiegelte sich der Kanal, als flösse er, mit Federn bedeckt, durch das lange leere Gewächshaus. Es roch nach älterem Saatgut. Ein Handkarren, eine Säge, ein Wasserbottich. Jetzt könnten die Herrschaften Menuett tanzen zwischen Staub und Gartengerät. Kein Gärtner ließ sich blicken, doch aus der Ferne, vom Ende der Blumenbeete her, war ein Harken zu hören.

Man hatte die Palmen, die Bananenstauden, die spitz oder rund zugeschnittenen Lorbeer-, Orangen- und Zitronenbäumchen ins Freie getragen und zu beiden Seiten des Wegs zwischen der Fassade und dem Kanal aufgestellt. Enten schliefen im Schatten der Palmwedel; Schwäne watschelten an Land. Ihre Füße knirschten leise im Kies. Etwas abseits von den übrigen Vögeln spazierte im Rasenviereck, periodisch erstarrend, ein Pfau. Später beherrschten zwei Krähen die Wiese. Die Tauben flatterten auf das brüchige Dach der Orangerie und schauten herab. Hans deutete auf ein großes graues Wespennest in Schneckenhausform, das in einem Fenstergewände hing.

Im Schatten arkadenartig beschnittener Linden saß auf einer Bank ohne Lehne eine schwarzhaarige Frau in einem roten Kleid, die Schoppe an Klara erinnerte. Sie hielt ein Baby im Arm. Zu ihren Seiten zwei nackte, etwa siebenjährige Mädchen mit Zöpfen. Alle blickten gespannt, den Oberkörper leicht zurückgeneigt, in die Richtung eines Laubengangs, als käme von dort der wiedergeborene Sonnengott persönlich gezogen. Im Moment der Erstarrung glichen sie einer Statuengruppe und schienen zum Park zu gehören.

Die Wege, weiter Durchblick, Gras, das spiegelnde Wasser, Tiere und Pflanzen, der Charme der Figuren, ein Baumtempel der Vernunft, Schatten wechselnd mit Licht — es herrschte eine große Ruhe in diesem Garten der Jahreszeiten, dieser künstlichen Natur. Ein paar Herzschläge lang war alles ganz nah. Die Luft sirrte, Taubenfedern trieben vorbei. Als die Glocke der Kapelle läutete, fiel Schoppe sein Vorfahr ein, der täglich die Schwetzinger Schloßuhren aufgezogen hatte.

Der Park glich einer Bühne mit wechselnden Schauplätzen; Hecken und Grotten, Brunnen, Lauben, Nischen, Tempelfassaden — überall konnte getanzt, musiziert, Theater gespielt, rezitiert oder ein Täuschungsmanöver mittels starrer oder bewegter Figuren überraschend in Gang gesetzt werden. Auf gewundenem Pfad fanden Schoppe und Hans in das einstige Naturtheater, das vom Rund des Apollo-Tempels mit der Statue des musizierenden Sonnengotts überragt wurde. Eichhörnchen jagten einander über den Sand. Den Unterbau des Tempels bildete eine Felsengrotte. Vor ihr hielten zwei Najaden eine Urne, aus der eine Quelle in eine Muschel floß. Das Wasser plätscherte von Schale zu Schale, und die nackten Mädchen tanzten mit ihm um die Wette die seitlichen Treppenläufe herab. Sphingen bewachten den Zugang zum Parterre. Ein umlaufender Zuschauerrang hatte einst der Hofgesellschaft Platz geboten. Es war angenehm schattig. Der Lärm der Arbeiter drang kaum herüber.

Sie kamen zum Badhaus und besichtigten die Privaträume des Kurfürsten. Das mit seltenen Hölzern getäfelte Schreibzimmer schmückten arkadische Landschaften, das Teezimmer und das Ruhekabinett waren mit kostbarer chinesischer Seide tapeziert. Im Badraum führten breite Stufen in eine elliptische Marmorwanne hinab. Warmes Wasser floß einst aus einer Urne und über den Sitzbänken zu beiden Seiten aus goldenen Schlangenköpfen herein, und von den Wänden und der Decke glänzten Halbedelsteine und Spiegel.

„Welch ein Glück für Voltaire", rief Hans so laut, daß es hallte, „hier in diesem stillen Arbeitszimmer sitzen und schreiben zu dürfen zwischen all den Geräten und Bildern und durch die offene Tür des Gartensaals hinauszublicken in den mit wildem Wein bewachsenen Laubengang, der sich perspektivisch verengt zum ovalen Brunnenhof der *wasserspeienden Vögel* und schließlich zum Miniaturtheater am *Ende der Welt.* Ein Bedienter macht Feuer im Kamin und räumt geräuschlos auf. Voltaire diktiert seinem italienischen Sekretär ein neues Kapitel des *Candide.* Gegen Abend holt ihn Kurfürst Carl Theodor zu einem Gartenfest oder einer Opernaufführung ab."

Während sie an der Rückseite des Apollotempels vorbeigingen, sahen ihnen die schmiedeeisernen Sonnen mit breiten Buddha-Gesichtern nach. Sie folgten dem Kanal, bis er in das große Bassin mündete, und Schoppe sagte: „Besuche und kleine Reisen wie diese zählten für mich stets zu den Haupterfahrungen, die ich im Tagebuch festzuhalten bemüht war. Je intensiver sie jeweils waren, drängten sie zum Gedicht oder zur Prosa. Schließlich bekam die Prosa ein Übergewicht, denn nur sie vermochte alle möglichen Details und Vorstellungen, die so eine Erlebnisphase bestimmt haben, in sich aufzunehmen. Ich habe mir dann je nachdem zugeredet: ‚Der gestrige Vormittag war eine Reportage', womit ein paar im Streitgespräch um alltägliche oder politische Dinge zugebrachte Stunden gemeint waren. ‚Der Samstag jedoch (eine Wanderung frühmorgens, die Haltung der Frau auf dem Barhocker im Café, ein außergewöhnlicher Theaterbesuch) war ein Gedicht. Das Wochenende in M. wäre eine längere Erzählung wert, und diese Urlaubsreise ein ganzer Roman.' Ich habe freilich all dies weniger gemacht als mir vorgestellt, wie ichs machen würde. Das viele, das ich gleichzeitig wollte, führte dazu, daß ich nichts recht zustandebrachte."

Sie gingen an der Rialtobrücke, an den Flußgöttern vorbei und blickten über das große Bassin, das in der Ferne mit den Korn- und Spargelfeldern verschwamm. Teichläufer ruckten über die Wasserfläche; es war Schoppe, als entstünde dabei ein Geräusch. Hans sagte, es sei ihm aufgefallen, daß hinter diesen Hecken, zu beiden Seiten der Lindenallee, verbunden durch die Schlängellinie des Vogelbads, ein poetisch-musikalischer Wettstreit stattfinde zwischen dem lächelnden Apoll, der um Hyakinthos wirbt, und dem gehörnten bocksfüßigen Pan, der auf eine Nymphe lauert. Das Musikinstrument, in gewisser Weise auch die poetische Stimme, habe viel mit dem Geschlecht gemein. Ob Pans Hirtenflöte dem Poetischen nicht näherstünde als Apolls Lyra?

Schoppe erinnerte an den ungestümen Dichter Daniel Schubart, der auch in Schwetzingen zu Gast war, sogar im Badhaus mit dem Kurfürsten auf der Flöte musizierte und später auf dem Hohenasperg fast die Stimme verlor.

So erreichten sie den kleinen Waldsee, in dessen Wasser sich, zwischen Seerosen und überhängenden Zweigen, die türkische Moschee mit geschwungenen Mauern und leicht gekräuselten Zwiebeltürmen spiegelte; ein arabisches Märchenmotiv in verwaschenen, abblätternden Rottönen — koketter Rokoko-Einfall, zweckfrei, *à la mode*, oder Ort der Humanität und Tempel der Weisheit, in dem die feindlichen Religionen zusammenfinden? Auf der Spitze der schlanken Minarette flimmerten Mondsichel und Stern. Man wäre kaum überrascht, wenn aus dem Hauptportal ein farbig gekleideter Sultan mit großem Turban hervorträte und eine Mozart-Arie über den See hin sänge. Obwohl die Architektur in vielen Einzelformen orientalischen Vorbildern nachempfunden war (und in einigen bewußt davon abwich), hatte gewiß niemand daran gedacht, hier islamischen Gottesdienst abzuhalten, als vor wenigen Jahren türkische Gastarbeiter auftauchten und den Kuppelbau eine Zeitlang als mohammedanische Glaubensstätte nutzten. Hans lächelte. „Ist die sogenannte wirkliche Welt nicht in Wahrheit Karikatur unserer Märchen und Romane?"

Eine schmale Seitenpforte führte in den nach Osten anschließenden maurischen Tempelhof, der zugleich einem christlichen Kreuzgang glich: Um eine rechteckige Rasenfläche zogen Wandelgänge, zu beiden Seiten von spitzbogigen Arkaden gerahmt; Priesterkabinette und rituelle Waschräume befanden sich an den Schmalseiten und in den Ecknischen. Die hölzernen Arkaden waren verwittert und teilweise verfault, die ornamentierten Gitter zerbrochen. An verschiedenen Stellen hatte man die Gebetgänge, die einzustürzen drohten, mit Balken notdürftig abgestützt. Auch die Fundamente der Moschee waren feucht, das Mauerwerk roch modrig. Der Sandstein bröselte, die Glasfenster waren zerschlagen. Aber das Gras duftete orientalisch.

Die Spaziergänger nahmen mitten in dem weiten hellen Tempelhof Platz und studierten die Weisheitssprüche, die in arabischer und deutscher Sprache an der Moscheewand standen. „Einsamkeit ist besser als böse Gesellschaft." Und: „Wegen der Rose begießt man die Dornen." Wo ursprünglich ein Rosengarten geblüht hatte, rupften sie Gras und fühlten sich auf eine belebende, einander verbindende Weise von der Welt abgetrennt.

„Wir sollten unser Gespräch über das Poetische ein wenig fortführen", sagte Hans und nahm, Ellbogen aufgestützt, die Haltung des ruhenden Flußgotts vom großen Bassin ein. „Warum schreiben heute (oder schrieben doch wenigstens noch vor kurzem) so viele Autoren autobiographisch, monologisch und in zersplitternden Formen, wo doch bei den Lesern der geradlinig erzählte Roman, die skurril gebaute Geschichte ungleich mehr

Ansehen genießen als das vorgeblich spontan Erlebte und im Journal Festgehaltene. Man scheint fast überall der Ansicht zu sein, daß der *geschlossene* Roman alle Arten des *offenen* Schreibens wie Tagebuch, Text, Essay und Reportage überragt, ja daß die sogenannte Erfindung per se schon einen höheren Wert darstellt."

„Ich habe kürzlich *Madame Bovary* und *Rom, Blicke* vergleichend nebeneinander gelesen", sagte Schoppe; „einen krasseren Gegensatz gibt es kaum. Während Brinkmann, auf motivierende Übergänge und Begründungen verzichtend, den Leser mit scheinbar ungeordneten Bildern förmlich überrennt, irritieren mich bei Flaubert der ebenmäßige Stil, die makellose Kühle der Konstruktion, die oft zynische Distanz des Erzählers zu seinen Personen. Zwar ist mir klar, daß Brinkmann so — alles zerreißend: Raum, Stimmungen, Figuren — auf Dauer nicht hätte weiterschreiben können. Aber er wäre wohl auch nicht zu den alten Gattungsmustern zurückgekehrt, weg vom Gedränge autobiographischer Sätze. Das ironisch-allwissende Erzählen scheint mir keine Möglichkeit mehr zu sein, mein Leben, ja überhaupt heute Erfahrenes wie vorläufig auch immer festzuhalten — oder doch höchstens im Fall eines einzelnen, besonderen Romanproblems. Es gibt keine bindenden Normen mehr."

„Gab es sie jemals?" warf Hans ein. „Der als klassisch geltende Roman ist der des 19. Jahrhunderts; er beginnt in Deutschland mit den *Wahlverwandschaften.* Was davor entstand, sieht recht anders aus: autobiographisch-schmutzige, poetisch-rebellische Gesten einer neuen Bürger-Generation. Goethe verarbeitet zum Beispiel im *Werther* seine Lebensgeschichte sowie die der Wetzlarer Freunde und Bekannten; er stellt Lotte mit ihrem eigenen Namen aus. Gefragt, ob das Berichtete *wahr* sei, aber auch kritisiert von den herzlos Abgebildeten, wich er noch 40 Jahre nach Erscheinen des Buchs, das sein größter Erfolg war, auf den höheren *Kunstcharakter* aus, den er dem Lebenswirrwarr verliehen habe — und tatsächlich hat er seine Quellen und Leiden in die literarische Form des monologischen Briefromans umgeschmolzen. Im Grund ist er Satz für Satz nur seiner inneren Stimme gefolgt."

„Also gibt es doch für den Schreibenden gar keinen Unterschied zwischen wirklich Geschehenem und Erfundenem: Jeder Satz ist zugleich autobiographisch und fiktiv."

Die Sonne stand tief am Horizont und warf die teilweise zerbrochenen Gitter des Kreuzgangs als langbeinige Schatten über das feucht werdende Gras. „Nimm ein anderes aufregendes frühbürgerliches Buch", sagte Hans, „den psychologischen Roman *Anton Reiser*: eigentlich eine Autobiographie, aber in der dritten Person, im schützenden, Distanz schaffenden Er abgefaßt. Reisers Leiden ergreifen, weil sie viel schlichter ausgesprochen werden als die Werthers, wortkarg, fast unbeholfen, wodurch wiederum die Nähe des Autors zu seiner Figur spürbar wird."

Schoppe fühlte sich, sobald von Reiser die Rede war, an Jakob Lenz erinnert und schwieg, während Hans fortfuhr: „Ich las gerade wieder die *Wahlverwandtschaften*, ein beunruhigendes, erschreckendes Werk, obwohl ein Satz gelassen dem anderen folgt und jedes Motiv im Lauf der Geschichte eine Bedeutung bekommt, also nichts Unkontrolliertes geschieht. Doch seltsam, wie sich am Ende die Ereignisse überstürzen, nachdem die Handlung lange fast innezuhalten schien. Mit welch mitleidloser Ironie schildert der Erzähler den Tod des Kindes, das eigentlich nie richtig lebendig war. Sein rasches, von Ottilie verschuldetes Ertrinken im Teich verstört die aufgeklärte Landadelsgesellschaft; der kleine Leichnam wird ‚ganz in der Stille' nach der Kapelle gesendet und ohne das sonst übliche Ritual verscharrt. Doch gerade in diesen Passagen, im strengsten klassischen Korsett, spricht Goethe von seiner eigenen Todesangst, die ihn antreibt zu schreiben."

Die Fenster der Moschee schimmerten jetzt grünlich, als hätte man im Innenraum Kerzen entzündet. Schoppe sagte: „Der Autor muß also eine Romanform finden — für jedes Problem eine andere —, die Trennung und Zusammenhang der Teile möglich macht. Sie darf kein Lebensmoment ausgrenzen, nicht das Reportagehafte und Politische, weder Reflexion noch Poesie. Unter Umständen können Splitter, Bruchstücke, Momentaufnahmen etwas sagen, das sie — in den Zusammenhang einer Geschichte gezwungen — verlieren. Erfundenes erweist sich als wahr, das wirklich Geschehene wird schreibend wiedererfunden."

Er erhob sich und streifte lose Gräser vom Hemd. „Es geht nicht um irgendwelche formale Innovationen, die längst durchgespielt sind. Das Verhältnis von Satz zu Satz — und die Länge der Pause dazwischen — ist das eigentlich revolutionäre beim Prosaschreiben."

Als sie den Park verließen, war es Abend geworden. Die Kanäle verloren sich in der Landschaft und ließen schwere Blütendüfte zurück. Die Zirkelhäuser standen wie Scherenschnitte vor dem Himmel, doch Blumen und Hecken leuchteten noch. Ein Mädchen in einem weißen Nachthemd schaukelte in einer Hängematte. Die Tritonenkinder waren zusammengerückt und blickten einander an. Brunnenfiguren redeten Wasser und strahlten in blauem Glanz, als wären sie auf Frankenthaler Porzellan gemalt.

X

Bei seinen Frühlingswanderungen kam Schoppe manchmal an einem barocken Schlößchen vorüber, das im Dorf Rhodt direkt an der Weinstraße stand. Der Haupttrakt lag ein wenig zurück, während die Seitenflügel, die im wesentlichen das Kelterhaus und die Ställe enthielten, rechtwinklig vorsprangen. Den quadratischen Vorhof schloß ein schmiedeeisernes, mit goldenen Ornamenten verziertes Tor. Die Fassade war je nach Luftfeuchtigkeit mal hellgelb, mal ockerfarben, weiße Wandpfeiler gliederten sie, und die Fensterscheiben schimmerten blau. Woher, dachte Schoppe, während er durch das Gitter in den Hof blickte, kommt diese Sehnsucht, Zutritt zu finden zu fremden Gärten, verwilderten Parks, den Fluren und Zimmern alter Häuser, über deren Parkettböden das Sonnenlicht tanzt?

Eines Nachmittags stand das Tor offen, und Schoppe betrat das Kopfsteinpflaster des Weges, der zur Haustür führte. Sitzbänke und Zierpflanzen in Kübeln flankierten ihn, und dazwischen sahen Skulpturen und altertümliche Geräte hervor: zwei verstümmelte Sandsteinlöwen, die — den Kopf seitlich geneigt — aus runden Augen traurig zu Boden blickten; ein Brunnentrog und ein mit der Hand behauener Steinsarkophag, eine hölzerne Weinpresse und zwei sehr große Weinfässer. Auf Sockeln thronten seltsame Maskensteine, Köpfe in verschiedener Größe. Stechenden Blicks präsentierten sie ornamental geschwungene Augenbrauen und Lippen, das Rankenwerk der Haare und Bärte, scharfe Nasen mit geblähten Nüstern. In einem Fall bestand das Kinn aus Weintrauben, und die hohe kronenartige Kopfbedeckung war mit Eiformen und Kreisen geschmückt. Handelte es sich um mexikanische Maskenpfähle? Aber das Material war heimischer roter Sandstein, und den Motiven zufolge mochten es wohl kostbare Wingertsteine sein, Bacchusköpfe, Faune und Dämonen der Fruchtbarkeit, deren Aufgabe es war, Traubendiebe und böse Geister abzuschrecken.

Sieben Stufen führten zu der grün-weißen Haustür hinauf. Schoppe zog den Klingelstrang, es läutete hell, sich verlierend, doch niemand erschien, um zu öffnen. Er drückte den Türgriff und trat zögernd über die Schwelle. Der Flur war sehr lang und düster und sah ein wenig schäbig aus; er roch nach Küche. Von seinem Ende her huschte ein Lichtschein über die mit verglasten Bildern bedeckten Wände. Schoppe beugte sich vor und blickte, an den Türrahmen klopfend, in den Salon, wo unter einem prächtigen Kronleuchter weißgedeckte Tische standen, als würden Gäste erwartet.

Da er auch hier keinen Menschen antraf und alles still blieb, ging er durch die halb offene Tür auf die Terrasse hinaus. An einem Gartentisch saß vor einem Glas Rotwein ein alter kahlköpfiger Mann, der langsam aufstand, als er den Fremden bemerkte. Er war von wuchtiger Gestalt, seine Sprache und seine Bewegungen waren schwerfällig, während sein breiter Bauernschädel mit der großen fleischigen Nase, dem vorspringenden Kinn und den schmalen flinken Augen Energie und Schlauheit verriet.

Er lud Schoppe ein, Platz zu nehmen. Nach längerem Schweigen sagte er beiläufig, er sei der Besitzer des Schlosses, von Beruf Anwalt in Erbauseinandersetzungen, zugleich Kunstsammler und Winzer; da komme leicht eins zum andern. Oft habe er zu einem Klienten gesagt: „Ich nehme kein Geld; gib mir doch diesen Teppich, das Bild da, den Weinberg." Seit langem kaufe er alle erreichbaren Kunstwerke und Gebrauchsgegenstände, die etwas mit dem Wein zu tun hätten. Er habe genügend Objekte angehäuft, um damit ein Weinmuseum einzurichten, das seinesgleichen suche. In einer Abhandlung sei er der Frage nachgegangen, wievielmal der Wein in der Bibel vorkomme. Ob der Besucher seine Bilder sehen wolle?

Er ging voran und zeigte Schoppe, nachdem er Licht gemacht hatte, im Flur eine Reihe von Gemälden mit Weinmotiven. Hinterm Glas der Wandschränke schimmerten Weinpokale in den verschiedensten Formen und Farben, die Schubladen waren mit Kupferstichen, Weinetiketten und vergilbten Speisekarten vollgestopft. In den Privat- und Kanzleiräumen des Schloßherrn, die sich im oberen Stockwerk befanden, hingen Selbstporträts von Slevogt und Landschaften von Purrmann. In einer Wandnische der Bibliothek stand die lebensgroße Skulptur eines nackten Jünglings mit Schwert von Arno Breker. Tier- und Landschaftsgemälde Heinrich von Zügels und seiner Schüler bedeckten die Wände des Salons, darunter ein Bild von Julius Paul Junghanns mit dem Titel *Schwere Arbeit*. Es stellte ein dampfendes Pferdefuhrwerk dar, Deutsche Erde, Blut und Boden; Hitler selbst habe es, wie der Schloßherr mit leichtem Stolz erzählte, 1938 bei der Großen Kunstausstellung in München gekauft.

Ein besonderer Raum war den Porträts und Landschaften des Spätromantikers Johann Jakob Serr vorbehalten, der in Rhodt geboren war. Unter den düsteren Ölbildern fiel eine ins Rotbraun des Herbstes getauchte *Heimkehr von der Weinlese* auf. Da bewegte sich vor der Kulisse des Haardtgebirges ein poetischer Winzerzug, ideale Gestalten, tanzend und musizierend; die Bütten, Hotten und Weinkrüge schienen federleicht: zwei Liebespaare, eine Mutter mit Kind, ein alter barhäuptiger Mann, ein Flötenspieler, ein nachdenklicher Pfeifenraucher, ein kleiner schwarzer Hund. In ihrer Mitte ein Fuhrwerk mit einem Mostfaß, auf welchem breitbeinig, mit Schärpe, blumengeschmücktem Hut und Zepter versehen, ein offensichtlich betrunkener Dorf-Bacchus ritt und die anderen anfeuerte, schwankend, das Hemd offen — einer von diesen Pfälzer Maulhelden und Drückebergern, mit denen kein Staat zu machen ist.

Auf der Balustrade der Terrasse posierten vier mit Weintrauben dekorierte Putten aus Veitshöchheim. Wie mochten sie in den Besitz des Schloßherrn gekommen sein? Eine niedrige Tür führte in den Garten, der einmal ein französischer gewesen sein mußte mit geraden, von gestutzten Buchshecken gesäumten Wegen zwischen den vier großen rechteckigen Zierbeeten, in deren Mitte je ein Wasserspiel sprudelte. Nun waren die Beete dicht mit Obst- und Nadelbäumen, mit Essig- und Vogelbeersträuchern bepflanzt, Blumen wuchsen in die Wege hinein, und die Brunnenfiguren — groteske Frösche, Delphine und Echsen — hockten, mit Grünspan bedeckt, von Glyzinien überwuchert, im hohen Gras. Ein dicker Keramikfrosch spie Wasser in ein versumpftes Becken.

Am Ende des Gartens entdeckte Schoppe einen Aussichtsturm in der Form eines Schraubengewindes. Steinerne Stufen mündeten in ein Plateau, auf dem unter schwankenden Lampions ein paar brüchige Tische und Stühle standen. Schoppe sah über die Weinberge hin, die sich, Dorf und Schloß umschließend, wellenförmig bis an den Rand des blauen Gebirges erstreckten, als hätte sich hier seit Jahrhunderten nichts verändert.

Während er durch den Garten zurückging, rief ihm der Schloßherr von weitem entgegen, er wolle Wildnis um sich herum haben; nichts solle an Zwang und Regeln erinnern. Je älter er werde, umso mehr bevorzuge er Grotten und Tümpel, gedrehte Säulen und gewellte Mosaikdecken sowie allerlei Fabelgetier. Er öffnete den Mund schnappend und glich, von unten betrachtet, einem alten Reptil.

Inzwischen waren festlich gekleidete Mumien, Damen und Herren, die nach Mottenkugeln rochen, im Salon eingetroffen und hatten sich unter Verbeugungen an den gedeckten Tischen niedergelassen. Der Patriarch setzte sich mitten unter sie. Dies sei seine *familia*, seine Weinbruderschaft, sein Orden, sagte er; mit ihnen halte er samstags im Schein der Kerzen wie vor alters Hof. Der Pfälzer Wein sei der natürliche Gegenstand ihrer Verehrung. Er hob den Pokal, die Mumien taten das gleiche. Zwei graue Dienerinnen huschten herbei, um die Befehle des Herrn entgegenzunehmen. Sie trugen die Speisen in altmodischen Schüsseln und Terrinen auf.

Schoppe verbeugte sich unwillkürlich. Er bereute die Geste sofort und versuchte sie, laut hustend, ungeschehen zu machen. Beim Hinausgehen bemerkte er über der Tür ein großformatiges Ölbild in einem geschnitzten Rahmen aus Weinmotiven. Vor dem Prospekt der Landschaft, des Dorfes und des Schlosses war der Lehnsherr selbdritt dargestellt: als Winzer im erdbraunen Kittel, blauer Schürze und Baskenmütze; etwas erhöht, en face, in der samtbesetzten Anwaltsrobe; als Kunstfreund und Mäzen im Profil mit schwarzem Barett. Das gibt es also noch, dachte Schoppe, während er die Stufen hinabstieg und innehielt und weiterging, diese anmaßende Verknüpfung von absolutistischem Geist, Kunst- und Machtbegierde und bäuerlicher Tradition, verkörpert in einer Person, einem Provinzort, einer lebensfroh geschönten Geschichte. Er eilte zum Dorf hinaus und verlor sich in die Natur.

Am Rand der Straße nach Edesheim parkten Baufahrzeuge. Eine Baggerschaufel zog die Weinstöcke aus der Erde. Die sonst von Reben umgebene Immaculata stand wie nackt im kahlen Feld, den Blick nach oben gerichtet. Eine Bäuerin hielt sich die Ohren zu. Federwolken waren an den Himmel gezeichnet; am Horizont eine breite Dunstschicht. Von Westen her schoben sich Kumuluswolken über das Gebirge. Schoppe phantasierte, auf einer leeren staubigen Landstraße zu gehen, an Kornfeldern und Scheunen vorbei, an Bauernhöfen mit grünen Toren, aus denen es streng nach Heu und frischem Brot roch. Disteln säumten den Nachkriegsweg, Nußbäume, Mirabellen; Rainfarn, Schafgarbe, Wegwarte. Hähne schrien; die Seelen der Toten schnarrten grillenhaft. Ein gelber Ballon trieb sehr langsam über die Hügel hin. Schoppe tauchte in einen Hohlweg, schattig und kühl, ein summender Erdtunnel mit feuchten Wurzelarmen, die nach ihm ausgestreckt waren. Wie durch ein Perspektiv sah er des Stiefvaters Holzhaus inmitten eines verwunschenen Gartens, Schuppen und Wohnwagen, Katzen, die geflügelten Werke. Kinder bedeckten den Körper des Jungvogels, der noch mit Beinen und Flügeln zuckte, unerbittlich mit Sand.

Am Wegkreuz begegnete Schoppe ein zwergichter Mann in schwarzem Anzug, mit schwarzem Hut, dunkler Brille und bitter verzogenem Mund. Er trug eine Aktentasche und einen langen weißen Stab; sehr kurze, abgerundete Stiefel, als ob verkrüppelte Füße oder Pferdehufe darinsteckten. Während er dicht an Schoppe vorüberging, im Selbstgespräch, kopfwackelnd, strauchelte er, und aus seiner Tasche quäkte es abgehackt hervor:

„Fötus Vernichtungsanlage es ist 17 Uhr 11." Schoppe blickte dem Taschenredner nach, bis er, den Weg abtastend, hinter der Biegung verschwand und nur noch das Kratzen des Stockes zu hören war.

Er ging in Gedanken weiter. Die Figur schien aus einem Roman entlaufen, den er vor Jahren gelesen hatte; darin erschreckte ein blinder Bauchredner den Helden zu Tod. Der Titel fiel ihm nicht ein. Er wunderte sich, daß sein Puls so ruhig schlug. Er kam an einem Fußballplatz vorbei, wo Spieler in gelben und roten Trikots durcheinanderschrien. Er sah sich selbst auf linksaußen, dribbelnd und Haken schlagend, die Seitenlinie entlangflitzen und aus spitzem Winkel ein Tor erzielen, obwohl er nie Linksaußen gespielt hatte. Noch immer träumte er davon, aus dem Nichts kommend, als ein Unbekannter Deutscher Meister im 10 000-Meter-Lauf zu werden. An der Bushaltestelle verabschiedeten sich eine Mutter und ein erwachsener Sohn. Sie drückte ihm eine Plastiktüte in die Hand und humpelte ins Dorf zurück, wobei sie sich immer wieder umdrehte; ihr Leben war leer ohne den Sohn. Die häßlichsten Bauten standen am Ortsrand: eine Schrottfabrik, eine Lagerhalle, die Abfüllanlage der Winzergenossenschaft.

Als ein Auto dicht neben ihm hielt und ein Fenster heruntergekurbelt wurde, wollte er unbeirrt weitergehen, doch die Stimme, die ihn einlud mitzufahren, ließ ihn aufhorchen. Der Mann im Auto — ein runder Schädel mit grauem Stoppelbart und glänzenden schwarzen Augen — sah Schoppe so freundlich mitfühlend an, daß er nicht widersprechen konnte und einstieg. Ja, er hatte bald den Wunsch, länger mit dem Fremden zusammenzusein, der im Gewand des Alltäglichen das Besondere zu verkörpern schien, dem man selten begegnet.

Er sei, sagte der Mann im Fahren, Limnologe, Gewässerforscher, und als Regierungsbaumeister beim Wasserwirtschaftsamt in Neustadt angestellt. In dieser Rolle sei er zur Wunderquelle nach dem Dorf Ranschbach unterwegs. Er habe zu prüfen, ob die Wundersüchtigen den Wald und das Grundwasser in wenigen Wochen nicht bereits derart verunreinigt hätten, daß man von einem *Wasserschutzgebiet* nicht mehr sprechen könne. In

Ranschbach sei der moderne Aberglaube in seiner schalsten Form ausgebrochen wie eine Seuche. Für ihren Verlauf müsse sich Schoppe, den er schon öfter beim forschenden Wandern beobachtet habe, doch interessieren. Er wies auf den Rücksitz, wo allerlei Karten, Pläne, Quer- und Längsschnitte, statistische Berechnungen, aber auch Artikel über die Wunderquelle aufgestapelt waren.

Er sei heute bereits in Wörth am Rhein gewesen, fuhr der Mann lebhaft fort, wo unter der Aufsicht seiner Behörde ein neues Schöpfwerk gebaut werde. Bei Hochwasser würden nämlich die Schleusen des Rheinhauptdeichs geschlossen, so daß die aus dem Pfälzer Wald über das Hochufer strömenden Gewässer nicht mehr abfließen könnten. Um eine Überschwemmung der in der Rheinniederung liegenden Ortschaften zu verhindern, sei das Schöpfwerk da. Seine Pumpen hätten die Aufgabe, die sich stauenden Wassermassen über den Deich zu heben.

„Früher, bevor die großen Deiche gebaut wurden, mäanderte der Strom im Sand der Rheinniederung und überflutete bei jedem Hochwasser die Dörfer, die zum Teil eigene schwache Fluchtdeiche besaßen. Hier lebten die Treidler, Fischer und Korbflechter. Ihre Nachkommen hat der Fortschritt in Gestalt der Rheinbegradigung wohlhabend gemacht, und man sieht es ihnen und ihren Häusern an, daß sie an die Zeit der Treidelschiffe nicht mehr erinnert werden wollen."

Schoppe fragte, was mit den noch vorhandenen Altrheinschleifen geschehe; ob sie bei Hochwasser nicht als Rückhaltebecken dienen könnten.

Man müsse sie schon aus ökologischen Gründen bevorzugen, antwortete der Wasserforscher, zumal ihre Vegetation sich an die Überflutung gewöhne. Stattdessen habe man diese natürlichen Auffangbecken im Lauf der Zeit eins ums andere zugeschüttet und durch Betonpolder ersetzt, deren Ab- und Zufluß leichter zu regeln sei.

Er öffnete den obersten Knopf seines kragenlosen Schifferhemds und hob unvermittelt zu einer Notrede an, die schon lange in ihm rumort haben mußte und für die ihm bisher nur der geeignete Zuhörer gefehlt hatte. „Wir trampeln im Kleinen, sozusagen im normalen Arbeitsgang, durch Unachtsamkeit wie auch bewußt, täglich unendlich viel mehr kaputt als die großen Unfälle anrichten, die in aller Mund sind. Ein winziges Beispiel: Acht Gramm Nervengift töten den Breitenbach. Das Wasser wird plötzlich trüb; Bachflohkrebse, Wasserspinnen und Fluginsekten treiben tot auf der Oberfläche. Die Fische schnappen nach Luft und verenden. Die Grünalgen vermehren sich zusehends und bilden lange flutende Zotten. Das Gewässer verödet kilometerweit; über tausend verschiedene Tierarten sind vernichtet. Und zwar nur deshalb, weil ein Forstarbeiter einen Eimer, in dem sich Reste eines Borkenkäfer-Bekämpfungsmittels befanden, im Bach ausgeschwenkt hat."

Der Wasserforscher verstummte und reichte Schoppe ein Hustenbonbon. Dann sagte er mit veränderter Stimme, er wolle eigentlich erst bei Einbruch der Dunkelheit in Ranschbach eintreffen, um den Ort im Licht der Kerzen und Rosenkränze zu sehen, wie Weihnachten. So bleibe noch etwas Zeit, um Schoppe, der ja offensichtlich nicht autofahre, zwei, drei aufschlußreiche Plätze zu zeigen.

Sie hielten zuerst unterhalb eines vergessenen Judenfriedhofs, der zwischen zwei Dörfern inmitten von Feldern lag und von weitem durch drei Birken und einen Kirschbaum erkennbar war. Es roch nach frischen Kräutern, als sie den Weg hinaufgingen. Viele Grabsteine ragten schief aus dem Gras, oft von Brombeerhecken überwuchert, einige waren fast ganz im Boden versunken, die hebräischen Inschriften wie ausgekratzt. Hier und da flatterten Botschaften, mit Kieselsteinen beschwert. Aus einem geborstenen Kalkblock wuchsen Wiesenschaumkraut und Löwenzahn hervor. Die Steine neigten sich einander zu, sie bildeten Paare und Gruppen, oder sie rückten um einen Baumstamm wallförmig zusammen. Andere standen im Sirren der Luft für sich, riesige Zahnstummel, Findlinge — eine geschundene, beharrliche Versammlung. Unter dem lang wehenden Gras das Knochenweiß. Wie mochte es den hier Liegenden zu Lebzeiten in diesen geduckten zugigen Dörfern und auf den jetzt leeren Feldern ergangen sein? Der kleine Friedhof hatte die Blutjahre überdauert; er war auch nach dem Krieg nicht — wie manch anderer — eingeebnet und mit Wein oder Rüben zugedeckt worden. „Die Dörfler meiden den Ort", sagte der Wasserforscher. Ein warmes gelbgrünes Licht lag auf den Stämmen der Bäume. Die Pforte quietschte, als Schoppe sie hinter sich schloß.

Südlich von Landau, zwischen Impflingen und Rohrbach, fuhren sie langsam die Feldwege ab, auf der Suche nach Resten des Westwalls, jener Verteidigungsanlage mit Bunkern, die Mitte der 30er Jahre im Grenzland gegen den Erbfeind errichtet worden war. Teile waren nach dem Krieg gesprengt worden; einige Stollen dienten weiter als Waffenlager. Schoppe war von den Überbleibseln, die sich ihm endlich zwischen brennenden Rapsfeldern umrißhaft zeigten, enttäuscht. Sie entsprachen nicht seinen Vorstellungen vom Westwall, die sich — Höhe und Ausdehnung betreffend — an der Chinesischen oder wenigstens der Berliner Mauer orientierten. Zu sehen war ein etwa eineinhalb Meter hoher, fünf Meter breiter und hundert Meter langer, im rechten Winkel gebrochener Wall, der mit gut ein Meter hohen Kegelstümpfen dicht bestückt war. Sie waren einst mit Eisenketten verbunden gewesen. Moos und gelbe Flechten bedeckten den grauen Beton; er bröckelte. Ein Bauer hatte Pfirsichbäume und Himbeersträucher zwischen die Kegel gepflanzt, so daß sie, wenn man etwas zurücktrat, für Augenblicke den versinkenden Judengräbern glichen, in die Landschaft zurückgenommene Zeichen einer gewaltsamen Vorzeit.

Schoppe schritt schweigend den Wall entlang — er wußte nicht genau, was er suchte —, während der Wasserforscher an seiner Seite von Kegel zu Kegel sprang und freundlich dreinblickend erklärte, dies sei einmal eine Panzersperre gewesen, keilförmig gen Süden, auf Schweigen gerichtet, um zusammen mit ähnlichen Wällen einen möglichen Einfall der Franzosen von Wissembourg her aufzuhalten. Er schien überhaupt alle Wege zu kennen und in vielen Dingen bescheidzuwissen. Vor allem die Plätze, an denen ein Unrecht geschehen war, zogen ihn an, es mochte noch so tief unter grünen Hügeln verborgen sein: Er fand die Spur, für seine Augen war die Fährte noch lesbar im Land des Weins und des Lächelns, der Totenkopfstraßen — diese Fröhlichen Pfälzer, was redeten sie, was hatten sie getan?

Inzwischen war der Himmel grau geworden, und es fing zu regnen an. Als sie durch das Queichtal fuhren, bei der Ortschaft Gräfenhausen, bog der Begleiter in einen Seitenweg ein, der sich schluchtartig verengte. Nach kurzer Zeit hielt er an und zeigte durch das beschlagene Fenster auf eine Lehmgrube, die ein wenig hinter Gesträuch versteckt lag. In der Düsternis erkannte Schoppe einen Wohnwagen und eine vom Regen dunkel gefärbte Baracke, die bewohnt zu sein schienen, obgleich kein Licht brannte. Er vernahm Stimmen; ein Wäscheseil war gespannt. Im Schlamm Abdrücke von Gummistiefeln, Pferdefüßen und Hundepfoten. Die Pferde, ein braunes und ein hellgraues, waren im Unterholz festgemacht. Man hörte das Rupfen ihrer Zähne und das Scharren ihrer Hufe.

Schoppe sagte wie in Gedanken, er habe diese trübe Enge schon als Kind kaum ertragen und sei auch später ab und zu in die Großstadt geflohen. Dort habe er den Kopf gehoben und sei neben den anderen die breiten Boulevards entlanggeschritten, aufrecht, mit schwingenden Armen — ein in die Freiheit Entlassener; niemand habe ihm mißtrauisch nachgeschaut. Er wolle hier, am Ortsrand, im Schlamm der Bruchwälder, nicht einmal beerdigt werden.

Der Begleiter antwortete, die Zigeuner lebten hier wie anderswo seit zwölf Jahren ohne Strom und fließendes Wasser. Es regne das Jahr lang zum Dach herein, bis auf die Zeit, in der alles gefriere — zehn Quadratmeter für zwei Erwachsene und sieben Kinder. Der Bürgermeister weigere sich, die Leute winters in einem leeren Haus der Gemeinde wohnen zu lassen. Es gebe Drohungen der guten Bürger, man werde den Zigeunern das Dach anzünden und das Diebsgesindel verjagen.

Sie warteten noch eine Zeitlang am Rand der Lehmgrube und spürten die Blicke der Unsichtbaren auf der Haut. Dann fuhren sie den Weg zurück. Gegen Abend erreichten sie das westlich von Landau am Haardtrand liegende Winzerdorf Ranschbach. Es war finster, es regnete. Auf der Ortsstraße begegnete ihnen eine Wagenkolonne, fünf mit Türken besetzte Autos, Hamburger Kennzeichen: „Wo heilig Wasser?“ Sie zeigten ins Gebirge hinauf.

Das Dorf war wie ausgestorben; die Fensterläden waren geschlossen. Eine alte Frau fragte einen Mann, der in einer Haustür lehnte: „Gescht schun schloofe?" Als Antwort schwang der Mann einen Knüppel. Aus einem Hof erklang mordlustiges Hundegebell, das Schoppe frösteln machte. Das Tier schraubte sich im Sprung derart hoch, daß sein bellender Kopf mit den spitzen Ohren und den gefletschten gelben Zähnen über dem Tor erschien. Es konnte nur eine Frage der Zeit sein, und die Bestie setzte, von keinem Dörfler zurückgehalten, über das Tor hinweg. Schoppe faßte den Begleiter am Arm, sie beschleunigten ihren Schritt.

Ein nagelneues Metallschild bezeichnete den Weg zur Quelle. Die Luft war feucht und schwer. Es gab hier keine Laternen, doch die Augen gewöhnten sich rasch an die Dunkelheit. Der Himmel schimmerte grau, die Berge waren violett umrandet. In dem von Hecken überwucherten Graben gluckste das Wasser so hell, daß Schoppe sich nähernde Frauenstimmen zu hören meinte und innehielt. An einem erleuchteten Stand wurden Plastikkanister und heiße Getränke feilgeboten. Die schmale Straße ins Rosental war eigentlich ein Wirtschaftsweg, auf dem nun in endloser Reihe Autos aus allen Gegenden parkten. Auch die Wege zwischen den Weinbergen waren schlammig, von Füßen und Rädern verwüstet. Auf einer Anhöhe hatte die Wasserschutzbehörde Behelfsklos errichtet.

Durch einen finsteren Buchenwald gelangten Schoppe und der Begleiter, an Polizei und Feuerwehr vorbei, zur Quelle „Unserer Lieben Frau zum Kaltenbrunn". Schon von weitem sahen sie im Schein der Kerzen die vergoldete Marienskulptur; zu ihren Füßen die Grotte, in der sich einst das zwischen dem vulkanischen Rotliegenden und dem Sandstein hervortretende Quellwasser in einem Becken gesammelt hatte. Nun floß es unterirdisch zu einer wenig tiefer gelegenen Zapfstelle, wo es aus drei Hähnen rann. In der Grotte waren überall Votivtafeln aus Marmor, Basalt, Sand- und Kieselstein, Holz und Keramik angebracht. „Heilige Maria, hilf mir! Bitte. Danke." „Maria und Joseph haben geholfen." „Maria, Mutter und Führerin, wir danken dir."

Vor dem begehrten Wasser harrten etwa 500 Menschen, in Vierer-Reihen, eine lange Schlange, Türken, Seppelhutträger, Alte und Kinder, Todkranke, Epileptiker, Amputierte, mit Plastikbehältern und rostigen Benzinkanistern, auch Schubkarren waren zu sehen. Wer stürzte, stand wieder auf und fügte sich ein, die Wasserflasche an sich gepreßt, die Handtasche. Stumm staken sie viele Stunden lang im Schlick, in unzureichendem Schuhwerk, bis sie das schmale Laufgatter erreichten und von den Feuerwehrmännern, die die Zapfstelle bewachten, ein paar Liter Wasser abgefüllt bekamen. Währenddessen schleppten Zigeuner dicke Kerzen und Nelkensträuße herbei und trugen sie, an den Wartenden vorüber, wie goldene Weihgaben Maria entgegen; steckten auch Geldscheine und Münzen in den Sammelkasten der Grotte, den der Kirchendiener zu jeder vollen Stunde klappernd leerte. Die Szenerie wurde von zwei Scheinwerfern über ein Notstrom-Aggregat erleuchtet, das freilich defekt war. Minutenlang herrschte totale Finsternis, worauf jeweils ein Polizist den Dieselmotor unter betäubendem Rattern und Rauchschwaden wieder in Gang setzte.

In unmittelbarer Nähe des Brunnens lagen die Fundamente einer mittelalterlichen Wallfahrtskapelle. Papierfetzen, wie von einer Windmaschine bewegt, Möwen wehten über sie hin. In den Ecken sammelten sich Flaschen, Müllsäcke, zertrümmerte Kanister — die Überbleibsel nächtlicher Fehden um das ersehnte Heilwasser, wie der Begleiter erklärte. Auch in der vergangenen Nacht sei es zu Schlägereien gekommen, als Türken den Zugang zum Brunnen sperrten, um den Mitgliedern ihres Clans den Weg freizumachen. Heute schien jeder friedlich gestimmt. Ergeben wateten die Leute im Matsch. Auf dem Altar und den Mauerresten der Kapelle kauerten sie rauchend.

Plötzlich Schreie: „Hilfe! Feuerwehr, Polizei!" Jemand war in der Dunkelheit in ein drei bis vier Meter tiefes Loch, wahrscheinlich die ehemalige Krypta gestürzt. Ausgerechnet jetzt fiel für Minuten der Notstrom aus. Im Schein von Taschenlampen wurde ein junger Türke mit Seilen heraufgezogen. Er zeigte wimmernd auf seine Beine, die seltsam verdreht dalagen, als gehörten sie gar nicht zu ihm. Eine halbe Stunde später glitt ein

Krankenwagen mit leuchtenden Fenstern durch die Nacht. Beim Wegfahren zuckte das Blaulicht noch lange zwischen den Buchenstämmen.

„Der Schwindel muß ein Ende haben“, sagte der Begleiter so laut, daß die Umstehenden mithören konnten, „der Lärm, die zertretenen Wingerte, das verschmutzte Grundwasser, die kleinen Waldbrände, der Handtaschendiebstahl. Hier wird niemand gesund. Zwei alte Menschen sind nach stundenlangem Warten nahe der Quelle gestorben. Die Grundstückspreise im Dorf steigen um das Zehnfache. Der Rosenkranzhandel blüht. An jeder Ecke werden Wasserkanister und Heiligenbilder verkauft. Der Bürgermeister träumt von Lourdes, einem Supermarkt für Souvenirs, von breiten Straßen, Parkplätzen, einem Kurhotel mit 150 Betten, einer Kegelbahn und direktem Anschluß an die Wunderquelle. Dabei enthält das Wasser zuviel Nitrat; es erfüllt nicht einmal die Anforderungen, die an eine Anerkennung als Heilquelle geknüpft sind.“

Neue Unruhe war unter den Wartenden entstanden, deren Zahl trotz des Regens ständig zunahm. Zwei Männer, die eine Kranke auf einer Bahre trugen, hatten sich zur Zapfstelle vorgedrängt, wurden aber mit jähen Rufen, schließlich mit Rempeln und Knuffen aufgehalten und an das Ende der Schlange gezerrt. Das Gesicht der Kranken war ein heller, zuckender Fleck im Scheinwerferlicht.

„Am Aschermittwoch“, fuhr der Begleiter fort, „fing alles an. Die Bild-Zeitung tönte von wundertätigem Wasser in Ranschbach: Ein blinder Junge habe nach Einnahme der Quellflüssigkeit das Augenlicht wiedererlangt. Fast täglich erscheinen seitdem Artikel über medizinisch unerklärbare Heilungen: Arthritis, Bandscheibenschaden, Geschwulste am Arm, Knochenkrebs... Der katholische Ortspfarrer hat die Legende geboren, die Presseschreiber haben sie ausgemalt, vervielfacht und verkauft. Wallfahrer, Pilger? Gereinigt von Ich-Sucht, offen für das Mirakel der Welt? Schauen Sie doch: niemand betet. Das Notaggregat rattert. Der Polizeifunk quäkt. Unter den Bäumen Abfälle, Kot. Eine Prozession des Unglaubens, ein Pilgerzug der Lauen. Die Kranken erheben sich nicht von den Bahren. Die Lahmen werfen ihre Krücken keineswegs beiseite. Die Türken bekehren sich nicht zu Christus. Die Blinden stolpern und fallen aufs Gesicht; und alle werden sich erkälten. Es ist die Gleichgültigkeit und Stumpfheit selbst, die dort im Morast ausharrt und nach Stunden mit gefülltem Plastiktank voll ungesundem Wasser triumphiert."

Der Begleiter führte Schoppe, an den Eigennützigen vorbei, zur Zapfstelle und fing mit den Feuerwehrleuten, die ihm von Amts wegen bekannt waren, ein Gespräch an. Einer der Männer reichte Schoppe ein Glas Quellwasser. Einen Augenblick war er enttäuscht, daß es wie gewöhnliches Leitungswasser schmeckte. „Das ist besser", sagte der Mann lachend und schenkte ihm aus einer Flasche Wein ein, die Ortsmarke *Seligmacher*. War er nun auf doppelte Weise mit Wunderkraft ausgestattet; Tiefe und Klarheit des Blicks?

Als sie spät den Rückweg antraten — die Schlange der Wartenden wuchs weiter —, sah er gleich unter den ersten Bäumen einen kleinen Jesus mit aufgerissener Brust und leuchtend rotem, zuckendem Herzen und lief schneller, ohne sich umzublicken, den Berg hinab. Seine Schritte dröhnten, oder war es der Herzschlag? Der Himmel klarte auf, bald lag die Landschaft samtgrau im Mondschein. Von allen Seiten strebten krumme Gestalten, in Kopftücher und lange Mäntel gehüllt, hangaufwärts. Sie trugen Rucksäcke, zogen Karren hinter sich her, manche sprachen leise mit ihrem Nachbarn, andere kicherten, auf Stöcke gestützt. Schoppe und seinen Begleiter beachteten sie nicht. Über große Entfernungen schienen sie einander mit den Taschenlampen Zeichen zu geben, als verbände sie ein geheimes Ziel. Die Irrlichter, glimmende Punkte, schluckte der Berg.

XI

Auf der abgetretenen Türschwelle des Herrenhauses saß die schwarz-weiß-rote Katze in der Sonne. Sie hielt die Augen geschlossen und beachtete Schoppe nicht, während er über das Kopfsteinpflaster des Hofes auf die blaugestrichene Sitzbank zuging, die von Oleanderbäumen in Holzkübeln halbkreisförmig umstellt war. Eine alte Frau schlurfte mit klapperndem Schlüsselbund vorüber und verschwand im Kelterhaus. Im Lindenbaum war ein Summen und Rauschen zu hören. Zum ersten Mal sah Schoppe die drei Fleischerhaken in Kopfhöhe an der Scheunenwand. Er kannte das Zischen, das beim Abziehen des Hasenfells entsteht, hörte das Knacken der Hühnerfedern, spitze Schreie.

An der südlichen Gartenmauer, zum Triefenbachtal hin, hatte der Verleger, unter Mitwirkung des Philosophen, einen Geräteschuppen gebaut, da der Maler inzwischen die ganze Scheuer als Atelier und Ausstellungsraum nutzte. Es kam ihm stets darauf an, Fundamente zu legen, wenn auch nicht allzu häufig als Verleger, so doch als Festtagskoch oder wenigstens als Schreiner und Maurer. Acht Holzpfeiler, wasserwaagengerade einbetoniert und gut verfugt, trugen ein leicht geneigtes Gebälk, das hellrote Ziegel deckten. Die Wellen der Dachziegel glichen den Sandwellen im Bachbett. Die Schmalseiten waren mit Sandsteinen gemauert. Leider war der Neigungsgrad des Daches zu gering, so daß das Regenwasser sich an den Ziegelwellen staute und auf die Geräte und das Ofenholz herabträufelte.

Schnaufend, mit nacktem fettem Oberkörper, stapfte der Verleger vor seinem Bauwerk auf und ab und verfluchte es. Nur weil er so schöne Ziegel verwendet und sich um fünf Zentimeter verrechnet habe, müsse er nun das ganze Dach abreißen und wiederaufrichten — eine Strafe von antikem Ausmaß. Der Philosoph sei keine Hilfe, im Gegenteil müsse man ihm jeden Handgriff erklären. Gleichwohl war der Verleger voller Pläne. Er hatte vor, Ludwig Tiecks heute kaum noch bekannten *Phantasus* neu herauszugeben, jene umfangreiche Sammlung der frühen Novellen und Stücke, verbunden durch die seltsam aktuellen Gespräche eines ergrauten Jenaer Freundeskreises. Außerdem werde er das Backhaus in eine Schreinerwerkstatt verwandeln und im einstigen Schweinestall Ziegen einquartieren, denn er trinke nichts lieber als Ziegenmilch. Schließlich sei er dabei, zwei Rebzeilen herauszureißen, um an der südlichen Scheunenwand Feigen- und Aprikosenbäume anzupflanzen. Sein Kichern ging in ein kurzatmiges Röcheln über, während er mit dem Hammer die Dachlatten abschlug.

Im Baumgarten saßen die Freunde um einen runden Tisch. Man trank Kaffee, die Stimmung war heiter. Gäste waren eingetroffen, eine Freundin des Schriftstellers sowie drei ehemalige Schüler des Philosophen, die sich auf einer Reise in die Toskana befanden, wo sie eine Zeitlang in einer Landkommune leben wollten. Der Hausherr saß, mit dem Rücken an eine Pappel gelehnt, etwas erhöht auf einer Schulbank, die einmal zwei Kindern und ihren Ranzen Platz geboten hatte, und blickte so, über Menschen und Pflanzen hinweg, mit leuchtend blauen Augen auf das Gebirge.

Ein Lieblingsthema des Hausherrn, der verwahrloste, versickerte Mühlbach, war angesprochen. Er sei bereits im 13. Jahrhundert von Zisterzienserinnen aus dem Kloster Heilsbruck angelegt worden und habe sieben Mühlen angetrieben, ein Kunstwerk. Beim Bau der Kanalisation in der Siedlung, zuletzt während der Flurbereinigung, sei er mit Billigung der lokalen Behörde teilweise zugeschüttet worden. Schon früher hätten Winzer das obere Bachbett gelegentlich zerstört mit der Begründung, der Bach würde ihre Wingerte überschwemmen. Dabei sei dies ein Quellgebiet; an den verschiedensten Stellen würde, unabhängig vom Mühlbach, Wasser hervortreten und Wege wie Felder für kurze Zeit überfluten.

„Ich halte den Bach“, resumierte der Hausherr und warf das Haar zurück, „ebenso wie unsere Zehntscheuer für ein aus dem Mittelalter überkommenes Bauwerk, das es zu erhalten beziehungsweise wiederherzustellen gilt, und habe deshalb auf dem Landesdenkmalamt Gespräche geführt mit dem Ziel, den Verfall aufzuhalten und sowohl den Bach als auch die noch vorhandenen Mühlen in den ursprünglichen Zustand zurückzuversetzen. Falls diese Verhandlungen ohne Erfolg bleiben, werde ich das Bachbett, soweit es unser Grundstück durchzieht, selbst restaurieren und darin ein Muster-Biotop anlegen.“

Einer der Jungen, so ein langer, schlanker, blonder mit schmalem Gesicht und rotem Halstuch, in weiten hellen Kleidern, ein Verwöhnter, das sah man, den die anderen wie einen Shakespeareschen Helden Percy nannten, lächelte hochmütig und fragte, was er denn von lärmenden Bächen, sich endlos drehenden Wasserrädern und Mühlsteinen habe außer den Kosten der Instandsetzung und Unterhaltung sowie in der Folge feuchten Kellern und Wohnräumen? Kein Wunder, daß den kleinen Bürger und Grundstückseigner dergleichen nicht interessiere. Jahrzehntelang habe man von Staats wegen das Land gedankenlos der Stadt gleichgemacht, bis das Ländliche nicht mehr aufzufinden war. Nun, auf dem Weg hierher, habe er in jedem Dorf geputzte Fachwerkbauten gesehen, wohlgepflasterte Plätze, mit hölzernen Weinfässern und -Pressen, Brunnenattrappen, Pferdekutschen, Mühl- und Wagenrädern geschmückt — welche Idylle! Lauter frisch hergerichtete Dorf-Bilder, Orte und Gegenstände, die ihrer einstigen Aufgabe ledig seien und nur noch ein Schein-Dasein führten. Diese Postkarten ländlicher Schönheit, deren Werbewert er nicht bestreite, seien von sentimentalen Städtern und geschäftstüchtigen Bürgermeistern inszeniert und hätten wie Streuobstwiesen und ähnliche Alibi-Biotope den Sinn, die gnadenlose Ausrottung des Landes und der Landwirtschaft zu verbergen. Ob dem geschätzten Manuel, so sprach er den

Hausherrn an, dieser trostlose Zusammenhang noch nicht aufgegangen sei?

Der blickte auf die tintenverklebten Schnitzereien im Schulbankpult, die einem Geflecht von Wasseradern glichen. An den Stamm der Pappel gelehnt, schien er den wieder befreiten Bach rauschen zu hören. Das Kind, das Schoppe bereits von dem Winterbesuch her kannte, zog ein Segelschiff durch das trockene Bachbett. Im Gras waren frische Maulwurfshügel aufgeworfen mit lockerer, ganz weicher Erde. An einem Pflaumenbaum lehnte eine nach oben schmaler werdende Obstleiter, wie es sie kaum noch gibt, und in den Zweigen hingen umgestülpte, mit Stroh gefüllte Blumentöpfe, Wohnungen für die Ohrenkneifer, denen die Aufgabe zugedacht war, die Blattläuse zu töten.

Der Hausherr hob den Kopf und entgegnete, Percy verstünde eben vom Geheimnis des Vergangenen noch rein gar nichts, von unterschwellig lebendigen Bräuchen und Bildern, dieser freilich seltenen, eigentlich kaum vorstellbaren Möglichkeit des plötzlichen Umbruchs der Werte. Bis dahin gelte es, geduldig zu sein, das Überkommene wie das eigene Leben zu verteidigen, Geschichte im Zeichen der Ungewißheit zu retten, auch wenn man dabei manchmal mit dem Fassadenschwindel und den Sauberkeitskampagnen der Machtmenschen übereinzustimmen scheine.

„Es gibt kein Zurück zu den alten Normen", rief Percy. „Wir müssen einen Ausdruck für das finden, was *gegenwärtig* geschieht, neue, plötzlich abreißende, unruhig wechselnde Formen."

„Auch dabei ist es hilfreich, sich erst einmal in der Vergangenheit umzusehen", meinte der Maler. „Es gibt beispielsweise eine revolutionäre Tradition in der Vorderpfalz, die — wie unser Mühlbach — zugeschüttet ist; ich denke an die Bauernkriege oder die Große Revolution. Sie brachte den Bürgern und Landarbeitern im Linksrheinischen freiere französische Gesetze. Alle Feudallasten wurden aufgehoben, die Privilegien des Adels beseitigt. Die armen Winzer pflanzten Freiheitsbäume, setzten Bürgermeister ab, sie sangen verbotene Polenlieder und brachen die Fruchtmagazine auf, um dann freilich furchtsam vor dem

Getreide zu stehen, unfähig einzudringen und sich die Schürzen zu füllen, obwohl zunächst keiner da war, der sie hätte hindern können."

Percy lächelte. Die freiheitliche Tradition, von der der Maler töne, verdanke die Pfalz der Fremdherrschaft. Von außen nämlich sei die Kleinstaaterei beseitigt, seien die Kirchengüter enteignet und der Adel entmachtet worden. „Mit dem französischen Recht im Rücken konnten die Besitzbürger gut horten. Nach den Habenichtsen wurde eh nicht viel gefragt. Als die Pfalz dann zu Bayern kam, zitterten diese sogenannten Jakobiner um die zusammengerafften Weingüter und verteidigten sie mit ihren Mitteln, als Advokaten — das führte nach Hambach. Seitdem ist diese Schicht im Umkreis der Macht und feiert sich permanent selber. Die Kleinbauern und Taglöhner von einst bewegen sich froh im Einklang mit ihrer Obrigkeit. Sie verdienen reichlich am Wein und am Spargel, sind Angestellte der Winzergenossenschaft oder des Staates; keiner träumt von Rebellion. Jeder hat ein Huhn (und mehr noch) im Topf: Der gallische Hahn ist verendet."

Nach längerem Schweigen sagte Schoppe, auch er habe im Charakter des Pfälzers, solange er ihn beobachte, nie etwas Widerborstiges, Republikanisches entdecken können und warne überhaupt davor, das Märchen vom guten, um seine Rechte kämpfenden Volk fortzuspinnen. Der Pfälzer brause leicht auf, doch das lege sich wieder. Nach 1848 schmiege er sich an den Staat. Er habe König Ludwig geliebt, Prinzregent Luitpold, Hitler, den Gauleiter und Volksfreund Bürckel aus Lingenfeld, Adenauer, Kohl, und wenn ihn heute Tiefflieger bedrohten, zucke er mit den gebeugten Schultern: „Da kann man halt nichts machen."

„Die Gesinnung der Pfälzer", fiel der Philosoph stockend ein, „ist am schönsten daran erkennbar, wie sie im Herbst den neuen Wein taufen. Der Jahrgang 1933 hieß ‚Gleichschalter', der 1935er ‚Rassereiner', der von 1938 ‚Friedenstropfen'. Ist das Zynismus, Selbstverhöhnung? Pfälzer Humor? Im Jahr der Nürnberger Rassegesetze war die Pfalz als erster Gau ‚judenfrei' und der Weinhandel ganz in arischer Hand. Durch den Abtransport der jüdischen Wein- und Viehhändler waren die Winzer mit einem Mal ihre Schulden los und feierten ein Freudenfest die Deutsche Weinstraße entlang. Sie jubelten Josef Bürckel zu, der vom Weintor in Schweigen eine Blutspur durch das Neue Reich zog. An den Häusern flatterten Hakenkreuzfahnen, und Bürckel mußte vom Wagen herab viele Hände drücken. ‚Prost, Herr Gauleiter! Wohl bekomms.‘ Die Weinstöcke in Reih und Glied salutierten."

„Vielerorts ist man dabei, das Jubiläum ‚50 Jahre Deutsche Weinstraße‘ vorzubereiten", sagte der Schriftsteller, „und alle tun so, als sei es das Normalste von der Welt. Der Erfinder Bürckel und der Judenmord bleiben ausgespart, als hätte es sie nie gegeben. Dafür gibt es zwischen Bockenheim und Schweigen die ‚größte Weinprobe der Welt‘, über Lautsprecher angeleitet vom Ordensmeister der Weinbruderschaft, eine Weinmesse als Werbeaktion, zelebriert vom Weinpriester, der im Sold der chemischen Industrie steht: ‚Der Boden ist die Mutter des Weins... Wollt ihr hinfort...? Wir wollen... Glaubt ihr...? Wir glauben...‘ Prost, Herr Landrat! Wir spritzen reichlich. Wir feiern. Was hat das mit den Juden zu tun? Prügel dem, der hier stört."

Tiefflieger brausten dicht über den Garten hinweg; sie schienen die Pappel zu streifen. Das Kaffeegeschirr klapperte. Der Junge war unter die Schulbank gerutscht und sang vor sich hin. Die Katze regte sich nicht. Percy trat unter den Pflaumenbaum und lehnte sich an die Leiter wie der Heilige Georg auf einem Renaissance-Gemälde an den Speer. Er ließ die Augen über die Sitzenden schweifen, so kühl, als predige er den Vögeln, Bäumen und Steinen.

„Warum unternehmt ihr nichts gegen diesen Flaschengeist, um wenigstens ein ungefälschtes Bild der Vergangenheit sichtbar werden zu lassen: verteilt Flugblätter, sammelt Unterschriften, entwerft Gegen-Projekte? Eure Ruhe, eure Gleichgültigkeit ist vorgetäuscht. Ihr kommt mir wie Erstarrende oder Erstickende vor. Ist das Ungeheuerliche nicht überall wahrnehmbar, selbst in Pappraketen und Friedenssongs? Schreitet die Gewalt der Geldmenschen nicht voran? Je näher die Gefahr, desto tiefer vergrabt ihr euch in die Zellen eures Klostergehäuses; euer Chorgestühl, diese Gelehrtenrepublik. Ihr sagt, ihr habt euch von der bewaffneten Gesellschaft abgewandt; ihr haltet die Augen geschlossen. Hört ihr nichts? Ihr sitzt ja, ohne es zu merken, auf dem größten Waffenlager Europas, und ich gebe euch wenig Überlebenschancen."

Percy stampfte mit dem Fuß auf den Boden und hielt den Kopf geneigt, als könne er so das Dröhnen der Bergschächte, das Sickern und Blähen der Gifte hören. „Draußen bricht der Himmel in Stücke, und ihr ordnet bei Kerzenschein jedes Buch an seinen richtigen Platz. Du braust in deiner Hexenküche Medikamente. Du gräbst das Bachbett frei. Du baust einen Unterstand für die Gartengeräte. Und die Regenwälder, die Flüsse, das Klima, die Tiere und Menschen? Wahrscheinlich kommt jeder Widerstand zu spät."

Er stieg zwei Sprossen der Leiter empor. „Trotzdem ist es an der Zeit, daß etwas geschieht. Wir müssen uns Gehör verschaffen, ein Zeichen setzen; die Notbremse ziehen. Aber wie stellt man das an? Reicht es, wenn ich mir das Gesicht weiß anstreiche und ‚Yanks, go home!' skandiere? Muß ich mich erst auf dem Marktplatz verbrennen, um gehört zu werden, oder ist auch dies Selbstopfer noch ein zu schwaches Signal? Sollen wir uns überhaupt gegen den Untergang stemmen oder ihn nicht vielmehr begrüßen und fördern als unsere letzte Chance, das Massengrab, die reine terroristische Aktion?"

Er trat, sichtlich verwirrt über den eigenen Redeschwall, von der Leiter und setzte sich auf seinen Platz. Alle schwiegen und blickten im Garten umher. Das Kind und die Katze waren verschwunden. Manuel drehte eine weiße Blume in der Hand und schien ganz in ihre Symmetrie vertieft, Rosetten, Kreise, die etwas beruhigend Gleichbleibendes ausstrahlten. War der Duft der Maiglöckchen ein Argument für oder gegen den Tod?

„Du glaubst wohl", sagte er endlich, „die Welt hat bloß auf Jungen wie dich gewartet, um erlöst zu werden, und kannst dir — ein Yeti im unberührten Schnee — nicht vorstellen, einmal als Familienvater und Studienrat zu enden, obwohl dies höchst wahrscheinlich deine Zukunft ist. Du stehst auf Stelzen und kommst in viel zu großen Kleidern daher. Warum fliegst du nicht als

Barfußarzt nach Nicaragua und opferst dich für die Revolution? Wir werden hierbleiben. Vielleicht gibt es keinen Ausweg, und keine Macht des Geistes hilft uns, aber wir sind sinnlos glücklich, weil wir mit Strenge das uns Mögliche getan haben und tun."

Der Schriftsteller lehnte sich zurück und sagte mit hoher Stimme: „Warum sollte die Bombe alles Leben auslöschen? Wurzelt unsere Furcht nicht eher darin, daß *wir*, die guten Pharisäer ausgelöscht werden könnten? Die Natur ist in ihren langen Evolutionen nicht grausamer vorgegangen als der Mensch in seiner kurzen Geschichte, und ich denke, er hat ein Ende in Schrecken verdient." Er wandte sich Percy zu: „Vielleicht sollte man sich rechtzeitig umbringen. Ich habe den Zeitpunkt verpaßt, aber dir könnte ein schöner Abgang gelingen."

Percy lachte kurz auf und beschattete die Augen mit der Hand. Der Maler winkte ab: „Anfangs machen die Jungen ein wenig Krach, sie werfen faule Eier und halten schrille folgenlose Reden, dann sind die Hörner abgestoßen, die Lehrjahre beendet, die drei Wünsche des Märchens verspielt. Eben noch hocken sie schwadronierend im Kneipendunst, bunt angemalt, bis auf einmal etwas grau und rechtwinklig vor ihnen steht, das behauptet, nun ihr Leben zu sein, und sie auffordert, mitzukommen, und nach kurzem Zaudern trotten sie hinterdrein."

Schoppe wollte die Jungen verteidigen. Er wünschte, sie würden sich nicht beugen und den greisenhaften Kompromiß zurückweisen. Zwar scheute er neue Erfahrungen: Jedesmal wenn er verreisen sollte, wurde er krank. „Vielleicht habe ich mich damals zu früh zurückgezogen aus Arbeitskreisen, Flugblatt-Redaktionen und geheimen Treffs. Ich verstehe die Jungen nicht mehr, seit ich von ihnen getrennt bin. Aber ich verurteile sie nicht, wenn sie sich wehren, und ich verspotte sie in der Niederlage nicht."

Der Duft der Rosen mischte sich mit dem Geruch der Reben und der Erde, und vom Tal herauf zogen Kräuterdüfte. Der Gastgeber sagte: „Wir kennen das Haus und seine alten Gerüche, Schimmelecken, Risse und Fugen, durch die der Wind pfeift. Wir kennen den Garten, die Obstbäume mit den Vogelhäusern, Fäulnis unter den Blättern, den Feuersalamander, wucherndes Kraut. Wir kennen das Blut an der Scheunenwand. Wir kennen das Geräusch des Wassers, das nachts aus der löchrigen Regenrinne zu Boden klatscht. Ich bezweifle zwar mit Voltaire, daß dies die beste aller möglichen Welten ist: ‚Nun aber müssen wir unseren Garten bestellen.'“

Lächelnd über das so geschickt plazierte Zitat stand er auf, und die Kaffeezeit war beendet. Alle gingen auseinander, die Älteren an ihre Arbeit im Garten, im Laboratorium, in der Bibliothek, während die Jungen sich im Gespräch in die angrenzenden Weinberge verloren.

Schoppe sah, alleingelassen, das Licht in der Baumgabelung und begann zu pfeifen. Er blieb noch eine Zeitlang sitzen, dann trug er sein Geschirr in das Haus zurück. Die Katze folgte ihm die Mauer entlang. Der helle Scheitel des Kindes, das hinter dem Holzstapel zu spielen schien, erwies sich als auf- und abflatternder Kohlweißling. Es war nicht einfach, über das Pflaster des Hofes zu gehen, ohne auf die Kotwürste der Regenwürmer zu treten. Als Schoppe den Hof verlassen wollte, hielt ihm das Kind, zwischen dem Oleander hervorblickend, einen Kiesel entgegen, der an der Unterseite mit Algen bewachsen war.

„Nichts geht verloren“, sagte Schoppe, während er an der Neumühle und dem Kloster vorbei talabwärts ging. „Überall finde ich ja die Wörter und die Dinge der Kindheit wieder, die ich zum Schreiben brauche. Dieser Holunderbaum, der sich über die Mauer beugt, berichtet von ihr, die Frauenstimme aus dem Garten, die Gardine, die dort aus dem offenen Fenster weht. Meine Freude, mit verschiedenfarbigen Kreiden auf die noch nasse Tafel zu schreiben; es dauerte immer eine Zeitlang, bis die Zeichen deutlich hervortraten. Wie schön und gleichmäßig die Buchstaben des Lehrers aussahen, der sich bemühte, mir den Zusammenhang der Laute zu erklären: M-u! Ich wußte es längst, aber ich fand es unter meiner Würde, ihn darauf hinzuweisen. Auch wollte ich uns an trüben Nachmittagen das Glück der sich vor unseren Augen klärenden Schrift möglichst lange erhalten.“

Schoppe fühlte sich freier denn je; die Welt mit ihren Möglichkeiten schien ihm offen zu stehen. Bilder, Mythen — lauter Wiederholungen — lagen ungeordnet herum, er brauchte sie nur aufzuheben und zu benutzen, doch ließ sich mit ihnen nichts Übergreifendes, Verbindliches mehr behaupten. Du kannst alles sein, Guru und Heiliger, Manager, Gärtner, Terrorist, sogar Schriftsteller, und dir beinahe jeden Wunsch erfüllen, in diesem Land des Überflusses und der Talk-Shows.

In Gedanken nahm er dem Stiefvater die Hundepeitsche aus der Hand und sagte: „Nein, du täuschst dich, ich werde nicht im Irrenhaus enden." Die Mutter saß oben im Wiesentheater, in ihrem hellblauen Sommerkleid, auf dem sich große Libellen niedergelassen hatten. „Jetzt weißt du mehr vom Leben", sagte sie zögernd, und er strich ihr, was er nie getan hatte, eine Haarsträhne aus der Stirn, die hoch und weiß und ganz kalt war. Er sah Klara, die einen hellen Staubmantel trug, im Sprühregen unter einer Laterne stehen, winzige Tropfen auf dem schwarzen Haar und den Augenbrauen, und sagte zu ihr: „Vielleicht hast du recht, nicht auf mich zu bauen." Sie antwortete: „Wir sind ein utopisches Paar." Sein Freund Gustl, Schuhmacher-Sohn und Retter in der Not, trat steif wie ein Westerner in den Hörsaal und schloß die Tür mit einem Fußtritt, worauf alle Gespräche stockten.

Als Schoppe den Ort erreichte, entdeckte er in einem Briefkasten eine dicke Zeitung und zog sie heraus, um sie, einer alten Gewohnheit folgend, mitzunehmen. Er bezwang sich aber und blätterte, an die Hauswand gelehnt, die Seiten durch, worauf er die Zeitung an ihren Platz zurücksteckte und befriedigt darüber, den Schrott aus Wörtern und Bildern nicht mit nach Hause tragen zu müssen, weiterging. Er grüßte die Wirtin, die unter dem Wäscheseil auf der Terrasse saß. Der Nachbar mähte das Gras. Es blieb lange hell.

XII

Schoppe wollte nicht untätig bleiben. Am Vorabend der 150. Wiederkehr des Hambacher Festes klebte er weißes Papier auf ein großes Stück Pappe und schrieb darauf mit grünem Filzstift: „Siebenpfeiffer: Die Natur der Herrschenden ist Unterdrückung." Er hatte den Spruch in einem gerade erschienenen Buch über den Pfälzer Vormärz gefunden, das die Texte der einflußreichsten Hambacher Redner, dazu Bilder, Lieder sowie Auszüge aus Polizei- und Spitzelberichten enthielt. Philipp Jakob Siebenpfeiffers Festrede nahm einen Ehrenplatz ein. Sie war in wolkigem Stil abgefaßt, und der Satz über die despotische Natur der Herrschenden stand fremd darin, schneidend wie ein verirrtes Aperçu des jungen Marx. Indem Schoppe ihn herauslöste, verlieh er dem liberalen Freiheitsmann eine Unbedingtheit, über die dieser so nie verfügt hatte.

Lange betrachtete er Siebenpfeiffers Porträt: Ein hübscher, noch junger Mensch mit dichtem Haar und starken Brauen, um Mund und Augen ein kleines ironisches Funkeln. Er glich einem Satiriker, Dandy, einem Patrizier, der sich darin gefällt, die eigene Klasse zu verraten, während er in Wahrheit Sohn eines Schneiders war, geboren zu Lahr im Jahr der Großen Revolution; früh elternlos, Schulabbruch, mit fünfzehn Amtsschreiber; nebenher ein Jurastudium in Freiburg. Aufsteiger, Karrierist. Als Landkommissär in Homburg rücksichtslos gegen die Bauern. Noch 1829 widmet er König Ludwig von Bayern ein Huldigungspoem. Im Jahr darauf wird er abgesetzt. Herausgeber der Zeitschriften *Rheinbayern, Deutschland, Westbote*. Mutiger Journalist, geltungssüchtig, Dichter eines utopischen Vaterlands: „Hinauf, Patrioten! zum Schloß, zum Schloß! / Hoch flattern die deutschen Farben..."

Das konnte ja nicht gut enden. Schoppe las weiter, fand Bruchstücke: Nach dem Hambacher Fest wird Siebenpfeiffer verhaftet und wegen „Beleidigung der Staatsbehörden" zu zwei Jahren Gefängnis verurteilt. Er flieht ins Elsaß mit der *Demagogenpost*. Über Zürich gelangt er nach Bern, wo er 1834 Extraordinarius für Polizeirecht und Staatswissenschaft wird. Er steigt sogar zum Ersten Sekretär des Justiz-Departements auf. Bald zeigen sich Symptome einer Geistesstörung. In seiner polizeirechtlichen Vorlesung beginnt er, mit hoher Stimme Freiheitslieder zu singen, bricht weinend über dem Pult zusammen. Die alten Verhältnisse haben ihn eingeholt. Er stirbt im Mai 1845 im Irrenhaus Bümplitz bei Bern.

Eine zeitgenössische Lithographie präsentiert „Siebenpfeiffer den Ersten, den Großen Maikäfer des einen und unteilbaren Deutschland", mit Kaiserkrone, Zepter und Schwert, in der Hand die schwarz-rot-goldene Maikäferfahne, auf einem Sockel stehend, der von Maikäfern getragen wird. Ist das zynische Anspielung auf das Schwankende, Schillernde im Charakter des Mannes, oder karikiert das Blatt, allgemeiner, die Kurzlebigkeit des Hambacher Mai, das zerstörte, rasch verdunkelte Leben vieler Emigranten? Ist der Maikäfer gar, wie bei Wilhelm Busch, als Plagegeist verstanden, der die Ordnung des politischen Weltschlafs bedroht?

Am folgenden Morgen fuhr Schoppe mit dem Bus, sein Schild, die Schrift nach unten, unter dem Sitz verbergend, das Haardtgebirge entlang nach Neustadt, wo sich — einem Flugblatt zufolge — Literaten, junge Winzer und Studenten zu einem „Spaziergang mit anschließendem Picknick" auf den Spuren der alten Hambacher versammeln wollten. Er sah aus dem Fenster: Robinien, Jasmin. Der Maihimmel war so blau wie auf den historischen Farblithographien, und das Schloß lag ruhig in der Frühsonne, als stünde es nicht im Mittelpunkt großer Aufregung und der unterschiedlichsten Interessen. Schoppe gegenüber saß ein

Mann in einer gestreiften Jacke, die fettigen Haare in die Stirn gekämmt. Er starrte auf seine gefalteten Hände, während er in einem fort mit dem Rumpf vor- und zurückschwankte und dazu die Lippen bewegte. Schoppe stimmte sich in den Rhythmus ein und kramte selbstvergessen nach Gebeten.

Als er zur angegebenen Zeit den weiten Bahnhofsvorplatz betrat, war von demonstrationslustigen Menschen mit Fahnen und Spruchbändern, von Musik- und Theatergruppen nichts wahrzunehmen. Er sah ältere Paare mit Rucksäcken und Wanderstöcken. Schließlich entdeckte er eine struppige Schar, Erwachsene und Kinder, die etwas unbehaglich neben dem Bahnhofsportal in einem Winkel standen. Sie schienen hier fremd zu sein und wie Schoppe der 30 000 Begeisterten zu harren, jenen vergleichbar, die am 27. Mai 1832 um 9 Uhr früh lärmend zur Maxburg aufgebrochen waren, in langen Schleifen den damals kahlen Bergkegel hinauf.

Schoppe strich die Bahnhofsfassade entlang und trat dann schnell auf die kleine Gruppe zu, einen Gruß murmelnd, der unerwidert blieb. Die Erwachsenen schienen ihn nicht zu beachten und kehrten ihm geschäftig den Rücken zu, während die Kinder gleich näherkamen und sein Plakat lesen wollten, so daß er genötigt war, es umzudrehen und sich um den Hals zu hängen. Ein Mann mit braunem Lockenkopf sagte gerade, er habe den Aufruf zeitig an sämtliche Alternativ-Zeitungen und -Gruppen in der Region gesandt, an alle Mitglieder des Literarischen Vereins der Pfalz, außerdem seien 5000 Flugblätter in Heidelberg und Mannheim verteilt worden. Die sogenannten Linken hätten jedoch, um eine Konfrontation mit den Festgästen zu vermeiden, vereinbart, erst übermorgen zu demonstrieren, und zwar absurderweise in umgekehrter Richtung — von Hambach nach Neustadt. Diesen ganzen legalistischen Haufen könne man abschreiben. Die Anwesenden müßten nun selbst genug Spontaneität entfalten, um all die ausgebliebenen Winzer, Studenten und Musikanten zu ersetzen.

Und wie zum Beweis kam er in weißer Smokingjacke und rotem Seidenschal, mit einem großen orangenen Papierfisch daher, der lächelnd an einer Angelschnur wie ein Kinderdrache über ihm flog. Ein dünner Jüngling mit schulterlangem blonden Haar schwenkte ein schwarzes Fähnchen, auf dem „Sex, Drugs and Democracy“ stand. An seiner Seite ein ernstes Mädchen im Parka, das einen Packen Flugblätter unterm Arm trug. Ein nicht mehr junger Mensch in grauer Strickweste, der sich breit schwäbelnd als Privatgelehrter vorstellte, entfaltete eine liebevoll in Rot und Grün gearbeitete Fahne: „Hambacher Fest 1982 — Wyhl, Brokdorf, Gorleben, Startbahn West.“ Bereits die Namen dieser umkämpften Orte, die seine Mutter mühsam aufgestickt habe, „Denkmale des herrschenden destruktiven Fortschritts“, wie er sich ausdrückte, machten die Verlogenheit derer sichtbar, die sich in diesem Augenblick auf dem Schloß bei Festreden und kaltem Buffet als die „Erben von Hambach“ zu feiern wagten. Schoppe meinte, es wäre, rhythmisch betrachtet, vielleicht wirksamer, wenn nur drei Kampfplätze auf der Fahne stünden, worauf ihn der Privatgelehrte seltsam, mit zuckenden Mundwinkeln ansah.

Aus Siebenpfeiffers Stadt Homburg waren Studenten eingetroffen mit einem breiten Transparent, auf das sie ein Epigramm gepinselt hatten: „Nachrüstung // Die Regierung werde sich nicht / ins Handwerk pfuschen lassen. / Wir werden ihr aber / in den Pfusch handwerken.“ Der Verfasser, ein saarländischer Lyriker und Funkrebell, war mitgekommen und trat wie zufällig unter das Transparent, wo er lächelnd, als würde er fotografiert, für einen Augenblick in koketter Pose erstarrte. Ein braungebrannter drahtiger Lehrer aus Speyer, der zur Feier des Tages die Schule schwänzte, hatte Gitarre und Mundharmonika mitgebracht und freute sich auf den Marsch, während ein dicklicher Literaturkritiker sich nicht entscheiden konnte, ob er als Teilnehmer dieser Spaziergang-Demonstration anwesend war oder als neutraler Beobachter. „Wenn nur mehr Leute erschienen wären“, klagte er. „Ich werde am Rand mitlaufen, ein paar Schritte hinter euch.“

Besonders fiel Schoppe ein Mann mit eigensinnigem Kinn und Stoppelhaar auf. Er trug einen abgewetzten grauen Anzug und rote Basketballschuhe. Leicht angetrunken, wirkte er wie ein Überbleibsel des Vatertags. Um den Hals hatte er sich ein Verkehrsschild gebunden, „Für Fußgänger verboten“. Neben ihm ein Kassettenrecorder, aus dem Straßenlärm dröhnte. Abwechselnd blies er in eine Pfeife, die eine Polizeisirene simulierte, und in einen Ballon, der beim Luftablassen quietschte. Fragen der Kinder nach dem Sinn seines Aufzugs überhörte der Mann, dessen Verhalten darauf angelegt war, jeglichen Sinn zu verhöhnen. Sein Gesicht war verschlossen, weder traurig noch froh, und selbst wenn er unsicher lächelte, blieb er ganz bei sich. Etwas Unberechenbares, Plötzliches glimmte in seinen Augen, deren übergroße Pupillen hin und her sprangen.

Die festgesetzte Abmarschzeit war schon weit überschritten, als zu Schoppes Erstaunen Hans eintraf, gleichsam schwebend, wie er ihn kannte: im orangenen Hemd und blauer Hose; die Leinentasche, die Brille und Notizbuch enthielt, über die Schulter gehängt. „Der Maitag ist besonders schön“, sagte Hans, „und die Gelegenheit, etwas Ungewöhnliches zu erleben, war schon lange nicht mehr so günstig.“

Da niemand mehr zu erwarten war, setzte sich der Zug langsam in Bewegung, ohne Glockengeläut und Trommelschall, doch begleitet von Gitarrenklängen und Kassettengeräusch. Fast 20 Personen folgten mit Fahnen und Picknick-Körben dem fliegenden Fisch. Hans meinte, ihm sei eine so kleine Kreuzweg-Gruppe angenehm. Er verabscheue die physische Nähe der Massen, die Zumutung, sich bei wildfremden Menschen einzuhaken.

Die Straße führte zunächst in einer Schleife um das Bahnhofsgelände herum. Von einer Brücke herab wurden Flugblätter über die Gleise verstreut. Man kam durch eine schattige summende Platanenallee, den Alten Viehberg herauf. Frauen mit Einkaufstaschen blickten dem Zug kopfwackelnd nach: „Bleibt ja friedlich, ihr Buben!“

Auf der Weinstraße nach Hambach glänzte der Asphalt in der Sonne. Schoppe sah sich und die anderen steif dahinziehen; sie waren das Spiegelbild einer Prozession von Pilgern. Der umsichtige Rezensent bildete die Nachhut. Jedesmal wenn ein Auto vorüberfuhr, machten die Träger des Transparents einen Schwenk zur Straße, und der Autor erläuterte den Passanten sein Epigramm und die politische Wetterlage. Ein grüner Hubschrauber kreiste eine Zeitlang über ihnen und warf seinen Schatten auf sie. Ab und zu brummten Motorräder und Busse der Polizei vorbei, einmal sogar eine schwarze Staatslimousine, die sich verspätet hatte. Der blonde Jüngling mit dem Anarchisten-Fähnchen begann vor einem Supermarkt, ein dadaistisches Gedicht zu rezitieren:

Große Staatsmänner trinken Altöl zum Frühstück,
brechen ihr Brot über der erstaunten Stadt,
wer möchte nicht als Prachtstraße enden?

Ich halte es mit den Maschinen,
ihr Gelächter erfüllt den Wald
und keiner weiß, wozu sie gut sind.

Durch unsere Schädel jubeln Völker Tag und Nacht.
Fahnen bellen, im Mausoleum liegt ein toter Hund.
Zwei Rücken hat der Mond, alte Leier hoher Bogen.

„Das hab ich selbst gemacht“, sagte der Jüngling im Weitergehen. „Findest du nicht, es paßt?“ Gelächter, Sirenen. Jedes zweite Haus war mit einer schwarz-rot-goldenen Fahne verziert. Hinter den Scheiben und Vorhängen waren die Schatten von Menschen erkennbar. Die Fenster öffneten sich, sobald der Zug vorüber war. Ein Bauarbeiter rief von einem Gerüst herunter: „Sagt Carstens 'n Gruß von mir.“

So erreichte der „Pilgerzug der Faulenzer und Tagediebe“, wie ihn Hans übermütig nannte, die Parodie auf den historischen Marsch der Demokraten, das Dorf Hambach. Die schmale Straße stieg steil an. „Frisch auf, Patrioten, den Berg hinauf! / Wir pflanzen die Freiheit, das Vaterland auf.“ Da lagen inmitten prächtiger Weingüter Herrenhäuser aus dem 17. Jahrhundert, die nach Ansicht des Privatgelehrten von Neustädter Jakobinern für ein Spottgeld erworben worden waren. Alle Formen standen jetzt gestochen klar gegen den tiefblauen Himmel, von dem eine blendende Helligkeit ausging. Als der Zug an der Dorfkirche vorbeikam, schlug es 11 Uhr. Oben im Schloß begann der Staatsakt, das weltliche Hochamt.

Sobald die Wanderer das Villenviertel durchquert hatten, stießen sie am Eingang des Kastanienwaldes auf ein doppeltes Absperrgatter. Polizei in Uniform und Zivil: Ausweise! Körper- und Taschenkontrolle! Einige wollten sich nicht abtasten lassen, besonders der lockenköpfige Alternativ-Politiker plusterte sich eine Zeitlang auf: Wo denn nun die Freiheit des Einzelnen wäre, die die Herrschaften im Schloß gerade so lauthals proklamierten? Der Alt-Punker in den Basketballschuhen ließ die Pfeife aufjaulen und sagte, ohne eine Miene zu verziehen: „Nehmt eure schwulen Pfoten weg." Aus seinem Kassettenrecorder kamen jetzt Kriegsgeräusche. Schoppe wollte die Unruhe nutzen und sich an der Sperre vorbeidrücken, wurde aber am Hemd gepackt und zurückgezerrt. Als schließlich alle — kontrolliert — das Gatter passiert hatten, zog ein Junge, der nicht durchsucht worden war, eine Plastikpistole und zielte auf die Polizisten.

Schoppe lachte. Der Einsatzleiter, ein stämmiger Mann in Zivil, trat nah an ihn heran. Seine Stirn war mit funkelnden Schweißperlen bedeckt. Mit leicht zitterndem Unterkiefer sagte er in stilisiertem Pfälzisch, er respektiere ihn als Mensch, deshalb müsse Schoppe ihn auch respektieren. Dabei spielten seine Finger an der Maschinenpistole herum. Schoppe antwortete, er achte sich ja eigentlich selbst kaum, umso weniger könne man von ihm verlangen, daß er einen Fremden achte — unabhängig davon, ob es sich um einen Polizisten handle oder um einen Koch. Der Einsatzleiter, der solche Skrupel nicht begriff, erwiderte beschwörend, dochdoch, er sei ganz sicher, daß Schoppe, gerade weil er nicht allem zustimme, zu den positiven Kräften zähle, die unser Land und unser Staat brauche. Nur der Gewalt müsse er absagen.

Ein dicker Schweißtropfen rann dem Mann über die Stirn und verschwand in der Augenhöhle. Schoppe wandte sich ab. Er nahm den Jungen mit der Pistole bei der Hand und ging mit ihm die neugebaute Prachtstraße hinauf. Er bemühte sich, seine Schritte dem Bewegungsrhythmus des Kindes anzugleichen und munterte es gelegentlich durch kleine Bocksprünge auf. Unter den Bäumen sowie auf Hochsitzen kauerten Jungmänner in hellgrünen Kampfanzügen. Einsatzwagen leuchteten hinter den Zweigen hervor; Hunde heulten. Aus dem Kassettengerät kamen Flötentöne. Eine Spaziergängerin musterte lange Schoppes Schild und sagte dann kopfnickend, sie wohne in der Siebenpfeiffer-Straße, als würde sie damit auch dem Text zustimmen.

Die Auffahrt mündete in ein weites Plateau, das gewöhnlich als Busparkplatz diente. Hier waren, hinter einer weiteren Absperrung, Wein- und Wurstbuden sowie lange grüne Tische und Bänke aufgestellt. Im Zentrum ein Maibaum, eine hohe Fichte mit geschälter Rinde, an deren Spitze ein Kranz mit bunten Bändern befestigt war; kein Freiheitsbaum, mit Eichenlaub und Jakobinermütze bekränzt, wie ihn die Bauernschlucker zur Zeit des Hambacher Festes waldfrevelnd geschlagen und bei Katzenmusik auf die Dorfplätze gepflanzt hatten. Junge Leute, die wie schlecht verkleidete Polizisten aussahen, spielten mit einer Flugscheibe. Eine Horde Schüler kam, von den Lehrern kaum in Schach gehalten, johlend den Berg herab. Sie machten sich über die Transparente lustig und warfen mit Kiefernzapfen nach dem fliegenden Fisch. Zum ersten Mal entstand Gedränge, und Schoppe meinte die Kokardenbuben zu hören, die vor 150 Jahren den Ankommenden mit dem Ruf „Es lebe die Freiheit!“ schwarz-rot-goldene Abzeichen entgegengestreckt hatten. Ein Andenkenverkäufer buchstabierte den Text auf Schoppes Plakat. „Da haben Sie recht“, sagte er hastig und drehte sich weg, als hätte er eigentlich nichts gesagt.

Schon auf dem steilen schattigen Burgweg, noch bevor die unterste Mauer erreicht war, hörte man eine Lautsprecherstimme. Offenbar wurden die Festreden aus dem Saal unter die Bäume geschallt. „Der Geist der Freiheit...Freiheit...Freiheit“ war wenig später, als Schoppe den äußeren Burghof betrat, zu verstehen. Nun sah er das Schloß deutlich umrissen vor sich in der klaren blauen Luft: nicht die von aufständischen Bauern, später im Pfälzischen Erbfolgekrieg von den Franzosen mehrfach niedergebrannte Kästenburg; nicht die blasse Ruine mit brüchigen Mauern, schiefen Fenstern und wie von Kinderhand gezeichneten Zinnen, die er von Stichen und Fotos kannte, sondern — wie über Nacht hervorgezaubert — ein Prunkbau, Stahlbeton, mit leuchtend gelbem Sandstein verkleidet.

Jetzt strahlten die breiten Fenster in der Sonne auf, und die weiß-rote Flagge Polens mit dem weißen Adler, von Emigranten herbeigetragen, raschelte im Protestzug mit. Die Frauen stellten geblendet die Picknick-Körbe ab oder wechselten sie in die andere Hand. „Die deutsche Einheit...Einheit...Einheit" lief in automatischer Sprechweise um den Berg. Der Kassettenrecorder antwortete mit Beifallklatschen.

Die Augen auf das Schloß gerichtet, ging Schoppe weiter. Ein Treppenweg führte, an einem Fahnenspalier entlang, über mehrere Terrassen direkt vor die Burg. Auf den Terrassen hatte ein Regisseur uniformierte Wächter sowie junge Herren in dunklen Anzügen, mit Bärten und gepflegten halblangen Haaren gruppiert, die sich diskret mit ihren Sprechfunkgeräten unterhielten. „Siebenpfeiffer ruft Wirth, bitte melden." Sie ließen die exotischen Wanderer lächelnd passieren. Auf den Bänken posierten, als Ausflügler und Liebespaare getarnt, untere Chargen der Polizei. Sie benahmen sich wie der gemischte Chor im *Freischütz*.

So erreichte Schoppe mit den anderen den inneren Hof. Man sammelte sich vor einer roten Kordel, die den Zugang zum Festsaal verwehrte, mischte sich unter die Zuschauer, die den „kommenden Kanzler" sehen wollten, und scherzte mit den hier wie Oberkellner oder Fernseh-Moderatoren aussehenden Staatsschützern. „Arbeitsscheues Gesindel!" Die Stimme des Bundespräsidenten schallte herab: „Jene, die heute gegen unseren Staat und seine freiheitliche Ordnung kämpfen, können sich nicht auf Hambach berufen. Ihre Ziele sind denen von 1832 entgegengesetzt. In unserem Lande gibt es Wege und Mittel zur friedlichen Lösung unserer Konflikte..." Musik erklang, Mozart, das Deutschlandlied lauthals, dann war der ernste Teil des Festakts beendet, die Musiker wurden hungrig nach Hause geschickt, sie zogen mit ihren Instrumenten ab, scheuen Blicks, „Regierungsgeiger!", während sich die Prominenz, von Fotografen und Kamerateams umschwärmt, auf der Schloßterrasse erging, „Bravo, bravo!", Revolutionskokarden am Revers zerknitterter dunkler Gewänder, Zigarettenasche herabschnipsend auf die Handvoll Störer, Schädlinge, die sich heiser schrien, „Heuchler, Säufer,

Schwätzer!", bevor man, dem Protokoll folgend, noch einmal in den Saal zurückkehrte, um vom rustikalen Buffet zu kosten.

Plötzlich, er wußte nicht wie, hatte Schoppe ein Flugblatt der Jungen Nationaldemokraten in der Hand. „Die revolutionäre Tradition des deutschen Volkes fortführen: Gegen die Arroganz der Herrscher — für Volksherrschaft!" Klang das nicht ähnlich wie der Spruch auf Schoppes Plakat, unbedingt bis zum Letzten? Fanden hier linke und rechte Besserwisser zusammen? Wer bin ich? Er wußte vor Scham nicht, wo er hinschauen sollte, und wünschte sich fort, in die Stille. Zwei schwäbische Anarchisten traten auf, die im Kastanienwald campierten und sich, wie sie behaupteten, wesentlich von Beeren und Wurzeln ernährten. Sie trugen schwarze Filzhüte, speckige Lederhosen und rochen nach Ziegenstall. Höhnisch, mit übertreibender Mimik rezitierten sie ein Spottgedicht auf die Mächtigen; den Beifall klatschten sie sich selber. Herausfordernd blickten sie in die Runde und trutzig nach oben zu den Fenstern des Saals. Ein geistesgestörter Greis mit langem weißem Haar verteilte ein eng bedrucktes unverständliches Flugblatt; dazu murmelte er in einem fort Verwünschungen: „Diese Sozialdemokraten! Die stecken ja schon bis zu den Geschlechtsteilen in der eigenen Scheiße. Merken Sie nichts?" Schoppe hielt sich von ihm wie von den Filzhüten fern.

Er zog sich mit den anderen auf die oberste Plattform zurück, wo es Schatten und Gras gab. Sie entfalteten Transparente, lehnten die Fahnen gegen die Mauer, breiteten Decken aus, öffneten die Picknick-Körbe und erwarteten vespernd den Abgang der 250 Politiker und Staatsgäste.

Die kamen in Abständen, einzeln, paarweise, in Gruppen; dicke Herren, des Laufens entwöhnt, die Mühe beim Hinabsteigen der Stufen hatten, und ältliche Damen in langen Gewändern; Offiziere der Bundeswehr französische Generäle ein Bischof mit violetter Schärpe afrikanische Botschafter guck mal ein Bimbo Gesandte Abgeordnete Staatssekretäre Minister eine riesige Alkoholikerversammlung Staatspenner Pfaffen heilig die Sportler die Stalinisten des Alltags die Parkwächter denn sie werden siegen wie auf Erden die Ministerpräsidenten der Länder Professoren Kammersänger Publizisten selige Schmierfinken Weinbrüder schwarz so schwarz der Oppositionsführer grinsend und albern blinzelnd mit Revolutionskokarde geschmückt fahrige Geste zum Kopf Maikäfer Mitläufer Most Kohlrübe Rübe ab Birne das sind die Rebellen von Hambach ausziehen Hosen runter Vorsicht Vogel Scheiße es geht abwärts die Leibwächter schlucken Duftbonbons fassen sich an den Händen Heidelberger Pöbel der weiche Riese lallt pfälzisch Fettfleck Schandfleck ein Amigeneral Besatzer raus ein Chefredakteur Unrat ein Kolumnist Sieg Heil Herr Kollege ein Literaturkritiker nieder mit der Bestenliste adieu Herr Sternberger was macht die Startbahn West Herr Gries fieser kleiner Mops Schleyer Buback hops wohin fliegen die Raketen im Herbst macht aus Gries Grießbrei das ist also die deutsche Jugend nun ja das Erreichte bewahren weiter so Deutschland habt ihr daheim nix zu fressen Koschnik jovial na Jungs bleibt auf dem Teppich auch Siebenpfeiffer war ein Radikaler im öffentlichen Dienst der Alt-Punker Hände weg wir sind keine Demokraten Pfaffengewäsch Diäten gibts oben jetzt fahren gepanzerte Limousinen vor ein Bonze schreit Arbeitslose zurück in den Osten haha wir kommen ja gerade von drüben dort haben sie uns auch nicht gewollt Pankow von Honecker bezahlt geht doch nach Klingenmünster wir sind die wahren Konservativen wir Stänkerer Stinker Sozialdemokraten abwärts die Macht nicht stolpern ein kalter Wind weht von Struthof her Bürckels Spur auf der Totenkopfstraße kriech ins Ei zurück sehr geehrter Herr auf der Freiheitsstraße erwartet Sie unsere Polizei…

So steigerte sich die kleine struppige Schar in eine Art Schmährede und Publikumsbeschimpfung hinein, einer schubste den anderen an, es gab viele dumme und ein paar witzige Sätze. Jeder schrie, wie es ihm die Lust des Augenblicks eingab, jeder phantasierte. Der Alt-Punker hatte sich eine Pudelmütze mit Augenschlitzen übergestreift und den Recorder auf volle Lautstärke gedreht; Autobahngeheul wechselte mit Sprach- und Musikfetzen. Der Lehrer, der zunächst von der Mauer herab frühe Lieder von Bob Dylan gespielt und dazu gesungen hatte, schlug jetzt mutwillige, aggressive Rhythmen. Hans trommelte auf einen Kochtopf, der Alternativ-Politiker schrie wie Tarzan. Agitprop-Lyrik und Lautgedichte klangen zusammen. Die Kinder hatten ihre Spiele eingestellt und sahen ebenso wie die Frauen dem Tun der Männer staunend zu.

Das war die spontane, unwiderrufliche Absage an den Biedermannsstaat, den die da verkörperten, an die Dreistigkeit, mit der sie eine sperrige Überlieferung sich einverleibt hatten. Ein Ritual, schrill und gehässig, Kampf- und Kunstform, Schreitherapie. Sich wechselseitig anspornend, brauchten sie keinen Guru, Analytiker und Trainer, sie waren jung, wollten es sich zumindest beweisen, daß sie noch wach waren, ergraute Bohème. Pubertäre Unvernunft, gewiß, aber das störte sie nicht, nicht heute an diesem flammenden Maitag auf der Maxburg unter den Augen der Staatsgewalt, die Herren im Visier: Fettsäue, riefen sie, vom Staat ausgehaltene Wichser.

Anfangs stieß Schoppe diese unflätige Anarchie ab; Anspielungen auf Schwanz, Bauch und Glatze waren ihm peinlich. Er schämte sich, mit den anderen derart ausgestellt zu sein, und zog sich in den Schatten zurück, während der Poet in den roten Basketballschuhen eine neue Kassette einschob: „Ich höre einfach den Lärm so gern, am liebsten aus zehn Recordern gleichzeitig." Der empfindsame Literaturkritiker hatte sich längst zu den Wurstbuden verdrückt und kehrte nicht mehr zurück.

Doch bald bemerkte Schoppe, daß das Kindisch-Überdrehte, die vielen Kalauer und Fehltreffer sozusagen die Bedingung gelungener Witze und vor allem einer produktiven Stimmung waren, die so schnell kaum wiederkehren würde. Er erinnerte sich an überschäumend unvernünftige Aktionen zur Zeit der Revolte, an das gemeinsame Erlebnis späten Jungseins: Gesänge, Sprechchöre, Tiraden; leere Straßen, die ihnen zu gehören schienen, Arm in Arm. Und er ließ sich wie Hans hineinziehen in den Kreis der Chaoten, Aufwiegler, disziplinlos pöbelhaft, hörte plötzlich die eigene Stimme, Nazi-Carstens abtreten, er schrie, lange unterdrückte Wut, schrie sie hinaus, lahme Geduld, jetzt wollen wir schamlos sein, wir wollen alles. So hatten die Hungerleider aus Alsenborn, Wollmesheim, Kirrweiler die liberalen Fensterreden von Hambach produktiv mißverstanden und waren zur Tat geschritten: „Jetzt ist die Zeit, wo man sprechen darf, heute ist Freiheit. Kein Förster, kein Waldschütz mehr, kein Steuereintreiber, kein Regent. Alles muß weg. Und was man nicht freiwillig zugeben will, das müssen wir mit Gewalt tun."

Schoppe war dabei, für diesen Moment, der Einzelgänger fiel in den Rhythmus der anderen ein, nahm Anregungen auf und sah den Akteuren gleichzeitig zu, beobachtete auch sich selbst — in seltsamer Erregung, johlend — ganz kühl. Eine Flasche zersprang, irgend jemand hatte sie gegen die Mauer geschleudert: Carstens-Sekt von Edeka! Der Bundespräsident sah herüber, eisig, mit leeren Zügen, nein, er lächelte nicht, stand steif auf der Treppe, das Revolutionsabzeichen wie eine Zielscheibe auf der Brust. Eine Frau in historischer Tracht trat ihm entgegen, einen Blumenstrauß in der Hand, so ehrerbietig knicksend, daß selbst die Leibwächter halbkreisförmig zur Seite wichen. Hut ab Kopf ab Haut ab Herr Carstens Sieg Heil das Volk ein Meister aus Deutschland du bist die wahre Obszönität.

Schoppe schnappte nach Luft, er war heiser vom Schreien. Soll das alles sein, was von Hambach übriggeblieben ist — dort die schwarzen Herren, die sich beflissen als die Erben revolutionärer Ideen präsentieren, und hier wir, zehn alles schmähende Romantiker, anstelle der vielen, die das Ereignis überhaupt nicht interessiert? Irgendetwas stimmt da nicht mehr. Wer sind die wahren Hambacher? Die Linksradikalen die Deutschtümler die Neofaschisten die mündigen Demokraten? die Staatsschauspieler die Weingutbesitzer die Kaufherren die Advokaten? die Kleinbauern die Pendler die Handwerker die Piloten? die Bergprediger die Naturfreunde die Blumenkinder die Anarchisten die nach Ziegenstall stinken?

Das Spektakel fing an, lau zu werden. Sobald die letzten Ehrengäste die Stufen hinabgestiegen und in ihren Limousinen verschwunden waren, stolzierten die Staatsschützer im Gänsemarsch, den Protestanten zuwinkend, in ihre Umkleideräume. Ihnen folgten Kellnerinnen mit den Resten des kalten Buffets. Was nun noch übrig war — Fisch- und Fleischbrocken, zerwühlte Salate — wurde von Helfern geschwind abgeräumt und in Lieferwagen verstaut. Es war kein rauschendes Fest gewesen, das sah man, nicht mal eine richtige Freßorgie, eher achtlos und fade wie ein gleich vergessener Witz oder ein zerknitterter Beamtenanzug.

Der Alternativ-Politiker, der gerade den Festgästen noch „Ihr Parasiten, ihr Fresser!" nachgerufen hatte, war in den Besitz einer kalten Platte gelangt. Eine Flasche *Hambacher Rebstöckl Scheurebe Kabinett* unterm Arm, trat er lächelnd zu den anderen und bot ihnen mit großer Geste Wachteleier, Forellenfilet und Schneckensalat an: „Das müßt ihr versuchen!" „Ich verzichte", sagte der Privatgelehrte streng. „Siebenpfeiffer würde sich dran erbrechen."

Nun packten auch die treusten Hambacher ihre Utensilien zusammen, sie rollten die Transparente ein und machten sich auf den Rückweg. Am Fuß der Treppe angelangt, mußten sie an zwölf verwelkten Ehrenjungfern vorüber, die — den Blick unverwandt auf das Schloß gerichtet — mit Blumenkränzen geschmückt in der Hitze ausharrten. Man hatte sie in ihren weißen Kleidchen und Häubchen offenbar vergessen, während sie der Überzeugung zu sein schienen, die würdigsten Personen kämen erst noch.

Auf den Bänken vor den Weinbuden hockten mit nacktem Oberkörper Hilfskräfte des Staatsschutzes, Spitzel mit leeren Schnauzbartgesichtern, die jeder intelligentere Auftrag überfordert hätte. Sie schlürften Wein und Bier durcheinander, nagten an Brathähnchen und trieben mit den Demonstranten ihren Scherz: „Im Herd vergasen vom Turm schmeißen und rösten KZ-Hühner verpißt euch." Der Alternativ-Politiker holte Luft, „armselige Staatsficker!", und er wäre sicher, da er den Rückzug zu organisieren versäumt hatte, von diesen Profis der Gewalt verprügelt worden, hätte ihn nicht ein Einsatzwagen der uniformierten Polizei gerettet. Der Fahrer rief wiederholt per Megaphon „Vorsicht, Fisch! Beiseite, Fisch!" über den Platz, auf eine so spaßige Weise, daß der Politiker lachen mußte, in Bewegung kam und die betrunkenen Spitzel von ihm abließen.

Als die kleine Gruppe noch unschlüssig beisammenstand und nach dem Literaturkritiker Ausschau hielt, während die Kinder Würste und Saft verlangten, trat der für den Abtransport des Hilfspersonals Verantwortliche heran und lud alle ein, doch samt den Transparenten in einen bereitstehenden Polizeibus zu steigen, der sie in wenigen Minuten nach Neustadt zurückbringen werde. Angesichts des langen Fußmarschs und mit Rücksicht auf die Erschöpfung der Kinder hätten einige das Angebot nicht ungern angenommen, doch der Alt-Punker blies in seine Pfeife und rief: „Nicht mal für 1000 Mark steig ich in deinen Bullensarg."

Im Kastanienwald trennten sie sich formlos. Während die anderen den Rückweg nach Norden einschlugen, um zu ihren Autos zu gelangen, zog Schoppe allein in entgegengesetzter Richtung. An der Kehre des Weges blieb er stehen und sah ihnen nach. Sie hatten die Fahnen eingerollt, und die Picknick-Körbe schleiften im trockenen Laub. Sie redeten kaum miteinander, auch der Kassettenrecorder schwieg, die Gitarre. Zuletzt war nur noch der orangene Fisch zu sehen, der über ihnen flatterte, lachend, als sei nichts geschehen.

Schoppe ging unter Eichen und Kiefern die menschenleere Asphaltstraße hinab und erzählte sich selber in Serpentinen den Ablauf des Tages. Einmal störte ihn eine Motorradstaffel der Polizei auf; man wollte seinen Ausweis sehen. Die Gesichtszüge der Polizisten hatte er gleich wieder vergessen. Von fern hörte er Hähne krähen. Als ihm sein Plakat lästig wurde, hängte er es gut sichtbar über ein Straßenschild, das nach Unterhambach wies. Er war nun nicht mehr erkennbar, seine Spur war verwischt. Er lief einen Weg hinab, den Robinien und Erlen überwölbten, einen summenden Gang mit nackten Wurzeln zur Seite, im trockenen Lehm Abdrücke von Tierpfoten. Am Waldrand, unter einer Linde, deren Äste sich breit zur Erde neigten, hielt er inne: künstliche Wiesen, Spielzeugdörfer mitten im Grün. Dann trat er aus dem Schutz des Waldes und stand zwischen Bauerngärten, geblendet; Grillen zirpten, er roch die Weinberge, und aus der Ebene wehten Kamillendüfte.

Im Dorf setzte Schoppe sich auf eine Bank, die genau unter einem Maibaum mit zerfetztem Kranz stand. Sein Körper war schwer vor Müdigkeit. Zum ersten Mal hatte er das Gefühl, sich tatsächlich am *Fuß* eines Berges zu befinden. Eine dicke schwarzgekleidete Frau ging mit einer Milchkanne vorüber. Schoppe fragte sie nach dem Weg nach Edenkoben, doch sie schüttelte nur langsam den Kopf, obwohl sie eine Eingeborene zu sein schien.

Vermutlich war sie ihr Leben lang nicht aus Unterhambach herausgekommen. Vielleicht war sie taubstumm, oder schwachsinnig. Alles hier war eng. In den niedrigen Bauernhäusern wohnten Dumpfheit und Gewalt. Schoppe lief quer durch das grüne Meer der Reben direkt auf die Sonne zu, und als er sich einmal umdrehte, sah er hoch oben eine einzelne weiße Wolke über dem gelben Schloß, die auf tiefblauem Grund die Form des Bergkegels nachahmte.

Auf Feldwegen umkurvte er die Weindörfer Maikammer und St. Martin, deren Gassen und Hausfassaden grell geschminkt waren. Ein Stück weit kam er die Totenkopfstraße entlang. Traktoren ratterten zwischen den Rebzeilen, manche pflügten, andere versprühten Pflanzenschutzmittel, dicke Schwaden E 605. Die Lebensmüden fuhren mit nacktem Oberkörper und kurzen Hosen durch die Giftwolken. Schoppe fiel ein helles Sandsteinkreuz auf, gestiftet von den Eltern zweier Jungen, die hier beim Spielen mit einer Granate getötet worden waren. Der steinerne Sensenmann winkte.

Endlich fand er zwischen den Weinbergen einen Weg, in dessen Karrenfurchen dichtes Gras wuchs. Schlacken und zerbrochene Ziegel bedeckten die Schlaglöcher; am Rand trockene harte Erdbrocken. Er blieb witternd stehen und tastete mit dem Fuß. War er diesen holprigen Pfad nicht schon einmal vor vielen Jahren oder im Traum gegangen, an Feldern vorbei, die noch nicht *flurbereinigt* waren? Ein krummer Bach war da, der sich verlor und plötzlich wieder quellenhaft aufsprudelte, oder war es nur ein trübes Wasserloch? Die überwucherte Sandsteinmauer könnte auch ein vergessenes Hüttchen gewesen sein, der Wingertstein mit seinen tiefen Kerben ein alter Birnbaum, in dessen Astlöchern Meisen nisteten.

Lange stand Schoppe vor einer Salweide, aus der in einem fort Samen aufstiegen, dicht und flauschig, als schneie es himmelwärts. Zwei alte Frauen mit weißen Kopftüchern schleppten eine schwere Tasche an ihm vorüber und starrten ihn kurzsichtig an; ihre Unterröcke blitzten. Einen Augenblick wollte er ihnen nachlaufen und die Tasche tragen helfen, doch sie waren verschwunden. Nach einiger Zeit hörte er hinter sich ein Geräusch, ein

Rufen. Es war Hans, der mit langen wiegenden Schritten wie in Zeitlupe auf ihn zueilte. Seine blonden Haare wehten als Schweif hinterher. „Ich wollte noch mit dir reden, Moritz“, sagte er sanft, mit belegter Stimme, „und ich schreibe so ungern einen Brief.“

Schweigend gingen sie nebeneinander durchs Feld, jeder für sich, den eigenen Gedanken folgend, doch verbunden im Anblick der Landschaft. Sobald sie sich umwandten, konnten sie den Gebirgszug der Haardt bis Neustadt überschauen, jede Furche, jeden Farbton, das Schimmern der Erde, die ihnen im Augenblick unzerstörbar schien. Berg und Schloß waren weit entfernt und lagen schon im Schatten, während die Zinnen des Turms unter den letzten Sonnenstrahlen aufglimmten.

Es war gegen halb zehn, als die Wanderer sich Edenkoben näherten. Im Straßengraben rauschte ein Wasser, und der Mond zog herauf. Die Mauern waren dunkel, fast schwarz, ebenso die Äste der Bäume und die Drähte der Überlandleitungen, aber das Gebirge glänzte wie grauer Samt, und der ganze westliche Himmel leuchtete.